物語の黒幕に転生して

～進化する魔剣とゲーム知識ですべてをねじ伏せる～

Reincarnated as the Mastermind of the Story

3

結城涼　イラスト なかむら

『クウ！』
泡だらけの木桶の中で、
幸せそうに流れに身を任せていた。
ククル
シーフウルフェンが落とした
セラキアの蒼珠から生まれた霊獣（ラタトスク）。
リシア・クラウゼル
レンが暮らす村に近い大都市クラウゼルを
統べる男爵家の令嬢。
気高く、天才気質の少女。
頑張り屋で負けず嫌い。

やがて、気持ちよすぎて
興奮したのか、
ククルが姿勢を変えて身震い。
水飛沫と泡が弾け、
二人の頬に泡が垂れる。
「きゃっ!?」
同じ言葉が二人の少女の
口から発せられた。
フィオナ・イグナート
レンの活躍により、
命を落とすはずだった運命が変わった少女。
純粋で芯が強く、献身的な令嬢。

CONTENTS

Reincarnated as the Mastermind of the Story

Reincarnated as the Mastermind of the Story

結城涼

イラスト なかむら

プロローグ

祈りの町エレンディル。

帝都まで魔導列車でおよそ一時間の距離にある、静かな町だ。

レオメル帝国の祖である獅子王(ししおう)は、戦に赴く前は必ずこの地で祈りを捧(ささ)げた。エレンディルはそのことから祈りの町と呼ばれていた。

町の規模は大都市というほどではないが、小高い城壁に囲まれた周囲には緑豊かな平原を臨んでいた。灰色の石畳が敷き詰められ、大きな噴水や時計台のほか、自然公園があった。大通り沿いにはギルドをはじめとした主要な施設も立ち並んでおり、その町並みはクラウゼルと比べて遥(はる)かに都会だった。

数年前にこの地を皇帝から預かったクラウゼル男爵は、娘の聖女が大きくなるまでクラウゼルを離れるつもりはなく、代官を立てていることは周知の事実だ。


――――そんなエレンディルにて、ある日。

町の中にある路地裏の曲がり角で言葉を交わす、二人の少年がいた。

「書類はいずれクラウゼル邸に送らせてもらう。サインしてギルドへ送り返してくれ」

「それだけ？」

「ああ。後は依頼に関連した各支払いを受け取ってもらえたら十分だ」

二人はその後も、顔を見せずに会話をつづけた。

普段は何をしているのか、とか。何の変哲もない、取り留めのない世間話を交えること十数分が経つ。

一方の少年が腕時計を見て、「時間だ」と言った。

「もう帰らなくては。とても充実した時間だった。感謝する」

「こちらこそ。じゃあ俺ももう行くよ」

二人は預けていた背を壁から離し、反対方向へと歩きはじめた。

すると、どこからともなく現れた少女。

先ほど腕時計を見た少年が、その少女に話しかける。

「ミレイ、面白い男を見つけたぞ」

「ニャ？　愉快な詩でも詠む詩人ですかニャ？」

「馬鹿を言うな。お前も様子を見ていただろうに」

少女はとぼけるのをやめた。

「殿下、そんなにあの少年のことが気に入ったんですかニャ？」

「惚れたと言ってもいい。語るだけでわかる知性と機転。それらを凌駕する苛烈な剣戟――何よりも勇気が、私の心に経験したことのない熱を抱かせた」

「ニャニャニャッ!?　殿下!?　何を言ってるんですかニャ!?」

「安心しろ。恋慕ではなくあの男の人柄に対してだ。それにはじめてなのだ。あれほど砕けた態度で私に接する者など、いままで一人もいなかったからな」

路地裏の静けさに溶け入った声は、確かな喜色を孕んでいた。

「そうは言いますけどニャ、殿下が砕けた態度でいいって言ったんじゃないですかニャ」

「だが、頼んでも聞き入れてくれる者はこれまでいなかったぞ」

「それは、相手が殿下を殿下だと知らなかったからでしょうニャ。しっかし、そこまで熱い思いがあるのニャら、どうして顔も見ずに話をしてたんですかニャ？」

「あれはあれでいい。どうせすぐに顔を見て話せるのだから、今日の出会いを最後まで貫き通しただけのことだ」

「……やれやれ、男心はよくわかりませんニャ」

「私は女心がよくわからんから、同じことだ」

ラディウスがレンのことを思い浮かべながら言った。

「あの男、見事な剛剣使いだったな」

レンが去っていった方角を振り向いて呟いた。

そしてレンは一人、路地裏を歩く。

息を吐き、屋根と屋根の間から見える狭い空を見上げた。

彼は新たな騒動を予感しながら苦笑する。

いままでも様々な出来事に巻き込まれてきたからか、動じるようなことはなく、いつも通りの様子で……

「また、賑(にぎ)やかになりそう」

新たな生活へ、そんな思いを口にしたのだった。

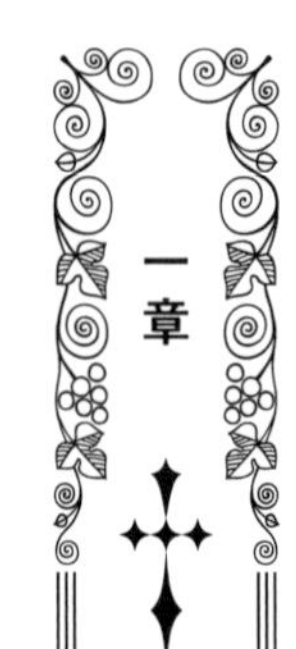

一章　懐かしの景色

四月が過ぎ、クラウゼルが春の陽気に包まれていた頃だ。

直近の冬はいろいろなことがあった。レンが討伐したシーフウルフェンの素材により、その命を救われた令嬢がいた。七英雄（しちえいゆう）の伝説Ⅰにおいてはラスボスとなり、レオメルに反旗を翻したイグナート侯爵――その一人娘、フィオナ・イグナートのことだ。

レンはわけあって足を運んだバルドル山脈で彼女と出会うと、彼女を守って戦うことになった。

バルドル山脈は帝国士官学院が誇る特待クラスの最終試験中だったこともあり、その全員が魔王教徒に嵌（は）められた事件は、いまでもレオメル帝国の各地にその余波を残していた。

あの事件の後、レンはイグナート侯爵と、時折、手紙のやり取りをすることがあった。

レンは魔王教について、ギルドで小耳に挟んだ噂（うわさ）だと嘘（うそ）の報告をしたのだが、イグナート侯爵はそれ以上問いただすことはなかった。深く問いただしレンとの関係を悪化させることを嫌ったのか、レンを信用しきっていたからかは定かではなかった。

かと言って実際のところ、更なる情報を求められてもレンは答えようがなかった。七英雄の伝説Ⅱまでしかプレイしていない彼は、魔王教についてそれ以上の情報を知らなかったからだ。魔王教がどこに現れるかなどは覚えがあるけれど、この段階でそれを知らせるのは難しく、イレギュラーが発生したいまではあてにできない。

などといろいろなことを思い出していたレンは、クラウゼル家の旧館にいた。旧館の管理を任されている彼は、いまから旧館内の掃き掃除に勤しもうとしていた。

窓から差し込む昼下がりの陽光を浴びながら思う。

「……あいつの炎って、この日光より眩しかった気がする」

冬の事件の際、赤龍アスヴァルはフィオナの力で不完全な蘇りを遂げた。

その力は、黒の巫女。フィオナ曰く、黒の巫女は魔物にとっての聖女にあたるとのこと。

本来それは死者をアンデッドとして蘇らせる力ではないが、他の魔物と隔絶した力を秘めていたアスヴァルだからこそ復活できたのかもしれない。

黒の巫女の『魔物に力を与える効果』が、奇跡的に何らかの影響を与えて。

その代わり、アスヴァルは不完全な復活を遂げた。

が、七英雄が存命だった頃から伝説を残すその龍は、不完全ながらも強大だった。アスヴァルが本来の力を持って復活していたら、レンは勝つことができなかっただろう。

「フィオナ様の力で強化されたのは俺もか」

レンはさらに思い返す。

フィオナの身体から流れ出た黒い血が、レンに何らかの力を与えたときのことを。

「結局、何だったんだろうな」

気を失ってから迷い込んだ世界と、そこで見つけた黒い魔剣。それに、アスヴァルの魔石から得た炎の魔剣がその名を変え、炎剣アスヴァルという名になっていたことも謎のまま。

レンにとっては、それらが黒の巫女の力により影響を受けたと思わざるを得ない。

黒の巫女の力の一端である、魔物に力を与える魔力――――それがあの事件を境に消えてしまったことと合わせて、無関係とは思えなかった。

窓の外から茜色(あかねいろ)の光が差し込んだ頃、レンは休憩がてら旧館二階の廊下に置かれた椅子に腰を下ろす。

掃除に励んでいる間に傾いた陽の光が、レンの腕輪に反射した。彼は腕輪に目を向け、その水晶に映し出された文字を見た。

レンの力は冬が明ける前と比べて著しい変化を迎えている。バルドル山脈ではアスヴァル以外にも鋼食いのガーゴイルからも熟練度を得たし、他にも狩りをして得た熟練度がたまっていた。

魔剣召喚術のレベルが上がったアスヴァル戦の後で、一つ気になる情報も得られていた。

レベル5：魔剣の進化を開放する。

木の魔剣は熟練度がたまったままレベルが上がらなくなっていた。それが進化のためだとすれば

[NAME]
レン・アシュトン

[ジョブ]
アシュトン家・長男

【スキル】

■魔剣召喚 Lv.1 0／0

■魔剣召喚術 Lv.4 2549／3500

召喚した魔剣を使用することで熟練度を得る。
レベル1：魔剣を【一本】召喚することができる。
レベル2：腕輪を召喚中に【身体能力UP(小)】の効果を得る。
レベル3：魔剣を【二本】召喚することができる。
レベル4：腕輪を召喚中に【身体能力UP(中)】の効果を得る。
レベル5：魔剣の進化を開放する。
レベル6：***********************。

【習得済み魔剣】

■木の魔剣 Lv.2 1000／1000

自然魔法(小)程度の攻撃を可能とする。
レベルの上昇に伴って攻撃効果範囲が拡大する。

■鉄の魔剣 Lv.3 2390／4500

レベルの上昇に応じて切れ味が増す。

■盗賊の魔剣 Lv.1 0／3

攻撃対象から一定確率でアイテムをランダムに強奪する。

■盾の魔剣 Lv.2 0／5

魔力の障壁を張る。レベルの上昇に応じて効力を高め、
効果範囲を広げることができる。

■炎の魔剣 Lv.1 1／1

その業火は龍の怒りにして、力の権化である。

いろいろと合点がいく。

だが、炎の魔剣が進化するかどうかは考えにくい。

(炎剣アスヴァルはまた違う気がする)

他の魔剣と違い、炎の魔剣はもう熟練度を得られない。アスヴァルがすでにいないからだ。

炎の魔剣の変化には、フィオナの力や黒い魔剣が関係していると考えざるを得ない。

『レンーっ!』

窓の外から声が届いた。

窓を開ければ、彼を見上げて手を振るリシアの姿がある。

彼女の紫水晶色の髪は変わらず絹のようで、磨き上げられた蒼玉を想起させる瞳は今日も煌めく。

春を過ぎ、彼女の可憐さと美貌はより一層磨かれていた。

「お父様が呼んでるから、時間があったら本邸に来てくれる? よかったら、夕食も一緒にどうかって仰ってたわっ!」

「わかりました! 汗を流してから行きます!」

レンの返事を聞いたリシアが、可憐な笑みを浮かべた。


食事の席で、数日前に終わったレンの十二歳の誕生日パーティが話題に上った。

リシアは昨年、レンの誕生日を祝えなかったことを悔やんでいたこともあり、今年は彼女が主導となってパーティが開かれたのだ。

「レン、来週からしばらく仕事を休んで構わない」

男爵位を預かるレザード・クラウゼルが唐突に話題を変えた。

「────まさか暇を申し付けるとかいう……」

「冗談でも言うわけがないだろう。冬に話していた件のことだ」

「冬に……ああ！　俺が里帰りするという話のことですね？」

「うむ」とレザードが首肯する。

「以前話したように、アシュトン家の村の周辺でいくつかの工事が進んでいる。街道をはじめ、村を囲む壁などがそれだ」

「では村を手伝いに行ってもいいんですか？」

「ああ。イグナート侯爵とより懇意になったこともある。現状、アシュトン家の村が襲われることは考えにくい。だからレンの素性を隠し騎士として派遣する必要もない。何も気にせず、里帰りを楽しんできなさい」

本当はもう少し早くレンを里帰りさせたかったのだが、冬の件が遅れを生じさせていた。

「その間は私たちもクラウゼルにいないから、気にすることなくゆっくりしてきなさい」

「お父様？　お父様が仰った私たちというのは？」

「もちろん、リシアもだ」

どうやらリシアも何も聞かされていなかったらしく、彼女は可愛らしく首をひねった。

「エレンディルへ行く必要がある。先の騒動で各派閥が忙しないのは二人も知っての通りだが、昨年のギヴェン子爵の件もある。そろそろあちらにも顔を出しておきたい」

エレンディルは帝都近くにある町だ。

レンが昔、クラウゼル家の領地はそこのはずだ、という固定観念に駆られた町だ。

(ってことは、どこかの領地から魔導船を経由してって感じかな)

レザードたちは馬で十日ほどかかる別の貴族の領地、クラウゼルから見て南方の町へ向かい、そこから魔導船に乗ってエレンディルへ向かうそうだ。帝都はもちろん、エレンディルにも魔導船乗り場があるからだ。

「ねぇねぇ、レンもエレンディルに行ってみたい?」

尋ねられたレンは腕を組み、天井を見上げた。

(エレンディルかー)

言ってしまえば、ほぼ帝都みたいな場所だ。

帝国士官学院を避けていたレンにとって、バルドル山脈と同じくらい行くことに忌避感を抱かせる場所だ。

かと言って、これから先も避けられるかというと……

(無理ください)

レンがクラウゼル家で世話になる以上、エレンディルを無視することは難しい気がした。

いまではイグナート侯爵との縁もある。先の騒動でフィオナとも劇的な出会いをしてしまったことも忘れてはならない。

「興味がないと言えば、嘘になるかもしれません」

「ほんと？　じゃあ、次は一緒に行きましょうね！」

リシアが足を運ぶ機会があるのなら、結局は避けて通れないのだ。

魔王教の脅威が襲いかかって間もないことも加味すれば、自分が傍にいた方がリシアを守りやすい。今更リシアを見放すなんて、あり得なかった。

「楽しみにしててね。エレンディルはすっごく綺麗な町なんだから」

「リシア、勤勉なレンのことだから、エレンディルのことも知っているのではないか？」

「もう、お父様！　せっかく私がレンに教えてあげようとしたのに……っ！」

「ははっ、そうは言っても、レンのことだろう？」

実際のところどうなのか、リシアがレンをじっと見つめる。

せっかく教えたそうにしているのに、隅から隅まで知っていると答えるのはどうだろう。迷ったあげく、レンは言葉を選んだ。

「効率のいい狩場があるらしいと聞いています」

彼の言葉に、リシアとレザードはきょとんとした表情を浮かべた。

レンが里帰りする日、旧館を出たレンと彼を見送るべく外に出たリシア。

「あの子には悪いけど、私とレンがいない間はユノと一緒にいてもらわなくちゃ」

リシアが申し訳なさそうに声を落とせば、レンも「ですね」と同じような声で頷いた。

間もなくその場にヴァイスがやってきて、三人は馬に乗り屋敷の外へ通じる門をくぐった。

クラウゼルの外へ通じる門へ向かう途中、町中を進む三人が馬上で言葉を交わす。

「しかし、残念極まりない」

ヴァイスが思い出したように言えば、リシアが小首を傾げる。

「急にどうしたの？」

「アスヴァルの件にございます。私もご当主様も、少年の活躍を公にできないことが悔しくてたまらないのですよ。……いやはや、ふと思い出してしまいましてな」

アスヴァルの件を知るのは、レオメル中を探してもごく一部だ。

レンとフィオナはもちろんとして、ここにいるヴァイスとリシアの他にはレザードをはじめ、他にはイグナート侯爵と、彼の執事であるエドガーくらいなもの。

魔王教が関わっているとあって、慎重に管理すべき情報と判断されたからである。

もちろん、アスヴァル以外の件はすべて共有済みだ。

「フィオナ様のお力もありますし、秘密にした方がみんな幸せですよ」

レンが苦笑した。

フィオナが持つ黒の巫女の力は、イグナート侯爵がその背景を鑑みて秘匿していた情報だ。不完全な復活を遂げたアスヴァルとの繋がりは伏せておいた方がいいだろう。

「というか、いくら不完全な復活だったとはいえ、相手はアスヴァルですよ？　俺が倒したって聞いて、お二人はどうして信じてくださったんです？」

シーフウルフェンや鋼食いのガーゴイルとはわけが違う。

相手はアスヴァル。不完全であろうと伝説だ。

「だってレンが言ったんだもの。疑う必要なんてないわ」

まずはリシアがさも当然と言わんばかりに涼しい顔を見せた。

つづくヴァイスの言葉はどこかレンが求めていた普通の答えだった。

「イグナート嬢が少年に救われたと言ったのだ。騎士や冒険者たちはアスヴァルを見ていないが、山脈の吊り橋を襲った炎は見ていたしな」

状況と情報から考えるに疑うには及ばない。

「もっとも、その騎士や冒険者たちは誤解したままだが」

バルドル山脈にいた騎士や冒険者のほか、当時その場にいた受験生たちは、休火山が魔王教の信者により復活させられたと誤解している。アスヴァルが存在したことは知る由もなかった。

「どのような力でアスヴァルを倒したのかは気になるがな」

「ヴァイス、ダメよ」

「わかっております。以前申し上げた通り、無理に聞く気はございませぬ」

ヴァイスはやや焦った様子で言い繕う。

「特別な力は人を引き付けます。多くを語り、弱点をさらけ出すことは避けるべきですからな」

自分が原因でレンが何らかの不利益を被ったら……そんなことを考えてしまうと、気になっても尋ねるなんてとんでもないと思っていた。

歓談を交えながら馬を進めるうちに、三人は城門の近くにたどり着く。

「そろそろかしら」

リシアが寂しそうな声で言った。

レンはここから、城門で待っていた騎士たちと共に町の外へ向かうことになる。元はイェルククゥの馬にして、レンにイオと名付けられた馬が城門の外を見て短く嘶く。

「気を付けて行ってきてね、レン」

「リシア様もエレンディルまで、どうかお気を付けて」

クラウゼルを発ってから、いくつかの村々を巡った。
それはレザードに頼まれたわけではなく、レンが提案したことだった。リシアがアシュトン家の村を訪ねていた頃のように、領内の村々を巡ることは重要な仕事の一つに違いない。そのためレンは、村々を巡っては時に魔物を討伐し、力仕事にも勤しんだ。
そんな時間を過ごすうちに、少しずつアシュトン家の村が近づいてきた。
「レン殿、ご覧ください」

明るい空を望む平原を馬で駆ける中、騎士が言った。

向かう先に見えてきた真新しい街道を見て、レンも「おお！」と声を上げる。

「あれが敷設中の街道ですか」

「はい。随分と村まで近づいているようですね」

ここまでくれば、アシュトン家の村は目と鼻の先だ。

街道は絶対の安全が約束されているとは言わないが、おおよそ、魔物が出現しにくくなるよう整備されるのが常だ。

アシュトン家への村に行くには森も通過しなければならない。

街道は森の中を貫通して村に向かっているため、大規模な工事がされていることがわかる。

引きつづき馬を走らせると、懐かしのツルギ岩が見えてきた。

あの場所でシーフウルフェンと戦ったことは、いまでも鮮明に思い出せる。一行はそのツルギ岩の傍は通らず、新たに設けられた街道の方を進んだ。以前はやや広めの獣道程度だったのに、いまでは立派な道である。

『おい！　そっちだ！』

進んだ先の、でも街道を少し外れたところから聞こえてきた声だった。

レンはその声を聞き、同行する騎士たちと顔を見合わせて頷く。

声がした方角へと、一行が馬を数分も走らせないうちのことだ。

「また今日は多いな！」

「ロイ殿！　無理はなさらぬよう！」

「ああ！　わかってるって！」

声が聞こえてすぐにもしかしてと思ったが、鮮明な声が聞こえるようになり明らかになった。

「父さん⁉」

レンはイオの手綱を引き、急がせる。彼が駆るイオは魔物の血を引いた馬とあって、騎士たちが乗る馬をぐんぐん引き離すほど加速した。

レンは声がした方角へ飛び出した。

ロイの他には二人の騎士がいたが、その三人は十数匹のリトルボアを相手にしていた。

レンは周囲の木々を足蹴に、風のような身のこなしで瞬く間にリトルボアを討伐していく。あまりに突然の出来事に驚いていたロイたち。

討伐し終えたレンが動きを止めると、ロイは愛息子の元へ駆け寄り抱擁。

「父さん、剣を持ってるときは危ないですよ」

若干の照れ隠しを込めて、自らも父の背に手を伸ばし、久方ぶりの再会を喜び合った。

ロイは嬉しそうに笑いながら片目を擦った。喜びのあまり目尻に涙が浮かんでいた。

「我が子ながら、派手な里帰りだな！」

「俺だって驚いてますからね。帰ってみたら、いきなりリトルボアがたくさんいたんですから」

「ああ、どこの村でも、街道を整備するときは魔物が刺激されるからな。仕方ないんだ」

だろうと思っていたレンがため息を漏らした。

レンがイオを急がせたため遅れていた騎士たちも、やっと到着して頬を緩めた。

だがそこへ、水を差すような出来事があった。木々の間を縫って一匹のリトルボアが現れ、無謀にもレンの背を狙いすました。

レンやロイが難なく対処するつもりで身体を動かすも、

『フン』

さっきまでレンを乗せていたイオが後ろ脚を振り上げて、リトルボアを軽々と蹴飛ばした。

すると得意げに嘶き、地面の草を貪りはじめる。

蹴飛ばされたリトルボアを見て、レンとロイが唖然としていた。


村へ向かう途中でロイが言う。

「村と森を隔てた橋を覚えてるか？　ほらあの、シーフウルフェンに襲われた俺が逃げたとこの」

「覚えてますよ。その橋がどうかしたんですか？」

「あの橋もつい最近になって補強したんだ。今日はその川上に向かってたんだが、急にリトルボアが大挙して現れてな」

「街道整備で興奮してたんですかね？」

「んにゃ。さっきは言いそびれたが、恐らくそれだけじゃない」

レンはロイの顔を見ながら「え？　どういうことです？」と疑問を口にした。

「よくわからないんだが、最近、川の上流からリトルボアたちが逃げ出してきててな。村に来た大工たちが言うには、どうも街道整備のせいだけとも思えないらしい」

「まさか、また強い魔物がやってきたとかですか？」

「うーん……それはないと思うぞ。周りに被害が出たなんて聞いたことがないしな」

ロイの話を疑うわけではないが、レンは念のため自分が様子を見に行くべきだと考えた。イオの手綱を引くのに、一切の迷いがなかった。

「待て待て！　俺たちが見てくるからいいって！　帰って早々に働かなくていいんだぞ!?」

「そう言われましても、気になるので！」

クラウゼルから同行して来た騎士たちは、自分たちも共に行くと言った。

だがレンは、万が一を危惧して村の警備にあたってくれと告げる。騎士たちにとってはレンも護衛対象だったのだが、彼らはレンの言葉に宿った圧に押され、頷いてしまった。


ツルギ岩の近くを抜け、川沿いの獣道を進んで森の深い場所へ向かっていく。

イオが一歩駆けるだけで、辺りの木々がその風に揺らいだ。

川の上流に到着したレンが目の当たりにしたのは、大きな滝つぼだ。辺りに魔物の気配はない。

辺りには清流の音が響くだけで、風光明媚(ふうこうめいび)な景色が広がる。

イオから下りて散策するも、やはり何もなかった。

リトルボアが川上から村に向かっていたのは、気のせいだったのかもしれない。レンはそう結論付けかけたところで身体を強張(こわば)らせた。

彼は鉄の魔剣を構えると、眉をひそめて滝つぼに目を向ける。

（――――）

何かいる。それも、強大な何かが。

息を潜めるように滝つぼへ近づけば、

「ん？」

水の中に魔物がいるのかと思っていたら、代わりに美しい輝きを放つ何かが沈んでいた。

レンは木の魔剣を召喚し、自然魔法を用いて木の根の道を水上に作り出す。滝つぼへ近づき、美しい輝きの正体を視認した。

「星瑪瑙（ほしめのう）？」

冬にバルドル山脈で見たあの宝石の煌めきが、確かに水の底にあった。

滝つぼの底に向けて木の魔剣を振ったレンは、ツタを生み出し星瑪瑙に巻き付けた。束ねたツタを両腕で摑（つか）んで引き上げにかかるも、妙に重い。

両腕により力を込め、足腰にも力を入れる。

星瑪瑙は少しずつ……少しずつ水面に近づいて、最後には――――

「って……えええぇ――――!?」

ずるずる、と引きずられるように滝つぼから姿を見せた星瑪瑙は、レンが視認していた以上の大きさを誇った。星瑪瑙の大部分が滝つぼに埋まっていたのだ。目の当たりにした大きさは、馬が四頭も並んだくらい。ところどころ砕けていたが細長く、捻（ねじ）れて先端が鋭い形をしていた。

これほど巨大な星瑪瑙が、どれほどの値を付けるのか想像もつかない。

『ヒヒン！』

待っていたイオも驚き、レンの横で嘶いた。

「でかいね。でもどうして星瑪瑙が村の近くに……バルドル山脈みたいに特別な環境じゃないとできないはずなんだけど……」

レンは首をひねり腕を組みながら星瑪瑙を見下ろす。

星瑪瑙を眺めていた彼の目が、鋭い先端の反対に向いた。そこは他の部位と違って損傷具合が激しく、鋭利な何かに切り裂かれたような断面も見受けられたのだが、

『――――、――――！』

レンの脳裏に蘇った龍の声。

まさか、と思いながら星瑪瑙の断面に近づくと、その断面に見覚えがある気がした。

星瑪瑙に一筋の亀裂が奔る。角を覆っていた星瑪瑙が砕けた。

こんなものが滝つぼにあったら、そりゃリトルボアも恐れを抱いて逃げるだろう。

「……で、どうしてバルドル山脈からここまで流れてきてたのさ」

レンはしばらくの間、しゃがみ込んだまま熟思に耽る。

彼が折ったアスヴァルの角が、どうしてここに流れ着いたのかを。

見つけた角を村に運ぶわけにはいかず、レンは騎士たちを上流に呼んできた。

「何と立派な星瑪瑙でしょう」

「だが、これは何だ？　風化した魔物の素材か何かに張り付いていたのか？」

角を前に驚く騎士たちに、レンが頼む。

「ちょっとした事情があるので、これはクラウゼルに運びたいんです」

「ふぅむ……幸い、いまは街道や外壁の整備中です。必要な資材を運ぶ荷馬車は通常のものより大きいですから、二台も連結させればこれも載せられましょう」

「連結した荷馬車に載せて布で厳重に覆い隠せば、あまり目立つこともないかと」

レンにとってはアスヴァルとの関係性から、騎士たちにとっては星瑪瑙の希少性からの言葉だ。

騎士たちと星瑪瑙を運ぶための諸々を話し終えた後で、騎士たちが言う。

「レン殿、後のことは我らにお任せください。是非、ゆっくりと里帰りをお楽しみくださいませ」

「はい！　それじゃ、後のことはお願いします！」

レンは一人、イオの背に乗り駆けだした。

村へつづく道は街道と同じように整備されつつあり、村一帯を外敵から守る石の壁も建設途中だ。

風を切るように道を駆け抜ければ、以前と違う村の光景に喜びと感動を覚える。

村の中央に敷設された道は石畳が敷き詰められており、雨の日は泥道と化していた畑道はもうない。奥の小高い丘に鎮座した新しい屋敷へ向かう堂々たる道だった。

古びた家々もほとんどが建て直されている。故郷は目覚ましい復興を遂げていた。

イオに乗って道を駆けるレンを見て、畑で作業に勤しんでいた村人たちが声を掛けてきた。

レンは彼らに笑みを浮かべて応えながら、イオを走らせる。

真新しい屋敷の門が見えてくる。ボロボロでいつ崩れてもおかしくなかった木製の門が、石造りの門に替わっていた。

その門の外に両親が立ち、レンを待っていた。

「――――レン！」

一足先に再会を果たしていたロイに先んじて、ミレイユがレンに駆け寄る。

彼女はレンが門の傍でイオから下りた瞬間、我慢ならずレンのことを抱き寄せた。

「母さん！　ただいま帰りました！」

「ええ！　おかえりなさい！」

久方ぶりの再会に、ミレイユはつい涙を零(こぼ)す。

屋敷の敷地内には、以前はなかった厩舎(きゅうしゃ)があった。

先にイオをそこへ連れて行った方がいいと思ったレンが、その旨をミレイユに告げた。

「それにしても立派な身体つきの馬ね」

「……り、立派ですよね……ええ……」

「あら、どうしたの？　急にそっぽを向いちゃって」

何故(なぜ)なら、イオがこの村を襲った犯人の馬だったからだ。

どう説明したものかと彼が悩んでいると、

「こいつは俺たちの屋敷を襲った魔獣使い(ビーストテイマー)の馬だったんだろ？　いい馬を奪えたもんだな」

「父さん!?　どうしてそのことを知ってるんですか!?」

「そりゃ、前からこの村に来てる騎士から聞いたからだ。レンは自分の口から言いづらそうだし、ってわけで騎士が気遣ってくれてな」

「馬に罪はないわ。レンも気にしなくていいのよ」

ミレイユに至っては、じゃれつくイオの鬣(たてがみ)を撫(な)でていた。


屋敷での料理は以前と違い、森で狩れるリトルボア以外にも様々な食材が用いられていた。

食後、新たな屋敷の新たな食堂をレンが見渡す。

白い塗り壁と濃い茶色のフローリング、真新しい炊事場が設けられた食堂は以前のように外へ通じる土間もない。

「俺はそろそろ部屋に荷物を置きに行ってきます」

「お、なら俺たちも手伝おうか」

ミレイユは食器を片付けると言った。レンとロイが手伝いを申し出ても「気にしないで」と笑う。

食堂を出たレンがロイと廊下を歩いても、以前のように軋(きし)む音は聞こえてこない。

「本当に新しくなりましたね」

「レンと男爵様のおかげでな。ただ本は全部燃えちまったから、書庫だけは作り直せてないんだ」

「仕方ないですよ。あれだけの炎でしたから」

新たな屋敷の造りは前の屋敷と似ていた。それでも、書庫へ通じていたはずの廊下は途中で途絶え、窓が広がっている。

「本と言えば、俺の部屋にあった本も燃えたんだったか」

二階にあるレンの部屋へ向かう階段の途中で、ロイがため息交じりに言った。

「父さんたちの部屋に本なんてありましたっけ？」

「数えるくらいだけどな。俺の親父（おやじ）の日記とか、ご先祖様が残した本を管理してたんだぜ」

「へぇー、ご先祖様が残した本ってどういう本だったんですか？」

「嘘か本当かわからない、ご先祖様の冒険記ってとこだ。アシュトン家のご先祖様は冒険家だったらしいぜ。天空大陸に行ったり、海底に眠ると言われている古代都市を探したんだとよ」

やがてたどり着いたレンの部屋の前で。

「ほら、レンの部屋も新しくなったぞ」

真新しい部屋は前と比べてやや広めだった。

家具の配置や見た目はすべて、屋敷が燃える前と同じでレンを落ち着かせた。

変わっているのは、レンの成長に合わせて大きめになっていたベッドだけ。レンは新しい部屋に感動を覚えてから聞く。

「父さん、つづきを教えてください」

新しい自室の窓を開けて言ったレンに、ロイは「ああ」と答えた。

「あとはそうだな、龍の翁って話もあったか」

アスヴァルの角の件もあって、レンの胸が一瞬大きく脈動した。

「年老いてるくせに好戦的で、常に強者を求めてるすげぇ強い龍だったらしい」

「…………」

「おん？　急に黙ってどうしたんだ？」

何も言わなくなったレンを見て、ロイが尋ねた。

「具合が悪いとか疲れてるなら、また後に――」

「い、いえいえいえ！　全然大丈夫なので聞かせてください！」

慌てて言えば、ロイは「ならいいが」と言ってつづける。

「ご先祖様はその龍の翁と戦ったらしい。どうしてもその龍の角が欲しくて、欠片だけでも譲ってくれって頭を下げたんだとよ」

「へ、へぇ……角を……それでどうしたんですか？」

「龍の翁が断って、ご先祖様は当然だろうって項垂れた。けど、龍の翁は力づくで奪ってみろと言い放ったんだ」

　レンは乾いた笑みを浮かべながら耳を傾けつづけた。

「で、ご先祖様はその誘いに乗って角を一本まるごと切り裂いた」

話を聞くレンは「は、はぁ……」ととぼけた様子で相槌を打つ。

「ご先祖様はその戦いに勝って、龍の翁と友達になったわけだ」

「わけだって、話はそれで終わりなんですか？」

「おう。うちに残ってた冒険記には、確かそのくらいしか書かれてなかったぞ」

「お、おお……ってか、随分と派手な戦いをしてますよね」

「だから嘘か本当かわからないんだ。いったいどんな龍と戦ったのか知らんが、そんなに強いなら、レオメルの歴史にも名を刻んでるはずだし、うちも名家になっていないと不思議って話だ」

ロイの言葉には説得力があり、レンは冗談だと一蹴することができなかった。

『あなたー！　騎士の方が呼んでるわよーっ！』

階段下から聞こえてきたミレイユの声を聞き、ロイは部屋を離れた。

一人残ったレンは窓枠に身体を預けた。背中に春風を感じながら胸の下で腕を組んでいると、アスヴァルと交わした言葉が思い返される。

『――――アシュトン？　何故だ……不思議と懐かしき響きよ』

『……え？　私の家名を知っている……んですか？』

『何も思い出せぬ……だが、貴様のような弱き者が、その名を口にすることが気に入らん』

アスヴァルの角が片方だけ折れていたことも、その角を折ったのが先祖であれば説明が付く。

時系列的には勇者たちがアスヴァルを討伐する前のことだろう。

アスヴァルは角を折られれば弱体化すると看破したレンは、必死になって残る角を折ったことを思い出す。あのときだって、不完全な復活を遂げたアスヴァルだからやっとだった。

片やアシュトン家の先祖は、全盛期のアスヴァルに勝利を収めたそう。

「俺なんか弱き者って言われて当然だけど……どうして歴史に残ってないんだろ」

歴史書はおろか、ゲーム時代の知識を思い返しても先祖の情報がない。

先祖はとんでもない実力者なのに、歴史に一切名前が出てこないのには違和感しかない。

「意図的に記録されなかった……とか」

何らかの事情によって、レオメルの歴史から消された可能性を考えた。

だがそうすると、アシュトン家が現代までつづいていることに引っ掛かりが生じる。仮に先祖が歴史から消されたのなら、何らかの事情があるはず。その事情は恐らく、レオメルにとって不都合なこと。

それなのにアシュトン家が存続できていることが、どこかちぐはぐに感じた。


翌朝の寝起きの気分は最高だった。新しい屋敷のため懐かしの我が家とは言えなかったが、やはり生まれ故郷はいい。

窓を開ければ、田畑を撫でた風が土と草の香りを運んできた。

「最近では、商人も来てくれるようになったのよ」

家族だんらんの朝食を楽しんでいた際、ミレイユが思い出すように言えばロイがつづく。

「前と違って、いままでは月に一度は来てくれるから助かってるんだぜ」

「商人って、建築資材のために来るんですか？」

「それだけじゃないぜ。ちゃんと交易のために来てくれてるんだ。ほら、食材も前と違うものがあるだろ？　街道が整備されつつあるから、商人にとっても都合がいいらしい」

田舎とされているクラウゼル領の中でも、アシュトン家の村は特に隅の方に位置している。

そのため商人たちにとって、これまでは足を運ぶ価値が皆無だったのだが、

「この村が新しい経由地になれるんだ。街道が整備されれば以前より安全に通行できるからな」

クラウゼルの町から周辺の人里を巡り、元ギヴェン子爵領へ行く商人たち、冒険者たちにとっても、この村の周辺が整備されることは都合がいい。

冒険者たちで村が賑わえば、商人たちも商売にやってくる。

また、村の周辺に生息している魔物は弱い個体ばかりでも、それらの素材は需要がなくなることはなかった。

リトルボアの素材一つとっても、毛皮は安価な防寒具になるし肉の味もいい。

弱い魔物の素材は安価に取引されるのが常だが、それも平民の生活を支えているため重要だ。

若い冒険者や壮年の冒険者が、片手間に稼ぐにもいい仕事なのだとロイは言った。

「その代わりに、父さんの仕事が増えそうですけど」

「おう？」

「村が賑わえば仕事が増えますよ。商人や冒険者たちも寄り付くようになれば特に」

「しまった。失念してた」

ロイが頭を抱える。文官仕事が苦手な彼らしさを見て、レンは笑みを浮かべた。

レンも仕送りをして終わりではなく、アシュトン家の人間として、今後のことも考えなければならないと思った。

「そういえばレン、バルドル山脈でもいろいろあったんだって？」

「私たちも聞いてるのよ。最初はびっくりしちゃったけど、すごいわね！　侯爵家のお嬢様を守ったんですって？」

「魔王教だったか？　よくわかんない奴らが火山を蘇らせたって話には驚いたが、それでも女の子を守りきったレンにはもっと驚かされたぞ！　はっはっはっ！　さすがレンだな！」

「あはは────……はい。本当にいろいろなことがありまして……」

あの事件のことは両親も知っていた。レザードから報告が届いていたのだ。

しかし、フィオナの力が関わる問題は伏せられているため、本当は何があったのか、アスヴァルという存在が現れたことは伏せて。

両親が知るのは、魔王教という脅威についてなどに限られる。

レンとしては冒険家アシュトンの話をさらに掘り下げたくもあったが、情報が残されていないから昨日の話以上は期待できない。

むしろそれが、伏せねばならない情報と関係して都合がよかったくらいだった。

◇◇◇◇

数日後、ところ変わって帝都近くのエレンディルにて。

リシアは昼過ぎの陽光を浴びながら、ヴァイスを連れて町を歩いていた。

「やっぱり、クラウゼルとは大違いね」

「歴史ある町であり、発展目覚ましい場ですからな。お嬢様が継ぐ日が楽しみにございます」

「あら、お父様と同じで代官を置くかもしれないわよ？」

「複数の領地を持つ貴族にとっては当然のことでしょう。しかしながら、お嬢様がこの地の主君となることは変わりません。そのためにも、お嬢様もどこか学び舎に通われるべきでしょうな」

「……たとえば、帝国士官学院とかかしら？」

「はっ。あの学院を卒業すれば、やがてエレンディルを継ぐ者として箔が付くかと」

ヴァイスの声に頷いたリシアが密かに呟く。

「――――そういえば、レンはどうしてあの学院を避けていたのかしら」

彼女が呟いて小首を傾げた、そのときだ。

大通りの一角から、何やら剣呑な声が響き渡った。

リシアはヴァイスを連れて駆け出して、声がした方角へ向かった。

向かった先にある人だかりの視線の先に、路地裏へ通じる細い道があった。ひったくりがその路地裏に逃げていったらしい。

それを一人の少女が追ったと野次馬が言っていた。

「ヴァイス、行くわよ」

「お、お嬢様――――ッ！　やれやれ、行くしかないようですな！」

リシアはヴァイスが制止する前に駆けだして、ひったくりが向かった路地裏へ足を踏み入れた。

細い道には、何人分もの足音が響き渡っていた。大通りの賑わいがとんと聞こえなくなり、まるで別世界に足を踏み入れたかのよう。

　リシアはひったくりが逃げる足音を聞き、その音が聞こえてきたのとは別の方角に駆けた。

「私たちは先回りするわよ」

「なるほど。挟み撃ちですな」

　二人より先にひったくりを追っていた者たちを信じ、先回りすることに決めた。

　先回りした先で、リシアとヴァイスは剣を手に待ち構える。

　予想通り現れたひったくりが二人の姿を見て、

「なっ、何だてめぇら!?」

　ひったくりの男は冒険者崩れなのか、魔物の素材でできた装備に身を包んでいた。小脇に盗んだと思しき高価に見える鞄を持ちながらも、ナイフを抜いて構えた。

「ねぇヴァイス、エレンディルって治安が悪いのかしら？」

「いえ。クラウゼルにもいるように、どこにでも罪を犯す者はおりますので」

「なら仕方ないのね」

　リシアは嘆息を交えて言い、一歩前に出た。

　ヴァイスが動くより先に前方に手をかざしたリシアは、その手から眩い閃光を放った。

　ただの光で殺傷能力はないが、唐突な閃光に目が眩んだ男の足がもつれる。

「ぐ、ぐぉぉ!?」

　男は地面を転がり、そのままヴァイスの目の前へ。

ヴァイスは男が起き上がる前に手を伸ばし、男の手を後ろ手に縛り上げた。

男は「いだだだだっ！」と情けない声を上げる。

「この男を先に追っていた方も到着したようですな」

足音が二人の元へ近づいてくる。

リシアはこの町を治める者の娘として、男を追っていた者たちに礼をしなければと思っていた。

捕まえた男を連行する予定だったのだが、現れた少女を見たリシアが「あら」と笑う。

「もう逃がさな────」

意気揚々と言い放とうとしていた少女がリシアを見て、

「っ────リ、リシア・クラウゼル!? どうしてあなたがここにいるのよ!?」

驚きの声を上げ、見目麗しいその顔を驚きに染めた。

彼女は路地裏を駆け回って乱れた呼吸を整えながら、同じように乱れていた茶色の髪を手櫛で整えて姿勢を正す。

尋ねられたリシアは茶髪の少女を見て口を開き、

「久しぶりね。セーラ」

少女の名を口にした。

ひったくりを騎士の詰め所に預けた後のことだ。

「セーラも協力してくれてありがとう。感謝するわ」

「別にあたしは何もしてないわ。それに、英爵家の者として当然のことをしただけよ」

七英雄の中に、ガジル・リオハルドという剣士がいる。純粋な剣の技量で勇者を凌駕し、魔王討伐の旅においても幾多の活躍をしたとされている男だ。

リオハルド家は七大英爵家の一つで、セーラはその令嬢。

彼女は七英雄の伝説にてメインヒロインを務め、明るい性格が人気の少女だった。

「何年ぶりかしら。あたしがリシアに負けて以来だから……もうかなり経つわよね」

二人がはじめて会ったのは、数年前に帝都で開かれたパーティのとき。

幼い頃から剣の腕が評判だったセーラは、同じく評判だった白の聖女（リシア）に力試しを申し込む。

だが翌日、帝都にあるリオハルド家の屋敷で行われた立ち合いはリシアに圧倒される。

認め合った二人は当時の立ち合いをきっかけに友好関係を築き、いまがあった。

「驚いたわ。お父様の仕事でこの町に来たら、まさかセーラに会うなんて」

「あたしもよ。ヴェインを案内してたらあんなことになるし、リシアとも会えたんだもの」

「ヴェイン？」

「あたしの友達で恩人なの。あたしが彼の村の近くに行ったとき、ヴェインは魔物に襲われそうになったあたしを助けてくれたのよ。一緒にエレンディルに来てたんだけど、はぐれちゃって」

そう言ったセーラは可愛らしく頬を緩ませた。

「魔物に襲われるって、護衛はどうしたのよ」

「……自分一人でも戦えるって思って森に行ったら、うまく戦えなくて……」

リシアはため息交じりに、「ただの馬鹿じゃない」と呆れた声で言いかけた。

だが、自分も似た節があってレンに迷惑をかけたこともあるから言葉にすることはできない。

「リオハルド嬢。もしよければ、お連れの方を騎士に探させましょう」

ヴァイスの提案に喜んだセーラが頷き、ヴェインという少年の特徴を口にする。

年の頃はセーラと同じで、背丈は彼女よりやや高くて細身。濃い茶髪と翠色の瞳。

ヴァイスが席を外し、詰め所の前に立つ騎士の元へ向かう。

「ねぇリシア、せっかくだから付き合ってよ」

セーラが詰め所の中へ向かって歩を進める。

「あの日から成長したあたしの強さ、見せてあげる！　詰め所にある訓練所を借りましょ！」

互いの家は派閥が違うから、親の目が届かない場所で立ち合うことにリシアは迷いがあった。

後で面倒な文句――――はセーラのことだから言ってこないだろうが……。

「……クラウゼルに帰ったら、レンに謝らなくちゃ」

いまの自分が抱く気分は、恐らく過去にレンが抱いたそれと似ているはず。

迷っていたリシアは仕方なく、詰め所の中へ足を踏み入れた。


数十分後、セーラと共にエレンディルを訪れた少年、ヴェインが詰め所に足を運んだ。

彼は、詰め所内の訓練所の地面にへたり込み唖然としているセーラを見て驚く。

「じゃあね、セーラ」

去り際に歩きながら振り向いて、手を振ったリシアの可憐な姿。

彼女は前に会ったとき以上の力の差を披露した後で、この場を去った。

それは七英雄の伝説における一枚絵。

メインヒロインのセーラと彼女に手を貸す少年、主人公ヴェインがリシアを見送るシーンだ。

一か月ほどが経ったある日、レンとリシアがクラウゼルに帰ってから行われた訓練の後。

リシアは庭にある木製のベンチに腰を下ろし、エレンディルでのことをレンに語っていた。

「――っていうことがあったの」

話を聞いたレンは、平静を装いながら「そうだったんですねー」と口にする。

ゲーム時代もヴェインは村の近くを訪れたセーラ・リオハルドを守る。彼はその際、身体に宿した勇者の力が覚醒の兆しを見せたことで、セーラの親の目に留まったはずだ。

騎士の詰め所で起こったイベントを思い返し、レンは懐かしさを覚えた。

「ねぇレン、聞いてる？」

「すみません。都会のすごさに圧倒されてました」

レンはリシアを見て、彼女が立つために手を貸した。

「ありがと」

「いえいえ。それで、リオハルド嬢と立ち合ったんでしたっけ」

「短い時間だけど何度かね。それなのに、はぁ……」

唇を尖らせながらレンの顔を見上げたリシアは、以前以上の身長差を感じた。

「……また、勝手にカッコよくなってる」

ついでにレンに聞こえないように呟いておいた。

「セーラは帝都でも評判の剣士で、私はその子に圧勝できたのよ」

「リシア様が頑張ってきたことの賜物でしょう。俺も嬉しいですよ」

「もう！　そうじゃないんだってば！」

リシアはさらにレンと距離を詰め、睫毛の本数が数えられそうなほど傍で言う。

「その私が、今度はレンにぼろ負けしたこと！　つい数分前！　いつも通りにっ！」

レンを見上げた彼女はやや不満げながら苛立ちはない。

いまのリシアの様子は、どこか甘えているようでもあった。

「レン、また強くなったでしょ」

「えっと？」

「目をそらさないで、ちゃんと私を見てっ！」

聞き入れたレンがリシアを見れば、二人の視線が真正面で重なった。

リシアはここにきてようやくその近さを自覚して、頬を一瞬で上気させる。恥ずかしさから慌てて後ずさった。

その様子を屋敷の窓から見ていた使用人、ユノが窓ガラス越しに微笑(ほほえ)んでいた。

「急にこっちを見るのはズルいじゃない！」

レンはリシアの不条理な言い分を流すように返し、苦笑い。

「でも、ギヴェン子爵の件で剣呑な雰囲気になってなかったみたいで安心しました」

「そのことなら、何度もセーラに謝られたわ」

ギヴェン子爵が巧妙に動いていたせいで、セーラが話の全貌を知ったのは事件の後だった。

話を聞いたセーラは怒り、クラウゼル家に接触しようと何度も試みたのだが、

「イグナート侯爵が英爵家にも圧を掛けて、身動きが取れないようにしてたみたい。ギヴェン子爵の件で派閥が混乱してたこともあって、セーラのご両親はセーラを守るため必死に止めたそうよ」

「あー、あのイグナート侯爵ですからねー」

イグナート侯爵が味方になるとこうも心強いとは。

英爵家ですら身動きが取れなくなるなんて、どれほどの剛腕ぶりを発揮したかわからない。

「リオハルド嬢はリシア様のことを強く案じていたんですね」

「そうね。あの子は優しいから」

英雄派にいい印象がないリシアにしてみれば、セーラ個人を嫌いになれなくとも、言葉にできない複雑な感情が心の中で蠢(うごめ)いてどうしようもない。

派閥と一言に言っても一枚岩ではないため、考えれば考えるほど複雑になる。

「ねぇねぇ！　今度はレンの話を聞かせて！　村はどうだった？」

弾む声で尋ねられたレンは、気をよくして思い出を語る。

◇◇◇◇

夜、レンがレザードと話をしていた執務室へ、ヴァイスが神妙な表情を浮かべてやってきた。

「少年の報告とすべて合致しております。あの角はアスヴァルのものでありましょう」

話を聞いたレザードがソファに座ったまま高笑い。

「はっはっはっ！　もう驚かん！　レンがしたことなら笑い飛ばせるとも！　むしろ、アシュトン家の村に流れ着いたことを喜ばしく思おう」

「それ自体は目立たなくてよかったんですが、どうして俺の村に流れ着いてたんでしょうか」

「これを見てみなさい。恐らく、地底河川を下ったのだ」

レザードはソファ手前のテーブルに地図を広げた。

地図に描かれた領内の地形には、いくつもの青い線が描かれていた。

その川こそ、レンがフィオナと逃げる際に目指していた、バルドドル山脈にある隠しマップこと星瑪瑙の地下道から行ける抜け道だ。

「その周辺にある地底河川は、我が領内にある大きな水脈にも繋がっている」

「確かにあの角がそこに流れたと思えば……けど、都合よく俺の村に流れてくるでしょうか」

「私も正直、都合がよすぎて作為的なものを感じてしまうが、実際にそうなってしまったのだ。現にアシュトン家の村に流れ着いてしまったことは事実だろう」

他に言いようがなかった。

(アシュトン家と縁があったみたいだし、引き寄せられた……とか)

それもそれで現実味がなかったものの、アスヴァルの力を鑑みれば一蹴できなかった。

問題となるのは、値段の付けようもない貴重な角をどうするべきか。

市場に流せるかというと難しい。素材が素材だし、イグナート侯爵とフィオナの件を思い返せば市場に流すことで余計な諍(いさか)いを生むことは避けたい。

「今度、イグナート侯爵に直接相談した方がよさそうだな」

「ということは、エウペハイムへ行くんですか?」

「いや、夏にイグナート侯爵が懇意の貴族に頼んで開かれるパーティがある。イグナート侯爵が私たちと話すために設けてくださったのだ」

わざわざ懇意の貴族を挟んだのは、クラウゼル家と派閥が違うからだった。

イグナート侯爵と話すことはこれで大丈夫として、レンには他にも話したいことがあった。

「すみません。話は変わるんですが」

レンはロイから聞いた話をレザードに告げる。

この二人ならと思ってアスヴァルが口にしていたことも。

「アシュトン家の先祖だった冒険家……残念だが私は聞いたことがない。ヴァイスはどうだ?」

「私も同じく。しかしながら、アスヴァルの言葉とロイ殿の話は関連があるように思えてなりません。ですのに先祖の素性が知れぬというのは、はっきり言って違和感がございます」

「ああ。本来であれば、歴史に名を刻んでいて然るべきだ」

二人は屋敷の書庫でそれらしい本を読んだ記憶もないそうだ。

「以前、ギヴェン子爵の騒動後にレンの村を調べ直したことがある。レンの村を狙った理由を探ったのだが、それらしき情報はなかった。村の老人たちは何か知らなかったか？」

「薬師のリグ婆にもそれとなく聞いてみたんですが、何も知らないみたいでした」

「……では、調べようがないかもしれないな」

「アスヴァルに勝つ者を歴史から消せる存在は、このレオメルでも限られます。随分と複雑な事情なのかもしれませんぞ」

「だとすれば、禁書庫になら情報が残されているかもしれんな」

七英雄の伝説でも足を運べた帝立図書館には、禁書庫と呼ばれる区画があるらしい。

らしい、というのはプレイヤーが足を運べる場所ではなかったから。禁書庫という名にふさわしい厳重な管理下にあるため、あくまでも情報としてしか知り得ない場所だった。

「なるほどな」

「ご当主様、なぜ笑みを浮かべていらっしゃるのです？」

「ようやく少しわかったからさ。ヴァイスも知っているはずだ。禁書庫に足を運べる者はどのような立場にある者かをな」

「まさかギヴェン子爵が法務大臣補佐を務めていた頃、ということですか」

「そうとも。禁書庫に足を運べるのは館長の他には数人しかいない。皇帝陛下に、まだ決まっていない王太子、他には法務大臣とその補佐官に限られる」

以前、ギヴェン子爵がアシュトン家の村を狙った理由を考えて。

（ギヴェン子爵は禁書庫でアシュトン家の何かを知って、わざわざあんな辺境に手を出してきた）

その何かがわからない。それが歯がゆくてたまらなかった。

「アスヴァルを圧倒するほどの先祖がいるのだ。アシュトン家に生まれたレンを狙うのも理解できる。それこそ、勇者ルインの血を継いでいると考えてもおかしくない」

（それはないんだよなー）

心の中で言い切ったレンは七英雄の伝説における主人公こと、ヴェインの存在を思い浮かべた。

乾いた笑みを浮かべた彼が、

「情報が残されている可能性があっても、禁書庫ならどうしようもありませんね」

それこそ、レンかその知人が禁書庫に足を運べる存在になれたら話は別だが。

「いまの話も念のため、イグナート侯爵と共有しておかないとですね」

「その方がよさそうだ」

レンとレザードの二人が言葉を交わした。

二章 帝都へ

レザードが語っていたパーティまであと数日という、七月に差し掛かったある日。

レンにとって帝都は帝国士官学院があるため忌避感を抱かせる対象だったが、護衛として、また急にイグナート侯爵に呼び出されても対応できるよう同行していた。

『間もなく帝都を通過し、エレンディルに到着いたします』

天井に備え付けられた豪奢(ごうしゃ)なシャンデリアが、声を届ける魔道具でもあった。

アナウンスを聞いたレンは、ほぼ丸一日世話になった客室の窓から外を見た。

隣にはついさっき、朝食を取り終えたばかりのリシアが立っている。

「レン、昨日はよく眠れた？」

「おかげさまで。リシア様がご自室に戻られてからすぐに寝ちゃいました」

「馬車での長旅は疲れるものね。いつかクラウゼルにも、魔導船乗り場ができたらいいのに」

だがクラウゼルの規模では主に資金の問題で、魔導船乗り場を造り管理することは難を極める。

リシアもそれを自覚して、冗談のつもりで苦笑を交えて言った。

「ほんとにすごいわよね、帝都って」

聖女が窓を覗き込みながら呟く。

「レンは帝都をはじめて見てどう思った？」

「俺は――――はい、もちろん」

「もちろん？」

「すごいって思いました。すみません。それ以外の感想が出てこないんです」

「ふふっ、そういうことね」

たとえ七英雄の伝説で見たのと同じ景色だろうと、実際に目の当たりにするのは違う。

世界最大の軍事大国、レオメルの首都は他の国々の追随を許さぬ規模を誇っていた。

いくつもの区画に分かれた帝都は、クラウゼルの町の数十倍もありそうなくらい広かった。

帝都に住まう上位貴族の屋敷が並ぶ貴族街は圧巻だ。

巨大な高級宿や名のある研究所、数多（あまた）のギルド本部もこの帝都に立ち並ぶし、帝国士官学院をはじめとした名門校も多く存在する。

帝都の外からやってきた魔導列車を受け入れる、帝都の中で扇状に広がった線路もそう。

それらが集まった巨大な駅が大通り中央に鎮座する。帝都内を巡る魔導列車の線路が高架によって設けられ、広い帝都に鉄道網を広げていた。

先端の技術と、長い歴史のある建物の芸術的とも表現される融合。

世界のどこを探しても帝都以上に時代が進んだ都市はなかった。

そんな帝都には、レオメルが世界最強を誇る理由が堂々とそびえ立つ。

帝都の象徴――帝城。

天高くそびえ立つ尖塔(せんとう)が並んだ薄灰色の全体は、アーチ状の道が地上の遥か上に架けられ、複雑な造りながら端然としていた。

その複雑さは建築技術の究極ともいえる意匠により、人の世の物とは思えぬ幻想的な雰囲気を醸し出している。

神が住まうと言われても違和感のない、神々しさすら漂っていた。

「帝城だけでクラウゼルの町をほとんど覆えそうだって、帝都に来るたびに考えちゃうの」

リシアがレンの隣で感嘆の声を漏らした。


外の景色をさらに数十分も楽しんでいると、魔導船の高度が落ちていく。

「そろそろ行きましょうか。お父様たちが待ってるわ」

客室を出ると、外の連絡通路は空を飛ぶ船の中とは思えぬほど落ち着いた空間が広がっている。

クラウゼルの屋敷と比べても遜色のない、豪奢すぎない居心地のよさだ。

魔導船の出入り口へ向かう最中に見かけた窓の外の風景に、レンが再び目を奪われた。

魔導船が帝都上空を離れ、近くの町に近づいていた。

「リシア様、見えてきましたね」

「うん！　あれがクラウゼル家のもう一つの領地、エレンディルの魔導船乗り場よ！」

石畳が敷き詰められた広い地面の中央に、白い石造りの一見すれば砦(とりで)のような、あるいは塔にも見える巨大な建築物が一つあった。ところどころに尖塔が立ち並ぶ姿は圧巻だった。

ゴシック様式を思わせる全貌は水流や緑で彩られ、壮麗。

高層階から長い滑走路が如く道が宙に向かって延びている。エレンディルにやってきた魔導船は何隻も等間隔に並び、その道を左右から挟み込むように空中で停泊していた。

停泊した魔導船の見た目も様々だ。弾丸状の形をしたもの、巨大な水上艇のようなもの、魚のヒレに似た翼を何層も重ねた巨軀を誇るものもある。


レザードに伴われ外の建物へ通じるタラップへ出れば、高所の風がレンの頬や髪を撫でた。

レンはタラップの手すりから遥か下に広がる地面を見下ろす。建物の下にはいくつもの馬車が停まり、そして多くの店が立ち並んでいた。タラップが繋がった建物の地面から延びた、幾本もの線路も彼の目を引いた。

「レンはこの魔導船乗り場の名前を知ってる？」

「確か、空中庭園でしたっけ」

タラップを抜けたところで、数歩先を進んでいた彼女がレンに振り向く。

「そうよ！　いま私たちがいる空中庭園は、エレンディルの象徴の一つなの！」

リシア曰く、空中庭園は魔導船乗り場だけに限らず、魔導列車の駅としての役割を持つ。

空中庭園から魔導列車に乗れば、一時間ほどで帝都へ到着する。

多くの貴族や大商人が空中庭園に通う、商業的にも重要な巨大複合施設だった。

「男爵が預かるにしては立派すぎる町だって思った？」

「い、いえ、そのようなことは……」

「ごめんなさい。意地悪を言いたいわけじゃないの。レンは頭がいいから、もしかしてそんなことも考えてるかなーって思って」

正直、思わないわけでもない。

これほどの要所を預かる貴族と聞けば、普通なら上位貴族を想像して当たり前だ。

何とも言えず、お茶を濁そうとしたレンにレザードが説明する。

「魔導船乗り場が各地に普及しはじめてきた頃から、この空中庭園は価値を落としはじめた。帝都近くで空に向かう要所という事実は変わらないが、運営の難易度が並み外れている。だというのに責任ばかり大きいため、価値を落としたこの地を欲する貴族はそういなかった」

「それにしても、エレンディルと合わせれば貴族として箔が付くと思ったのですが」

「そう。レンが言うように箔が付くのだが、空中庭園を運営することによる収入も言うほどではない。毎年の維持費がとてつもなくてな。町の税収もあるが、町の維持費も考えれば、儲けがほしい貴族は失敗への恐れの方が強くなる」

「箔を得られても、あまり得がないんですね」

「しかし誰かに任せないわけにもいかん。前領主は子がおらず、隠居してすぐエレンディル領主が空席になった。レンとリシアが出会う何年か前だったか」

各派閥の貴族が互いに牽制していたため、後任の選定に時間を要するも、中立派の貴族がレザードの名を挙げたことで事情が変わる。

レザードがエレンディルを任されたのは半ば折衷案でもあった。

彼は爵位の割に有能で、聖女を娘に持つため皆の覚えがよかった。他の二大派閥の中にはいずれ、クラウゼル家ごと派閥に引き入れたいと考える者がいたことも察しが付く。

「最近は税収も微増がつづき、数字もようやく右肩上がりになってきた」

実績を誇らしく言うこともなく、さらっと言い切ったレザードがレンには格好よく見えた。

レンは次に、エレンディルの外れに鎮座した大時計台を見た。

象牙色のレンガを積み重ねて造られたそれは、四方を囲むように円柱が支えている。天高くそびえ立つ姿は長い歴史を持つ芸術品だ。周囲を自然公園や広場に囲まれており、町と広場を隔てる水路に設けられた一本の橋から行き来することができる。

時計の針はちょうど十二時を指し、讃美歌(さんびか)のように神秘的な鐘の音を奏でる。

「早く移動しないといけないから、観光はまたにしなくちゃね」

リシアに急(せ)かされたレンは、彼女を追うべく慌てて足を動かした。

彼はその際、この滑走路のような道の端に目を向けた。

(あれもあるのか)

テントのように布を被(かぶ)せられた何かがある。布越しにわかる形は、弾丸の形をした魔導船のように見えた。

あれは七英雄の伝説時代も同じ場所にあった。

（魔導船か何かなんだろうけど、修理中とかなのかな）

レンは空中庭園内部の光景に懐かしさを覚えつつ、地上階に設けられた駅から、帝都へ向かう魔導列車に乗り込んだ。

エレンディルに到着して屋敷に寄ることなく帝都へ向かったのは、この後に予定があるからだ。


帝都の大通り沿いの大きな宿へ足を運んだ。

エレンディルの屋敷へ寄らない理由は、さっきまでレザードが貴族と会う予定がいくつかあったからで、パーティの後で開かれる夜会もあり今日は帝都で一泊する。

エレンディルの屋敷へは明日向かうことにしていた。

レザードの部屋に足を運んだレンがレザードに促されてソファに腰を下ろす。

今宵、レンはレザードたちには同行せず、しばらく一人で過ごす予定だった。

「俺は一人で観光してきます」

「案内がいなければ迷ってしまわないか？」

レンに護衛をつけるかどうかの判断は今更とも言える。

クラウゼルでは東の森で魔物の調査をしているし、冬にはバルドル山脈でも活躍した。巡回の騎士も大勢いる帝都は貴族令嬢、令息が一人で歩くことも少なくなかった。

「大丈夫だと思います。大通りとかにしか行かないので」

レンは立ち上がってレザードの部屋を出る。自室に戻るためだ。

すると、レザードの隣の部屋からリシアが姿を見せた。

レンが帝都を観光してくるという話を聞いたリシアが、彼を羨ましそうに見た。

「いいなぁ……私も一緒に行きたい」

「駄目ですよ。リシア様はパーティに参加するんですから」

「もう……わかってるもん」

そう言いつつも、リシアは不満そうに唇を尖らせる。

「もしよければ、次の機会は俺に帝都を案内してくださいますか？」

「うん！　任せて！」

リシアは背を向けたレンの後ろ姿に手を伸ばしかけたけれど、今日のパーティは重要な催しであることを思い出す。

「いつもレンに助けられてばっかりなんだから、私もちゃんとしなきゃ」

気を引き締め直したリシアは、自室に戻っていくレンの姿が見えなくなるまで彼を見送った。

豪奢な屋敷の庭園に集まった馬車と紳士淑女たち。
パーティに参加する者たちの身を包む衣装も相まって、周りはどこを見渡しても煌びやか。
夕暮れの茜色を帯びたそのすべてが、貴族の華だった。

派閥を問わず多くの貴族との挨拶が済み、ようやく訪れた休憩にリシアが息をつく。

彼女の抜群の容貌は皆の目を引く。優れた容貌の貴族令嬢が多く足を運ぶ会場の中でも、彼女は特別だった。

娘の疲れた姿を見て、レザードはグラスを片手に笑う。

「明日には私の頰も筋肉痛になっているはずだ」

「まぁ、お父様ったら」

そうしていると、また別の貴族がやってきて二人に声を掛ける。

「ごきげんよう、クラウゼル男爵」

リシアが春に再会したセーラ・リオハルドだ。

英爵家の令嬢である彼女も、当たり前のようにこのパーティに招待されていた。

「先日は娘が失礼をしたと聞きました。何とお詫び申し上げればよいものか」

「う、うぐっ……べ、別に失礼じゃないから、気にしないでください！」

レザードが言ったのは、エレンディルの詰め所での立ち合いについて。

いくらセーラから申し込んだといっても、レザードはその立場上、いまのように言わざるを得なかった。皮肉を言う意図は毛頭なくとも、完敗を喫したセーラには耳の痛い話だ。

「ところで、リオハルド嬢のお父君はどちらに？」

「父なら別の場所に。英雄派の方たちと話をしています。私が静かに話したいからって、父にはついてこないよう強く言ってあります。……派閥の違いもありますから」

それはそれでどうなのだろう、とリシアとレザードは思った。

しかし、セーラが気を遣ってくれたことはわかるから、深掘りはしない。

「それでセーラ、お父君と別れてまで私のところに来た理由は？」

「あたしもリシアと同じで疲れたから、一緒の方がお互いに都合がいいと思っただけ」

そう言ったセーラの頬にも僅かに疲れが見えた。

二人は笑い合ってから乾杯を交わし、グラスに注がれていた果実水で喉を濡らした。

「リシアはクラウゼルでどんな訓練をしてるの？」

「普通よ。庭で剣を振ってるだけ」

「――――嘘でしょ？　有名な騎士とか冒険者と訓練してるわけじゃないの？」

「？　してないわよ？」

英爵家に生まれたセーラはひけらかすことはなくとも、幼い頃から剣に関する英才教育を施されてきた。現リオハルド英爵に限らず、帝都だからこそ呼べる高名な剣士の教えも乞うた。

英爵は明確にどの上位貴族相当という指針はない。

だが一般的に侯爵級とされることが多く、高名な騎士を呼ぶことも容易だった。

「同い年の男の子と訓練してるだけよ。いつもね」

「じゃあ、まだ一度も負けたことがないのね」

「まさか。毎日のように負けてるわよ」

セーラはもう一度果実水で喉を濡らしてから「え？」と言った。

間が空いてしまったのは、理解するのに時間を要したため。

「け、けどそれって、リシアがギリギリの戦いで負けてるとか……そういうことよね⁉　同い年の男の子に、リシアが負けるわけないもの」

「だから、負けてるんだってば。手心を加えられてるのに、私はそれでもぼろ負けしてるの」

言葉にならないとはこのことか、とセーラが当惑。

まだ半信半疑ではあったが、彼女は楽しそうに笑っていた。

「学院で会える日が楽しみね。あたしとヴェイン、それにリシアとリシアより強い男の子がいるなら、面白くなるに決まってるわ」

「私たちと学院？　何のことを言ってるの？」

「何って、帝国士官学院のことに決まってるじゃない」

セーラは面食らった様子で笑った。

「その反応だと、まだ入学するって決めてないんだ？」

「帝国士官学院に通う価値は理解してるわ。でも、あの学院がすべてじゃないから」

「ええ。大臣が全員あの学院を卒業したわけじゃないわ。でもリシアはあそこを目指すべきよ」

強い口調で言ったセーラがリシアに身体を近づけ、理由を告げようとしたとき……。

パーティ会場が一際大きなざわめきに包まれた。

会場に現れたのはかの剛腕、ユリシス・イグナート。彼は隣にリシアにも劣らぬ美と可憐さの化身を連れて、ゆっくりと会場を歩いていた。

彼はすぐにリシアたちを見つけて笑みを浮かべると、こちらに歩を進めてきた。

「やぁ、はじめまして――クラウゼル家のお二方」

足を運んだイグナート侯爵、いや、ユリシスは男性的な色香を纏(まと)ったその顔に、爽やかな笑みを浮かべて言った。

「おや？　そこにいるのはリオハルド家の」

「セ、セーラと申します」

「もちろん存じ上げておりますとも！　幾度かパーティでお顔を拝見したことがありましたのでね」

セーラは全身を緊張で強張らせていた。

「申し訳ないのですが、私もお二人とお話ししても？」

面前に立つユリシスから感じる圧が全身を襲いつづけた。いまにも呼吸が乱れてしまいそうになったところで、彼女はユリシスの強さを知った。

これが幾多の貴族が恐れる、剛腕の凄(すご)みなのかと。

「参ったな。緊張させてしまったようだ」

彼は緊張に口を噤(つぐ)んだセーラから目をそらし、後ろに控えたフィオナを振り向いた。

「お父様のせいですからね。反省してください」

フィオナの微笑みは同性のセーラが思わず見惚(みと)れて緊張を忘れるほど愛らしい。

「お話の邪魔をしてしまい申し訳ありません。私たちもお二人と話をしてもいいですか？」

フィオナは申し訳なさそうに腰を低くして、父が口にした問いを改めて口にした。

そこでレザードがセーラに言う。

「リオハルド嬢、今宵はお声掛けいただきありがとうございました。是非今後とも、リシアと懇意にしていただきたく」

「え、ええ……わかりました」

助け舟を出されたセーラは場の雰囲気を悟り、席を外す。

しかしどうしてユリシスがここに来たのか、彼女は最後まで知ることはなかった。

ユリシスがレザードに身体を向き直す。

「お二方、テラスに場所を移しましょうか」

「よろしいのですか？　我らが何か密談をしてると思われるかもしれませんが」

「ははっ、いまの私はクラウゼル男爵を詰問する悪者ですよ」

たとえば冬の騒動に関連して、バルドル山脈を領内に置くクラウゼル男爵に文句を言うなどで。

四人が場所を移したテラスには他に誰もいなかった。様子を窺(うかが)いに来ようとする者も皆無だったのは、ここにいるのがユリシスだったからだろう。

庭園の一角にある生垣の裏手の傍で、ユリシスとフィオナが足を止めて深々と頭を下げた。

顔を上げたフィオナと、リシアの視線が交錯する。


……こんなに綺麗な女性(ひと)、はじめて見た。

決して声に出すことなく、心の中で二人が同時に。

夜風が辺りに吹く。

リシアの髪を彩る白金の羽の髪飾りが揺れたと思えば、フィオナの胸元を飾る星瑪瑙のネックレスも揺れる。普通の星瑪瑙と違い、紅色がさした星瑪瑙だった。

「フィオナから聞いたよ、クラウゼル男爵。バルドル山脈ではレン・アシュトンのおかげで助かって、彼にも直接礼を言えたとね」

「当時のことは申し訳ありません。我が領内であの騒動を巻き起こしてしまったことには、申し開きのしようもございません」

「やめてくれ。それを言ってしまうと、考えが足りなかったのは私の方さ。私がもう少し頭を働かせていれば、フィオナはあのような騒動に巻き込まれることもなかっただろうね」

「しかし、イグナート侯爵でもわからなかったのなら、他の者でも同じことでしょう」

「ならクラウゼル男爵にも罪はない気がするが、どうかな？」

間髪入れない言葉に、レザードは苦笑いを浮かべて閉口した。

「謙遜はしないでくれよ。クラウゼル男爵の有能っぷりは私も耳に入れている」

「と言いますと、何のことでしょう？」

「最近、周辺の領地にいる商人たちを抱え込みはじめてるって噂じゃないか」

「確かに最近は商人の出入りが多くなりましたが、私は特に何もしておりませんよ」

「では兼ねてより商人たちの頭痛の種だった、バルドル山脈周辺の街道整備は何のためだろうね」

「それでしたらいずれ、クラウゼル（こちら）からも、他の領地へ行きやすくするためでございます」

「それだけかい？　開発が終われば、その先の領地と元ギヴェン子爵領の行き来が容易になる。周辺を移動したかった商人たちも、二つの領地から魔導船で行ける領地も影響を受けるだろうね」

「仰る通りです。なので最近は、多くの貴族からお声掛けいただいておりまして」

「君はその声を掛けてきた貴族たちと、いくつか取り決めを交わしたんじゃないのかい？　新たな道を経由地として安全に開放することを前提に、交易に際して様々な優遇とかね」

「恐れながら、私からはまだ何とも」

「やれやれ、本当に食えない男だ。男爵の身でありながら、単身で上位貴族も交えた取り決めを実現させるとは」

　リシアはそれらの話を一つも聞いていなかった。

話を聞いていた彼女は父の仕事に驚き、思わず横にいる彼を見上げてしまう。

「お父様……？」

「まぁ、私もレンにばかり世話になっているわけにいかないからな」

驚くほどの力を発揮して貴族として勢力拡大に励み、領地を富ませるための振る舞いは娘のリシアも誇らしく思った。

　交わされる話はやがて、アスヴァルの角の件へ。

「例の素材を、どのように取り扱うべきか迷っているのです」

話を聞くユリシスが腕を組んだ。

「角の所有権は誰にあるんだい？」

「私はレンに所有権があると考えます。献上すべきとなりましたら、話は変わりますが」

「なら何も気にすることはない。その角はレン・アシュトンのものさ」

皇族派筆頭のユリシスが言うのだから、気にするべき些末事は間違いなく存在しない。

残るのは使い道という本題だ。

「私も考えておくから、任せてくれたまえ。私はこう見えて知人が多くてね」

こう見えても何もなかったのだが、レザードとリシアは何も言わずに苦笑した。

「レン・アシュトンに伝えておいてくれるかい？　是非、私の屋敷に来てくれって。当家自慢の屋敷で、彼のことをもてなしたいんだ」

「承知いたしました。レンには一言一句違わず伝え――――」

「そうしてくれたまえ。私はもちろん、娘も彼と会いたがっているからね」

ユリシスが食い気味に口にした言葉自体には大した意味はなさそう。

だが、言葉に隠された本心によって、二人は予定になかった腹芸をする羽目になる。

二人の心の内には、静かな闘志が芽生えていた。

「レンは故郷の村のために頑張っているところですので、すぐにとはいかないかもしれません」

「つれないことを言わないでくれよ。村のことも、いくらだって相談に乗ると伝えてくれ」

「感謝いたします。ですがアシュトン家の村については、娘とクラウゼル家を救ってもらったこの私が、最後まで責任を持つべきと愚考いたします」

「ははっ、それを言うなら、私も娘を救われているよ。一度ならず二度までもね」

二人の声音からは剣呑さは窺えないが、互いに一歩も引くことなく静かな応酬をつづけていた。

彼らの娘二人もそれを理解しきっていた。

彼女たちは静かな戦いをつづける父の傍を離れて、様子を窺う。

「いただいた招待状はレンが持っておりますから、然るべき頃にエウペハイムへ参るでしょう」

「ああいや、それだけじゃないさ。招待状はあくまでも薬の素材のこと（最初のお礼）だろう？　私が言ってるのはバルドル山脈での件さ」

「でしたら先ほど、互いに気が付けなかったことと話したと思いますが」

「私とクラウゼル男爵の間の件ならその通りだよ。けど、忘れていないかい？　バルドル山脈でフィオナを助けてもらったことへの礼は、また別の話なんだよ」

彼らの娘たちは、声に段々熱を帯びてきた父たちの様子に苦笑して互いを見た。

「イグナート様」

「フィオナ、でいいですよ」

「ではフィオナ様、私もリシアで結構ですから」

二人は父たちと違ってぎこちなさが目立った。

それきり、どちらも口を開くことなく黙りこくった。互いに聞きたいことがあったのに、どうしてかそれが言葉にならない。レンに命を救われた者同士、様々なことを考えてしまっていた。

黙り込む二人の間を、また夜風が吹いた。

リシアの髪飾りと、フィオナのネックレスが再び揺れた。

「それって星瑪瑙……ですか？」

リシアが口火を切った。

「はい。これは私の大切なもので、入浴するとき以外はずっと身に着けてるんです。リシア様の髪飾りは白金の羽……でしょうか？」

「ええ。これは私の大切なものなんです」

いずれもとても貴重な品で、二人にとってのたからもの。

それに触れた二人の表情からは、それを限りなく愛おしく、大切に思っていることが見て取れた。

相手の表情を見ていると、二人は自然に察しが付いてしまう。


……この子も、好きなんだ。

……私と同じ、命を救われた者同士。

……こんなに綺麗な子が。彼のことを好き。


言葉に出さずとも伝わった。

彼女たちがここでレンを取り合って、浅はかな喧嘩をすることはなかっただろう。命を救ってくれたレンを差し置いて、自分たちが愚かしくも彼を取り合って争うことは論外だった。

相手の人となりと立ち居振る舞いには、敬意すら抱く。

「…………」

「…………」

二人にとって幸いだったのは、本人同士が話すより先に、父親同士がレンを取り合うかのように静かな舌戦を繰り広げてくれたことだ。

客観的に、冷静に物事を考えられたのはそのため。

そうはいっても、レンに抱く感情のすべてに嘘はつけなくて、

「――――私の恋は命懸けよ。命を懸けて私を守ってくれたレンのためなら、なんだってできる」

リシアがいつもの調子で、つい敬語を忘れて思いの丈を口にしてしまった。

だが、はじめて会う――――しかも、不思議な関係にあるフィオナを前に語ったことで、首筋から頬が真っ赤に染まった。

「――――私も、この世界を与えてくれたレン君になら、すべてを捧げられます」

フィオナも首筋から頬にとどまらず、耳たぶまで真っ赤に染まる。

譲れない気持ち、恋心をまっすぐ伝えることはこうまで衝撃が大きいのか、とリシアとフィオナ

は真っ赤な顔をしたまま相手を見つめていた。

夜風が吹く。二人の火照った肌がそっと撫でられた。


パーティ会場に戻る直前、ユリシスが言う。

「念のために聞いておこうと思っていたんだ。クラウゼル嬢、少しいいかな」

はい、と頷いたリシア。

「クラウゼル嬢は帝国士官学院に通う、そう思っても構わないかい？」

「いいえ。まだ決めかねておりました」

思えばさっき、セーラも何か言いかけていた。

「なら、帝国士官学院の特待クラスを目指したほうがいい。以前なら私もクラウゼル家の考えを尊重したけど、最近は物騒だからね」

ユリシスはため息交じりに、面倒くさそうな声で、

「バルドドル山脈での件とは別に、今後数年の間に派閥争いが以前以上に苛烈を極めるはずさ」

それにはレザードも眉をひそめ尋ね返す。

「帝都で何かあったのですか？」

「数日前にね。クラウゼル男爵はバルドドル山脈での騒動の後で、英雄派と皇族派の上位貴族たちが剣呑になってるって話を――――知っているに決まってるか」

「はっ。同じ派閥内でも意見がわかれて、言い争うことも少なくないと聞きますが」

「実はそれだけじゃなくなっちゃってさ。私も情報を得たのはつい先日なんだが――」

ユリシスでも聞いて間もない情報。

彼曰く、知る者がいてもまだ両手で数えられるくらい。

「中立派に属する貴族が数人、英雄派と皇族派に鞍替(くらが)えするらしい」

それらの貴族たちは、先の騒動で中立派がさらに弱体化することを危惧して、他の二大派閥へ鞍替えすることを決意したそうだ。

「貴重な情報、感謝します」

ユリシスが改めてリシアに顔を向けた。

「だから、帝国士官学院を目指した方がいい。貴族同士の繋がりを深めればこそ、クラウゼル家が選べる選択肢もおのずと増えるからね」

本心では両家の繋がりをさらに深めたかったユリシスも、大恩あるクラウゼル家に腹芸を仕掛けることはしなかった。

クラウゼル家のことを考えて、彼らが考える将来を尊重する。

口にするのは、ユリシスにできる助言のみ。

「今日はクラウゼル男爵に会いたくて来ただけでね。フィオナ、そろそろ帰ろう。寮まで送るよ」

帝都の一角にて。

「めっちゃ美味(うま)かった」

人気のレストランを出たレンが呟く。七英雄の伝説でも登場したレストランだった。忌避していた帝都に来たのだから、美味(おい)しい食事を楽しむくらいいいだろうと思っての帰り道、大通りへ向かう途中で、

「痛ェな！」

「おい！　気を付けろよ爺(じじい)！」

路地裏を歩いていると、目の前で老人と若い冒険者らしき男たちが肩をぶつけ合った。

「あァ!?　お互い様だろうが！」

老人が若い冒険者を刺激してしまうも、レンは若い冒険者の方の安全を危惧した。

（あの人、ドワーフだ）

少年レンと同じくらいの背丈と、それに反比例して筋骨隆々で逞(たくま)しい体格。長い髭(ひげ)は火で炙(あぶ)ったように縮れていた。

「待ってください！」

若い冒険者は少年が仲裁に入り毒気を抜かれたのか、「次は気を付けろよ、爺」と捨(す)て台詞(ぜりふ)を残して立ち去ってしまう。

胸を撫で下ろしたレンは老いたドワーフを見た。

「感心感心！　まだまだ帝都も捨てたもんじゃねぇな！」

「止めないと、あの若い冒険者が怪我を負ってましたからね」

「あん？　怪我をするのは俺様じゃねぇのかよ」

（俺様……）

乾いた笑みが浮かびかけたレンはそれに耐え、冷静に答える。

「いくら冒険者でも、腕っぷしの勝負になったらドワーフに分がありますよ」

「ほーん、小さいくせにわかってんじゃねぇか」

するとドワーフはレンにかがむように言った。

どうしてだろうと思いつつレンが仕方なく従うと、ドワーフは遠慮なくレンの背に乗る。

もちろん、レンは唖然としていた。

「さっき足をくじいた。とても偉いお前には俺様を担ぐ権利をやろう」

（なんだコイツ）

「ほらほら、行こうぜ」

もう断る権利はないのだろうか。深くため息をついたレンは仕方なく歩きはじめた。

「あっちだ。鍛冶屋街の方に俺様の工房があるからよ」

ドワーフはレンの背から偉そうに指で道を示していく。

レンは抗うことなく指示に従い、数十分にわたり帝都を歩いた。

「なぁ、ガキ」

「はいはい、何ですか？」

「お前、身体強化に関連したスキルを持ってるだろ」

不意の核心を衝いた言葉に、レンの内心が驚きで満たされた。

「わかりません。スキルを確かめたことがないので」

「ほーん……確かめたことがない、ねぇ」

「……妙に勘繰るような言い草ですね」

「悪ぃな。職業病みたいなもんだ」

「さっきは工房って言ってましたけど、それと関係が？」

「ああ。俺様は鍛冶師兼、魔導船技師でな。剣を扱う者と関わることも多かったから、ついよ」

「鍛冶師と魔導船技師を兼任してるのは珍しいですね」

「今度ガキにも、さっきの礼で何か作ってやるよ。剣以外がいいだろうな」

「へ？　どうして剣以外なんですか？」

鍛冶師と言うからには剣も打つだろうに、最初から除外していたことにレンが首をひねった。

「それ、魔道具か何かだろ？」

ドワーフはレンが腰に携えていた魔剣を指差して言った。

「違います」

「違うねぇ……だがそいつからは素材の声が聞こえてこねぇぞ。金属も、魔物の素材の声もな」

「剣が声を？」

「おう。俺様くらいになりゃわかんだよ」

レンがそれ以上答えることはなかった。

ドワーフは一人納得した様子で「まぁいいか」と呟く。

「おっと、そろそろか」

彼はレンの背から下りて石畳に足をつく。下りた衝撃で痛そうな声を漏らして、目元にうっすら涙を浮かべていた。どうやら痩せ我慢しているらしい。

「こっからは走って帰るからよ！　じゃあな！　また会おうぜ！」

ドワーフの勢いに押されたままだったレンがハッとしたのは、それからすぐだった。

さっきまでドワーフの指示に従って坂道を進み、ドワーフの意味深な声に意識を奪われていた。

いま落ち着いて辺りを見渡すと、特に見覚えのある景色が広がっている。

周りは高低差のある町並みが広がった閑静な区画だ。

坂道を見下ろせば所狭しと並ぶ家々と、数多の店が黒いアンティーク調の街灯に照らされている町並みが見える。

大きく息を吸ったレンは少し離れた先の平坦（へいたん）な地面に目を向けた。


そこにある、巨大な建築物から目を離せない。

「――――帝国士官学院」

国内外に名を轟（とどろ）かす名門中の名門。

学園区画と呼ばれるこの辺りで一番大きな校舎を、レンは離れたところの坂から見下ろした。

緑豊かな広い庭園、いくつもの研究施設群、濃い群青色の屋根を持つ巨大な学び舎を静かに。

経験したことのない、複雑な感情が身体中を駆け巡る。

いますぐ逃げたいと思う情けない感情と、こうして目の当たりにしても俺は負けない、と運命に抗う強い気持ち。

ふと、

「――――やぁ、レン・アシュトン」

レンの背後から聞こえた足音と、足音につづく男の声だった。

その声を聞いた経験はなかったが、レンはその声を識っている。

レンが振り向いて返事をしようとすれば、声の主が「そのままでいいよ」と言ったため、帝国士官学院を見たまま声の主が訪れるのを待った。

隣に立った男に顔も向けず、レンは口を開く。

「では、俺への礼も不要です。もう何度も手紙でしていただいたので」

「そうかい。では、君の心のままに」

筆舌に尽くしがたい、不思議な感覚だった。

はじめて会ったというのに、相手が特別な立場にある者だというのに、二人の間にはある種の信頼関係のようなものがあった。

「ギヴェン子爵が君を誘った学園を見て、どう思った？」

「本当に推薦状を書けたのかなって、今更ながら疑問を覚えました」

「く、くく……はっはっはっはっはっ！　ああ、それなら杞憂さ！　あの男は推薦状くらい用意できたはずだよ！　当時なら、ね！」

「そういうものですか？」

「ああ！　曲がりなりにも、法務大臣補佐を務めた男だからね！　とはいえ、推薦状があっても筆記試験がいくつか免除になるだけさ。フィオナが経験した最終試験などは避けられなかったよ」

やがて二人は、どちらからともなく互いを見た。


「はじめまして。レン・アシュトン」

「はじめまして。ユリシス・イグナート侯爵」


二人は遂に、邂逅を果たした。

「君も帝都に来ていると思っていたよ」

ユリシスの確信めいた言葉だった。

「ここに来たのは偶然ですよ。けど、どうして俺が帝都に来ていたことを？」

「クラウゼル男爵と話してわかったのさ。彼の口ぶりでは、君が遠くにいるようには思えなかったんだ。もっとも、ここで出会えたのは偶然だ。君が見ていたあの学院の女子寮にフィオナを送り、その帰りに見かけただけだからね」

パーティでの会話でレザードは特段、失態らしい口の滑り方はしていなかった。

強いて言えば、レンを取り合うちょっとした牽制をしたくらい。気が付いたのはユリシスの勘が鋭すぎただけだ。

「もっとも私は、それがなくても君と会えると確信していたが」

「どうしてですか？」

「クラウゼル家の面々が帝都に来るのなら、君が同行しないはずがない。そう思っていたのさ」

「……一度も会っていなかったのに、どこまで俺のことを理解してるんですか？」

「わかるところまでさ。ついでに言うと、だから君個人への招待状を送っていない。それはそれで君の迷惑になると思って断念してね」

だが、とユリシスがジャケットの内ポケットに手を入れた。

「直接渡すならどうだい？　たとえばこのようにね」

黒く染められた一枚のカードのような招待状を手渡されたレンは、金の文字に目を滑らせる。

『帝都で夜に。二人だけで話をしよう』

ユリシスが言うには、何週間も前からずっと内ポケットに入れていたらしい。にくい演出だ。

「今更ながら、受け取ってくれるかい？」

「もちろんです。イグナート侯爵のご招待なら喜んで」

「それはよかった。では、いまから私のことはユリシスと呼んでくれたまえ」

淡々と進む会話に、ユリシスは密かにほくそ笑んだ。

彼は隣に立つレンの堂々とした姿に、想像していた以上の力強さを感じていた。

「人の世は面白い。君のような存在が何かの拍子に表舞台へ引きずり出されてしまうんだからね」

「俺は村に引きこもっていたかっただけなんですが」

「ははっ、君らしいな！　だけど考えてくれたまえ。派閥争いをしていた者たち以外にも、魔王教の連中にとって君の存在は誤算だった。わかるかい？　奴らは手を出してはならない領域に手を出し、本来、生まれるはずのなかった英雄を生み出したんだ」

「買いかぶりすぎですよ。俺はただの、田舎騎士の倅（せがれ）です」

「しかし、それは過去のことになってしまった。頭のいい君はもう自覚しているはずだが」

「どうでしょうね。あまり意識してませんが」

煙（けむ）に巻（ま）くような返事のレンを横目で見たユリシス。

彼は一度笑ってから、帝国士官学院を見る。

「ところで、なぜ一人であの学び舎を眺めていたんだい？」

「さっきユリシス様が言ったように、偶然ですよ。俺がここにいた理由も同じなだけです」

「ふむ。てっきり私は、君が帝国士官学院に興味を抱いたのかと思っていたのだが」

「……いえいえ、それはないですよ」

レンが苦笑して言い切ったとき、その横顔をユリシスが覗（のぞ）き見（み）た。

「どうやら、何か思うことがあるように見える。村を離れたくない一心でギヴェン子爵の誘いを断っていたのだと思ったのだが、それだけではなさそうだ」

「いえ、村を離れたくなかったからだけですよ」

「根底にあるのはそれだろう。私が言っているのは、なぜ村を離れたくないかだ」

家族愛、村の環境を気に入っているから。

これら当たり前の事実のことを指していないことは、ユリシスの声音から伝わってくる。

けれど彼は意地の悪い追及を避ける。

「前と違って、いまはあの学院に興味があるのかな。どうだい？　いま君の目に、世界最高峰の名門はどう映っている？」

「素晴らしい学び舎という印象です」

「それだけかい？　通ってみたいとは思わないのかな？」

「とんでもない。俺にあの学院は分不相応ですよ」

新たな謙遜を耳にしたユリシスは、言葉通りに受け止めていなかった。

レンが無意識に思っていた帝国士官学院への忌避感を、彼の頬に見つけた気がして、

「やれやれ。本当に君はどこまでも興味深いな」

ユリシスはレンの肩に手を伸ばし、はじめて二人の身体が向き合った。

「世界に名を馳せる名門を前に、君はその価値を見出していながらもそれを避けているのが明らかだ。ギヴェン子爵を恐れず、そしてアスヴァルも恐れなかった君が――――このユリシスを前にしても堂々としている君が、いったい何を避けている？」

ユリシスの言葉がレンの心を揺らした。

（俺は……）

何が何でも帝国士官学院を避けるべき……そう考えたのは、七英雄の伝説と同じ結末を恐れてのことだったが、いまもそれに意味があるのかわからない。レンは多くを救い、幾人もの運命を大きく変えてきた過去があるからだ。

「俺は分不相応なことをして辛い思いをするくらいなら、田舎に引きこもった方が幸せだと思っているだけですよ」

しかし、根底に宿る考えを簡単に覆せないレンの自嘲を聞き、ユリシスが目を点にした。

ユリシスは何度もまばたきを繰り返してから高笑い。

「はっはっはっは！　分不相応だって!?」

額に手を当て、天を仰いで心の底から溢れ出た笑いだった。

笑いすぎて浮かんだ涙を拭ったユリシスがレンを見る。

「すまないね、つい笑い飛ばしてしまった」

「ほんとですよ。急に笑われたんで驚きました」

「不貞腐れた顔をしないでくれたまえ。あんな言葉を聞いたら、笑わずにはいられなくてね！」

ユリシスはレンを手招いた。

唐突に歩き出した彼の背を、レンは何となく追いかける。

「故郷の運命を、クラウゼルの運命を大きく変えた。それにとどまらず、このユリシスにも変えられなかったフィオナの運命を変えた——それが君、レン・アシュトンだ」

「もう一度言いますけど、買いかぶりすぎですよ」

「しかし自分で言うのもなんだが、たかが運などという不確定な要素では、この私以上の働きはできないよ。何故だと思う？」

「何故なら世界最大の大国を窮地に追い込むことができる個人、それが貴方ですから」

恐れずその言葉を述べたレンに、ユリシスは何度目かわからない楽しみを覚えた。

「ならばもう一度言おう。君はそんな私を含んだ、多くの人々の運命を大きく変えたのさ」

二人が向かう先にある坂の下で、一台の馬車が待っていた。

ユリシスの執事を務めるエドガーが御者の席に乗る、漆黒の馬車だった。

「それなのに君は、学び舎一つとって分不相応だって？　笑いがこみ上げてくるに決まってるじゃないか！　君の言葉を借りるなら、君は世界最大の国の運命ごと変えたというのに！」

ユリシスは自分の手で馬車の扉を開けて中へ入った。

レンにも「送るよ」と言って中に入るように告げ、馬車の中へ誘った。

さすがと言うべきなのか、大国レオメルを単身で追い詰められる剛腕の言葉は、やはりレンの心に染み入り、彼の考えに変化をもたらしつつあった。

馬車が動き出すと、石畳を進む車輪の音が聞こえてくる。

「努々忘れないことだ。分不相応な振る舞いで痛いしっぺ返しを食らうことはあっても、君はおおよそ、その範疇にないということをね」

ユリシスがつづける。

「田舎騎士の倅というのは生まれにすぎない。状況はどうあれ、いまの君はアスヴァルを相手に勝利した強者（つわもの）だ。その力で、ある程度の面倒や理不尽をねじ伏せられるくらいのね」

「ユリシス様が仰ることの意味は理解していますし、俺も考えを改めるべきと思いましたが……」

レンがユリシスの顔を見た。

「腑（ふ）に落ちない点が一つだけあります」

彼はそれまでの毅然（きぜん）とした言葉から打って変わって、どこか仕方なさそうに遠慮なく言う。

「眺めていたのが帝国士官学院だったとしても、ユリシス様はあの学院を勧める気持ちが強いように思えます。あの学院がレオメル一の名門だから、ということだけが理由ではありませんよね？」

「おや、バレていたのかい」

ばつの悪そうな顔を浮かべたユリシスと、その対面で訳知り顔のレン。

「私の娘が通ってるからね。君のような存在がいれば頼もしいと思ってしまうんだ」

「……だと思ってましたよ」

「だが勘違いしないでくれたまえ。娘のことはあっても、帝国士官学院が君のためになるという考えも事実だ。騎士の倅として、将来その立場を継ぐためにもいい勉強になるよ」

自らの未来を考えるレンはただじっと、ユリシスの言葉に耳を傾けていた。

「それに、君の考えに疑問を抱いたのもね」

レンに入学を強いるべく腹芸をしたわけでもない。一時間ほど前にはリシアに対しても帝国士官学院を勧めたが、派閥の今後を考慮しての注意喚起に限っただけの話だ。

「君にはまだ時間がある。もう少し考えてみるのもいいだろうさ」

「ですね」と首肯したレンが、ここにいない令嬢のことを考えて尋ねる。

「ところで、フィオナ様はどうしていらっしゃいますか？」

ユリシスはレンが娘を気にしてくれたことを嬉しく思い、これまで以上に上機嫌。

「さっきも言ったが、女子寮に送ってきたところさ。パーティではクラウゼル家のお二方に挨拶させていただいたよ」

「パーティにご招待いただけたら、俺もフィオナ様にご挨拶しようと思ってたんですよ」

「だろうね。君は優しい子だからそうしてくれると思っていたよ。けど、それじゃだめだ。公平じゃないし、何よりフィオナが甘えっぱなしだ」

「どういう意味ですか、それ」

「ははっ、気にしないでくれたまえ」

ユリシスは娘を溺愛しているし、その恋も応援している。

けれどリシアの存在を尊重していたし、バルドル山脈の件以来、レンと再会する日のために努力を重ねてきたフィオナの気持ちも鑑みた。

然るべきときに、フィオナ自ら行動を起こすだろう。

「回りくどいかもしれないけど、これも私なりの誠意だよ」

ジャケットの懐に手を入れたユリシスが、さらに別の封筒を取り出してレンに渡した。

「聞いたよ。聖剣技が向いてなかったんだってね」

「どうしてそれを知ってるんですか？」

「以前、クラウゼル男爵から手紙でね。よければクラウゼル嬢にもと考えているが、まずは君へ先に、この紹介状を贈ろうと思う」

「ありがとうございます。中を拝見してもいいですか？」

「もちろんさ」

ユリシスが頷いたのを見て、レンは封筒を開けた。

彼は封筒の中にあった羊皮紙を広げて、目を点にする。

「これ、本気ですか？」

「本気だよ。世界には多くの流派が存在しているが、聖剣技が向いていないのなら、紹介すべき流派はこれだろう？」

紹介状にはこう記されている。

『以下の者、獅子聖庁へ足を踏み入れることを許可する。――――レン・アシュトン』

獅子聖庁は獅子王に関連した資料や遺物を管理する機関のこと。レンにとっては、ゲーム時代に幾度も辛酸を嘗めさせられた機関でもある。

勇者ルインが広めた聖剣技と対照的で特殊な流派、獅子王が開祖の剛剣技。

獅子聖庁はその流派の総本山だった。

翌日の夜、魔導船の中で。

本当はもう数日滞在する予定だったが、レザードはユリシスから聞いた派閥争いのことを強く気にしていた。この日はエレンディルの屋敷に寄ることもなく、明るいうちにするべきことを終え、急ぎ帰路に就いている。

レンはいま、レザードの客室にいた。

この客室の中でリシアは、窓から帝都の方角をじっと眺めていた。

「お父様、私はこっちの学び舎に通う方がいいのかもしれません」

クラウゼル家はユリシスとの縁で守られていた。

しかし冬の騒動を経て、魔王教という存在が公のものとなったいまでは話が変わる。

帝都の名門に通い文武両道自らを磨くこと。また貴族との関わりで得られる政治力や、帝都で得られる情報は何よりも貴重である。懸念される派閥争いの熾烈（しれつ）さを鑑みれば自然な考えだろう。

一方でレンの頭の中には、自分が命懸けで守った二人（リシアとフィオナ）の少女のことが浮かんでいた。

当然、レンがいなくとも彼女たちの近くに護衛は付くだろう。けれど、それで自分は何もしなくていいとも思えなかった。

レンは二人を命懸けで守り縁を持った。そこに義務感などは微塵（みじん）も存在しない。

だからなのか、これまで帝都に抱いていた忌避感が一気に薄れつつあるような気がしていた。

リシアが窓の外から客室に視線を戻す。

「レンはその……私がこっちで暮らすって聞いて、どう思った？」

不安そうに僅かに肩を震わせながら、消え入るような声で。

両手は胸の前で祈るように重ね、レンの返事を待った。

住まいを変えればレンとは離れ離れになる。だがリシアは、自分が頑張ることでレンのためになることも知っていたから、その痛切な感情を抑えられた。

恋心にのみ従うことはせず、成すべきことを成すためにも。

少しでもいい。離れ離れになることをレンが惜しんでくれたら頑張れる。

「俺もそれがリシア様のためになると思います。陰ながら応援してますね」

彼はいつものように穏やかな口調で言った。

だが、それだけだ。リシアはつづく言葉がないことに落胆し、同時に心にぽっかり穴が開いたような錯覚に陥りながら気丈に笑う。

「うん。わかった」

「なのでクラウゼルを離れても、これまで通り俺が傍でお守りしますね」

きょとんとしたリシアが瞳を震わせる。

「守るって、どういうこと？」

「言葉通りですよ。俺もクラウゼルを離れてリシア様をお守りするってことです」

「……!?」

いつもの調子で言ったレンとは対照的に、リシアは唐突に言葉を失う。

彼女はそのままうつむいて、静かに歩きはじめた。

茶の用意を終え、テーブルに並べはじめていたレンの面前までやってくると、彼女は唐突にレンの胸板に拳をぶつけた。何度も力なく。

「……ばか」

つづけて、

「ばか……ばかばかばかばか……っ！　ばーかっ！」

顔を上げたとき、彼女は大粒の涙で頬を濡らしていた。

その表情は不満そうで、嬉しそうで、憑き物が取れたように晴れやか。

「いきなりどうしたんですか!?」

鈍いレンが尋ねれば、リシアは「何でもない！　絶対に教えないもん！」と可愛らしく言った。

「え、ええー……」

「ふふっ……でもありがと。嬉しい」

彼女は喜色に富んだ声でつづけ、ソファに座った。

「レンも座って」

レンはリシアの隣でもレザードの隣でもない、片隅に座ろうとした。

しかし、リシアが自分の隣をぽん、ぽんと叩く。

「こっち」

「え？」

「だから、こっちに来て」

リシアに力強く言われたレンは、一応、彼女の隣に腰を下ろした。

「なぜ俺をここに？」

「……そういうものなの」

わからん、けれどそういうものらしい、とレンは深く考えずに一息ついた。

「だがレンもそれでいいのか？　レンはクラウゼルや村での暮らしに重点を置いていたと思うが」

「つい最近まで俺もそう考えてたんですが、俺もいままでと同じでは駄目だと思って」

仮にリシアが帝国士官学院を目指すと言うのであれば、レンは護衛として共にクラウゼルを離れていただろう。そこに建前や名目はなく、レンはそれ以外の選択をする自分を想像できなかった。

「俺も理由があって、昨晩からいろいろ考えてました」

レンは帝国士官学院のすぐ傍でユリシスから渡された封筒を取り出し、それをテーブルに置く。

封筒の表面に書かれたユリシス・イグナートの文字を見たレザードとリシアが、共に驚く。

「イグナート侯爵とお会いになったのか!?」

レンは驚愕（きょうがく）したレザードに頷いて、帝都で何があったのか答えた。

報告が遅れたのは、この出発までレザードもリシアも忙しそうにしていたからだ。

「話が前後してしまいますが、俺の村でこんなことがありまして」

レンは生まれ故郷が発展していたことと、今後も発展することが見込まれると語った。

文官的な力の欠如を理解したため、外で学びを得る必要性があると考えた旨を口にした。

「レンが言うように、あって損のない力だろう。だが預かった土地の運営はその主（あるじ）一人で行うものではない。私だって幾人もの文官に手を借りているのだぞ」

「ですがレザード様は、一人でも領地経営ができるお力をお持ちです」

「領主は想像の及ばぬもしもを危惧し、一人でも文官仕事ができて然るべきだからな」

「それなら村を預かるアシュトン家も同じではありませんか？」

レザードは決して頷かなかった。それは村を預かる騎士家の長には荷が重すぎる。

だが、首を横に振ろうにも振れない話にレザードは腕を組んだ。

「ならばレンは、帝国士官学院を目指すのか？」

問いかけにレンは苦笑して視線をそらした。

まだ僅かに否定的な様子が見て取れるが、以前と違い頭ごなしに否定することがない。

彼は未来の選択肢として、かの学院を除外することができなくなっていた。

「……でもレン、イグナート侯爵から貰（もら）ったものと、いまの話って関係があるの？」

目元を赤く腫らしたままのリシアが言った。

リシアの客室で、寝る前に少し話をする。

「かと言って、俺だけ剛剣技を教わりに行くのは申し訳ないんですよね」

「でもイグナート侯爵は、私も希望すれば紹介状を用意するって言ってたんでしょ？　だったら先にレンが教わってきた方がいいじゃない」

それはレンが紹介状を受け取った後で交わされた話だ。

「前は一緒に別の流派を探そうって話したじゃないですか」

「ええ。正騎士団がクラウゼルに来てくださったときのことね」

しかし今後ずっと、レンだけ剛剣技を学ぶわけではない。

そもそも、レンにその資質があるかどうかわからないこともあった。

「レンが先に覚えた剛剣技を私がレンから教わってもいいでしょ？」

「ですが、俺を介さずに教わることもリシア様のためになります」

「そんなこと言わないで。レンと立ち合いをつづけたおかげでいまの私があるのよ」

リシアも本当ならレンと剛剣技を学びたかったのだが、紹介状が間に合わないこと以外にも今回は断念せざるを得ない理由があった。

三章

獅子聖庁

帝都の街路樹の葉が色を変え、石畳に落ちる光景を傍目に歩いていた。

レンは今回も以前と同じでクラウゼルから別の領地へ足を運び、そこから魔導船に乗るというなかなかの長旅を経て帝都にいた。

今日は昼を過ぎた頃にユリシスの執事、エドガーと落ち合う約束になっている。

レンは近くの駅で５００Ｇの切符を買い、駅構内で時刻表を見ずに魔導列車を待った。

すぐにやってきた魔導列車は流線型の車体に何本かのパイプが連なり、レトロな蒸気機関車を思わせるも、不思議と近未来的にも見える意匠だ。

魔導列車に乗っておよそ二十分。

『そんなこと言わないで。レンと立ち合いをつづけたおかげでいまの私があるのよ』

線路を進む車内で少し揺られながら、あの夜のことを思い返したレン。

『レンは気にしないでいいの。私もしばらく忙しいと思うから、ね？』

リシアはレンもクラウゼルを発つと決めてすぐ、自分も帝国士官学院の受験を決意した。

特待クラスを受験するため、受験勉強に勤しむ必要がある。

受験は翌年の春からはじまるのだ。リシアが今日まで勉強に励まなかったわけではないが、今後はより一層努力するに越したことはない。

「……頑張ろ」

レンが到着した駅の改札を通って外に出れば、大きな噴水がよく目立つ広場を望めた。

エドガーはその噴水の前に立っていた。

「お久しぶりでございます」

一年半ほど前、エドガーはギヴェン子爵の騒動が勃発した際にクラウゼルにいた。

しかし当時はレンが昏睡(こんすい)状態になったせいで言葉を交わせず、先日もユリシスが傍にいたから、レンはエドガーとあまり話せていない。

二人にとっては、ほとんど初対面のようなものだった。

「今日から五日間、よろしくお願いします」

「お任せくださいませ。私もこの日を楽しみにしておりました。ではレン様、どうぞこちらへ」

彼はそう言い、レンを先導して歩く。

馬車に乗るわけではなく、静かな官庁街をゆっくりと。

(この辺りに来ると、身なりのいい人が多いな)

周辺には、重要な機関に勤める者が多く歩いていた。中には貴族と思しき者もおり、クラウゼルでは確実に見られない光景だった。

特徴的かつ大きな建物がいくつも並ぶ場所を抜けたところに獅子聖庁はあった。

レンの村がすっぽり収まりそうなほど広大な敷地にそびえ立つ、神殿を思わせる建物だ。獅子聖庁の外観は漆黒一色で荘厳。

七英雄の伝説では、足を踏み入れることができなかった場所だ。

(剛剣技は一応、敵専用だったし)

この獅子聖庁が別に悪の根城というわけではない。獅子王に関連した重要施設というだけだ。

「レン様、どうかなさいましたか?」

「すみません。圧倒されてました」

「無理もないでしょう。この場所はレオメルでも指折りの特殊な場所にございます。獅子王に関わる機関とあって、許可のない者は貴族でも足を踏み入れられませんから」

レンに許可が下りた理由は、ユリシスの権力故だ。

「早速参りましょう」

獅子聖庁の入り口は扉がなく、中には太い柱が奥へ奥へと連なる開放感溢れる空間が広がる。その柱や石畳は黒い石材を磨いたもので、また一段と迫力があった。

町を巡回する騎士とも正騎士とも違う、漆黒の甲冑(かっちゅう)に身を包んだ騎士が番をしている。

都会の騎士は若く凛々(りり)しい精鋭(エリート)が多かった。エレンディルも、クラウゼルの町でもそうなのだ。

獅子聖庁の騎士は特にそう。他の騎士と違う風格や威圧感を漂わせているように見えた。

二人が中に足を踏み入れてすぐ、外にいた騎士たちは密かにレンの背を見送って。

「先ほどの少年、見事なものだな」

一人がそう言えば、応じる声がいくつも上がった。

「いいものを見た。身体に一本、神鉄（オリハルコン）が如く強固な芯を宿していた」

「あのエドガー殿がお連れになったのだ。稀有な才を持つ存在なのかもしれん」

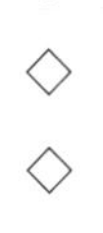

「獅子聖庁の騎士（かた）たちが黒い甲冑に身を包む理由って、何かあるんですか？」

「獅子王の影響にございます。獅子王は黒を好まれたお方ですので」

ついでに獅子聖庁内部が静かな理由を聞いた。

それは特に理由らしい理由がなく、この空間の厳かな雰囲気によるものだろう、と。

「獅子聖庁に重厚な門や、厳重に管理された出入り口がないのはどうしてですか？」

「理由は二つございます。一つ目ですが、実は見えないところに警備のための魔道具が数多く配備されているからです」

引きつづき、足音を響かせながら。

「二つ目ですが、獅子聖庁を守る騎士は剛剣使いしかおりません。ここにいる騎士の等級は剣客以上に限られるため、彼らは強固な門よりも強い守りなのです」

「つ――――け、剣客級以上だけ!?」

「はい。それに剛剣技は聖剣技のような高名な流派と比べても、その等級は一つ多く計算されるのが常です。事実上、獅子聖庁にいる騎士は他流派における剣豪級以上に限られます」

とはいえ剣王は別格だ。世界に五人しかいない最強は話が違う。

剣技を修める者の等級は剣王を頂（いただき）に置いて、次は流派を問わず剣聖、次に剣豪、剣客、上級剣士、剣士とつづく。

ここは大国レオメルが誇る帝都であり、開国の祖・獅子王に関わる重要な施設なのだから、相応に強い騎士が詰めていて然るべきだろう。


太い柱が等間隔に並ぶ広い回廊をずっと奥まで進んでから、巨大な石の扉が置かれた部屋の手前でエドガーが足を止めた。

「訓練場は他にもいくつかありますが、今日より数日、私たちがこの訓練場を貸し切ります」

「わかりました――――って、私たち？」

「はい。私とレン様の二人だけでございます」

好々爺然（こうこうやぜん）と笑ったエドガーが石の扉に手を伸ばした。

扉は辺りの石畳や柱と同じ漆黒一色で、十メイルほどもある巨大なものだ。

扉が完全に開いたところで、レンはその先に広がる空間を視界に収める。

蒼（あお）い。敷き詰められた石畳に四方の壁を囲んだアーチ状の柱。それらは素材そのものが蒼く、白い光を発していた。

「本日は座学と実践を半分ずつにいたしましょう」

エドガーは羽織っていたジャケットを脱いだ。

その中に着ていた真っ白なシャツに、サスペンダーがよく似合っていた。ジャケットを脱いだことにより、細く引き締まった身体がレンの目に映った。

「レン様に剛剣技の指南を担当するのはこの私、エドガーにございます」

エドガーの腰には数本の長剣が携えられている。

「イグナート家のご家令にご指南いただけるなんて、光栄です」

ジャケットを脱いでから、エドガーの様子が違うからこそ気が付けた。

エドガーは間違いなく強い。

圧倒的な強者としての気配がアスヴァルに勝っているとは言わなくとも、レンがこれまで会った剣士の誰とも比較にできない凄みがあった。彼はユリシスが信頼を置く男だ。老獪(ろうかい)だろうと関係ない。

エドガーは懐から二冊の本を取り出し、一冊をレンに手渡した。

「剛剣技って、皆さん必ず座学から入るものなんですか?」

「こればかりは他流派も含め師によります。私の場合、実践には理論を伴うべきという考えでして」

レンは父のロイが極めて実践派だったため、座学と縁がなかった。

次にヴァイスからも剣を教わっていたけれど、あのヴァイスも座学はしなかった。エドガーは本を片手に唇を動かす。

「ご存じの通り、戦技(アーツ)はどの流派にも存在する概念です。魔法に関わるスキルを持って生まれなくとも、それを補うこともできる力でございます」

　発動に魔力を用い剣を通して技を放つ。それが戦技。

「たとえば、聖剣技には光落(ひかりお)としという戦技がございます」

「それなら以前、身を以(もっ)て体感しました」

「バルドル山脈に現れた魔王教徒のことですね」

　光落としは剣に纏わせた魔力が、相手の魔法的防御を弱体化させて相手を追い詰める。聖剣技を扱う者の中でも剣豪級以上が扱えた。

「魔法的な防御というのは、ミスリルなどの特殊な金属が持つ力や、魔法による障壁などのことです。前者の金属は魔力を孕んでいるため通常の金属以上の硬度を誇り、魔法への耐性を持ちます」

　ですが、と、

「剛剣技ではあの特性を戦技と見なしておりません。あれは通常の剣戟で補うべき力なのです」

「は……はぁ……」

「剛剣技では魔法的防御の概念に対し、戦技がなくとも傷をつける。練度を高め貫通することすら基本とすることが求められます」

　レンは素直に耳を傾けていたものの、話の内容がとんでもなくて困惑していた。

「どうすれば、その力を剣に乗せることができるんですか？」

「体内の魔力を筋線維を凌駕するほど繊細に練り上げることです。そうした魔力を全身に帯びること……剛剣技特有の概念である纏いがすべての基本となります。纏いを会得しなければ、剛剣技では戦技も会得できないとご理解ください」

最初から最後まで、すべてわからなかった。

「また、纏いは攻撃だけの概念ではございません。魔力を孕んだ金属が強固なことと同じで、見えない鎧（よろい）となり身体を守るのです」

どう意識すればそれに至れるのか、エドガーが言う纏いは理解するのが難しかった。

「スキルの練習と同じです。剛剣技も私が説明した力を意識するところからはじめましょう」

頷いたレンが疑問を口にする。

「剛剣技では纏いが重要なようですが、他の流派ではどうやって戦技を使ってるんですか？」

「厳密に言えば、他流派の剣士も魔力を練り上げることで戦技を使います」

大きく違うのは魔力の扱いに対する繊細な技術とされている。

聖剣技などは練り上げた魔力を剣や防具を媒体にして戦技を扱う一方、剛剣技は素の全身に纏わせるため、まさしく別物だ。

身体そのものに纏わせつづける場合、筋肉の動きや呼吸により細やかな操作が要求される。

身体を覆う防具と身体そのものでは、似て非なるそれであるとエドガーは言った。

「他流派が武器や防具といった媒体を用いるのと違い、我々は自分を自分たらしめるすべてに纏います。一部に頼らずに戦技を扱うのです」

「剛剣技は自分の身体も武器や防具とする、って感じでしょうか」

「相違ありません。練り上げた魔力をそのように用いる才能こそ、剛剣技に必要な資質なのです」

そのため、戦技を使わずとも強いのが剛剣使いだ。

「これをどうぞ。今日のために用意していたものです」

エドガーはポケットに手を入れて小さな小瓶を取り出した。

小洒落た小瓶はコルクの蓋をしたもので、中に丸い水晶玉が一つ入っている。

小瓶を手渡されたレンは水晶玉をカラン、と転がした。

「普通の小瓶と魔力に反応する特別な水晶玉です。日々の訓練でその水晶玉に傷を付けてください」

「蓋を開けて傷を付けるのは駄目なんですよね?」

「もちろんです。魔法なども用いず手のひらに持ってなさいませ」

そんなマジックみたいなことをしろと言われても、レンにはさっぱりだ。

「研ぎ澄まされた魔力を自由自在に操り、手のひらを介して、小瓶を貫き水晶玉に影響をもたらす。それは剛剣技における魔力の扱いとよく似ております」

「魔力って、誰にでもそんな使い方ができるんですか?」

「いいえ、魔力単体ではそうした力を発揮しません。小瓶の中にあるのは、特別に加工した水晶玉でございます。魔力の扱いの熟練度を測るのですよ」

「中の水晶玉に傷を付けられなかった場合は、剛剣技の才能がないってことですね」

レンが小瓶を手のひらに持って魔力、魔力……と声に出さず意識してみるが、小瓶の中で水晶玉に傷が付く気配はない。

水晶玉に変化が訪れないことに少し不安を覚えたのか、彼はエドガーを見た。

「時間が掛かって当たり前なのです」

エドガーですら、若き日に水晶玉の表面にうっすらとした傷を浮かべるのがやっとだったそうだ。

レンは剣を振るために脱いでいた上着のポケットに小瓶を入れる。

「ここからは実演も交えて指南いたします」

訓練に使うための剣が壁際にいくつも並んでいる。

レンが剣を見繕って元の場所へ戻ると、エドガーは両手に長剣を構えていた。

準備運動をしながらレンが尋ねる。

「聞きそびれていたんですが、エドガーさんは剛剣技の等級はどれくらいなんですか？」

「私は見ての通り老いた身です。いまとなっては執事が本業ですので、若き日と同じではありませんが……」

エドガーがつづきを語る。


「――――私は剣聖でございます」


レンは嬉しそうに頬を緩めた。

まさかエドガーが、それほどの実力者だったとは。

「まずはレン様の剣をお見せください」

レンは身体能力UP（中）を得てから本気で剣を振った記憶がない。

「胸をお借りします」

剣聖にどれほど通用するか、剣の冴えを披露するも、

（ッ――――!?）

レンは剣を軽々と受け止めるエドガーの技量と、びくともしない身体能力に圧倒された。

訓練場の中には互いの剣がぶつかり合うことにより、レンの力強さを示す耳を刺す強烈な音が空を揺らすかのよう。

しかし、エドガーはまるで意に介さず軽々と受け止めていた。

度重なる剣戟を交わした後に、エドガーが攻撃に転ずる。

「剛剣技の基礎とも言える、普通の剣戟でお相手いたしましょう」

戦技は使わず、剛剣技特有の力だけを使うということ。

剣聖級の者が使う普通がどういうものか――――レンはその力を、身を以て体感する。

「参ります」

鋭い踏み込みに一瞬、レンはエドガーの姿を見失いかけた。

気が付けば、レンの眼前にいた老紳士がレンの構えた剣に向けて鋭い一太刀を見舞う。受け止めたレンの腕に、経験したことのない感覚が迸った。

これが、実際に受け止める剛剣技の力か。

受け止めたはずの腕にとどまらず、強烈な痺れが腕から胸元、そして足へ。

何十分も身体を動かした後のような倦怠感がすぐに全身を襲った。

力で受け止めたことによる疲労なんかじゃない。身体の奥底から力が失われていくような感覚が、たった一振りの剣によって生じていた。

「ご無理はなさらぬように！」

「まだまだいけます！」

「おお！　これは我慢強い！」

剣と剣がぶつかり合うたびに、耳をつんざくような金属音が鳴り響く。

エドガーの連撃を受け止めるたびに、レンの身体中から力が失われていった。

目の当たりにした獅子に睨み付けられ、気力ごと奪われていくような感覚に、この訓練場の壁や床も揺れていた。空間そのものが悲鳴を上げているようにも思えてきた。


……一度くらい、ちゃんと受け止めてみせろよ――――レン！


レンが声に出さない猛りを心の中に響かせると、

「はじめてなのに、これほど耐えられるとは思いも――――」

ある瞬間になってから、エドガーは自身の目を疑った。

「な――――ッ!?」

エドガーは消耗していたレンが受け止めたことへ驚嘆し、自身の手の痺れに目を見開く。

驚嘆に頬を染め上げたエドガーがレンの顔を見た際、彼は僅かに身震いした。

すでに膝を突き乱れた呼吸を整えるレンに、得体の知れない覇気を垣間見た気がしたのだ。

「はは……少しくらい、意地を見せないと恥ずかしいですから」

地面に腰をついたレンの疲れ切った様子。

顔や首筋に大粒の汗を浮かべ、荒い呼吸を整える彼の笑みにはもう、エドガーが感じた力は微塵も感じられない。

「ここを出てすぐ左に湯を浴びられる場所がございます。休憩してからご案内致しましょう」

エドガーはレンを外まで見送るつもりだったのだが、レンはすぐに立ち上がった。

「いえ、もう動けるので自分の足で行ってきます」

あれほど消耗していたはずなのに、あの重い扉も一人で開けて外へ出た。

「……主、レン様は表舞台に引きずり出されたわけではないようです」

一人残されたエドガーは呟いた後でジャケットを羽織り、

「彼は表舞台に出るべくして姿を見せた。それに、先ほどの姿はまるで――」

獅子聖庁の外で、午後の三時を知らせる鐘が鳴る。

エドガーの呟きは、鐘の音にかき消された。

最終日になって、

「レン様さえよければ、今後も私が指南致します。獅子聖庁の最奥には吹き抜けが広がる一番大きな訓練場もございますので、私がいない日は騎士の訓練に交じるのもよいでしょう」

エドガーは帝都とエウペハイムを頻繁に行き来している。

そのことをレンが大変そうだと気遣えば、

「魔導船と魔導列車に乗るだけですので」

エドガーは品のいい笑みを浮かべた。

エウペハイムは帝都に次ぐ大都市でもあるため、その町の片隅に魔導船乗り場がある。

クラウゼルに住まうレンとは移動する距離はまったく違った。

「本日は最後に一つ、剛剣技の戦技をお見せしましょう」

エドガーは一人で訓練場の外に出た。数分と経たぬうちに戻った彼は、獅子聖庁の騎士を一人連れている。ここ数日、いつも獅子聖庁の番をしていた騎士だった。

「獅子王は幾多の戦場に赴くも不敗を誇った。魔法使いを前にしても引くことなく、数多の魔法を受け止めたそうです」

魔法を相手にした戦いで剣に頼ることは悪手でも、獅子王には関係なかった。

「お願いします」

エドガーが騎士に言い、その声を聞いた騎士が剣を大きく振り上げた。

鋭い振りで剣を振り下ろせば、強烈な風が刃（やいば）と化してレンとエドガーの元へ近づいた。

エドガーは抜身の剣を横薙（よこな）ぎ。

押し寄せる風はその横薙ぎに切り伏せられ、ただの強風となってレンの髪を撫でた。

「魔法に対して、同じ程度の衝撃を与えて相殺することはよくあること。ですが、剛剣技は相殺するのではありません。魔法を斬る戦技も持ち合わせているのです」

練度次第ではあるが、剛剣技の使い手は魔法にすら斬撃による衝撃を届け、魔法を弱体化させたり、熟達した者であれば無効化することだってできる。

相手との実力差も大きく影響するが、それにしても破壊的な戦技である。


いまの戦技の名を、『星殺ぎ』。

昔は夜空に浮かぶ星も、何らかの魔法によるものだと考えられていた。獅子王はそんな星々ですら撃ち落とさんとして、戦技にその名を付けたと言い伝えられている。

翌々日、エドガーはエウペハイムにあるイグナート侯爵邸に帰った。

彼の帰宅を待ちわびていたユリシスがエドガーを迎えた。

「レン・アシュトンはどうだった？」

エドガーの頭の中に、称賛の言葉がいくつも思い浮かんだ。

どれもしっくりこない。レンに相応しい称賛の言葉は何かと頭をひねった。

そうしていると、彼ははっとした表情で思い出す。レンに剛剣技を指南した初日、最後の一撃を受け止めたレンに覚えた衝撃を。

「まるで、獅子のような力強さを感じました」

言葉通りに受け止めれば雄々しい、などの印象だろうか。

だが、剛剣技を扱う者にとってはそうではない。獅子というのは、彼ら剛剣使いの間で暗黙の了解とも言える強い意味を持つ。

即ち(すなわ)それは、剛剣技の開祖たる獅子王の強さ。

「剛剣使いは安易に獅子と評価しないというのに、そう評価するとはね」

ユリシスは再び上機嫌に笑った。

◇　◇　◇　◇

レンがクラウゼルの屋敷に帰るのはおよそひと月ぶりだった。

旧館に到着した日の昼、エントランスでのこと。

「帝都ではどうだった？」

屋敷どころか、クラウゼルの町の入り口でレンを出迎えたリシアが問う。

レンが荷ほどきをしながら、

「エドガーさんは剛剣技の才があると言ってくださいました。また教えていただけることになったので、頃合いを見計らってもう一度帝都に行こうと思います」

「ほんと!?」

レンは過去、クラウゼルを訪れた正騎士団の指揮官から聖剣技が向いていないと言われたことがある。いまから一年半も前のことだ。その彼が特別な剣技の才能を持っていたと聞き、リシアは自分のことのように嬉しく思い、やはりレンは別の才能があったのだと喜んだ。

レンが帝都でどんな日々を過ごしたのか、リシアは目を輝かせて耳を傾けた。

いつか自分も、レンと同じように剛剣技を学べたら――――そう考えて。

リシアは帝都での話を一通り聞き終えると、「相談したいことがあるの」と言った。

「今度、私をレンの狩りに同行させてほしいんだけど……」

「え？　また急ですね」

「特待クラスの最終試験は魔物も出てくるところでやるでしょ？　いまのうちに少しずつ慣れておきたいの。でも勘違いしないでね、それまでの試験を軽く考えてるわけじゃないから」

「わかってますよ。準備は大切ですしね」

レンに反対する理由は一つもなかった。

「レザード様の許可があれば、俺からは何もありません」

「ええ。お父様にもちゃんと話してあるから平気よ」

帝国士官学院の特待クラスにおける最終試験内容が、バルドル山脈の一件から変更されている。

元は公平性を保つために試験会場が秘匿されていたのが、バルドル山脈での事件を鑑みて、今後しばらくの間は試験会場を告知して行うという。

話を戻すとそのための対魔物訓練なのだが、東の森というのも迷いがある。

「東の森だとあまりいい訓練になりませんね」

「どうして？」

「いまのリシア様だと、東の森くらいだと魔物が弱すぎますし」

「だけどレン、はじめは軽めの方がよかったりしない？」

「間違いではないですが、東の森だと緊張感を覚えることもないでしょうから」

対魔物戦闘の経験を積もうにも、限度があるとレンは考える。

たとえ対魔物訓練の名目でも、レンと剣を交わしていた方が絶対にいい。

「俺はエレンディル周辺をお勧めします。あの地域は帝都が近いとあって強い魔物は生息していませんが、クラウゼルの東の森よりは強いので」

「エレンディルの近く……確かにその方がいいかも」

リシアは勉学にも励まねばならないから、時間を有効活用した方がよかった。

「それにしても詳しいのね、レン」

「はは……」

だが、そもそも勉強する時間を意識するならエレンディルに向かうのは愚策かもしれない。

矛盾を感じたレンが口を開く。

「すみません。往復の手間を考えると、時間を効率的に使えないかもしれませんね」

「ううん、それなら気にしないで。今後を考えれば私の活動拠点をエレンディルに移した方がいいってお父様と話してたの」

「つまり――――」

このクラウゼルを離れ、都会に引っ越すことを意味していた。

「エレンディルに住むなら問題なんてないのよ」

レンが剛剣技を学ぶために、何度もクラウゼルと帝都を往復するのは現実的じゃない。なので二人のためだった。

「私とレンが別々で帝都とかエレンディルに行くのも、何度もつづくと手間でしょ？」

「俺なら平気ですよ。ただ、リシア様を一人で送り出すのは何かこう……その……」

「？　なーに？」

危なっかしいので、とは言えない。

言いよどんだレンを見て、リシアは何となく彼の考えを悟った。

天使のように可憐な微笑みを浮かべた彼女は前に出た。

レンはつい目をそらし明後日の方角を見るも、リシアはレンの顔に手を伸ばし、彼の頬に両手を添えて自分に顔を向けさせた。

「なーに？」

同じ問い。

「いえ、あの……」

「そうだわ。お茶を淹れてあげる。レンは帰ってきてあまりゆっくりできてないでしょ？」

「実はすぐにでも旧館の仕事を……」

「リシア・クラウゼルが休むことを許可するわ」

世話になる主君の娘にそう言われては、さすがのレンも言い返せない。

諦めたレンが「ごちそうになります」と観念して言えば、リシアは満足した様子で「そうしてちょうだい」と声を弾ませた。

彼女は旧館のキッチンに向かおうとしてレンに背を向けるも、歩き出してすぐに振り向いた。

「……い、いやな気持ちになってない？」

「え？　どうしてですか？」

「だっていま私、冗談でも権力を振りかざすようなことを言っちゃったから……」

今更ながら気になったようで、少し不安そうにレンの表情を窺った。

それもリシアらしい。レンは優しく微笑んだ。

「全然気にしていませんよ。こちらこそ、変な冗談を言いかけてすみません」

「う、ううん！　レンだったら私も嬉し――こほんっ！　気にしな――って、やっぱり変なことを言おうとしてたのね!?」

自爆したのは珍しくレンだった。

しかし二人の間に剣呑さは微塵もなく、互いに朗笑を漏らした。

茶を楽しんだのちに、レンがリシアに小瓶を手渡す。獅子聖庁から帰る前、エドガーからリシアにと預かっていた二つ目の小瓶だ。

「剛剣技の訓練で、この中の水晶玉に傷を付けるのね？」

「らしいです。剣聖のエドガーさんですら時間が掛かって、ようやくうっすら傷がついたくらいだったみたいですよ」

リシアは小瓶の中にある水晶玉を興味津々な様子で転がしていた。


それから。

旧館のエントランスに面した扉がノックされ、レンが返事をしたところで開かれた。

給仕のユノが顔を覗かせてすぐ、

『クゥーーーーっ！』

僅かに開いた隙間から飛び出してきた小動物。

猫のようにも狐（きつね）のようにも見える全容は、ふわふわの体毛に全身を覆われていた。

その小動物は可愛らしく鳴き声を上げながらやってきて、レンとリシアの傍に浮かんでいた。大きさは成猫程度だ。

「ただいま、ククル」

『クゥ！』

「レンがいない間、寂しそうにしてたわよ」

レンがククルと呼んだ小動物に手を伸ばしたリシアが言った。

ククルはこの春になる前から、クラウゼル邸に住む魔物だ。

春になる前、レンがクラウゼルに戻って少し経った日のことだ。

彼の外套(がいとう)のポケットに入っていたアスヴァルの角の欠片、その力をセラキアの蒼珠(そうじゅ)が引き寄せた結果、小さな魔物が生まれた。

それがこのククル。クラウゼル家の家族となった魔物だ。

「いい子にしてた？」

『クゥクゥ！』

ククルが大きく頷きながら返事をする。

「そっか。ならよかった」

ククルがレンの周りをくるくると回りながら飛んでから、次にリシアの周りを飛んでいた。

彼はその様子を眺めながら、ククルが孵化(ふか)して間もない春を思い出す。

生まれた魔物をどうするかという話になり、そもそもあれは卵だったのか、という話をしながら出した結論は、とりあえず迎え入れるというもの。

魔物は貴族に限らず、平民が飼う例だっていくつもある。

馬の代わりに魔物に馬車を引かせたり、農作業を手伝わせることがあった。基本的に温厚な魔物たちがその例に含まれている。資金力に富んだ貴族が力のある魔物を魔道具などで拘束して飼う例もあるが、稀有だ。飼い主が責任を負うことと、そもそも人に懐く魔物が温厚なためだ。

ではこのククルがどのような魔物なのか、レンも知らないため何も言えなかった。

最終的に、ギルドで魔力の波動からククルの種族が確かめられた。

結果、これまで培った情報（データ）から、ギルドはククルを『霊獣（ラタトスク）』と断定した。

霊獣は精霊と呼ばれる極めて個体数が少ない魔物の性質と、獣の性質を併せ持った、世界中を探しても滅多に見つけられない魔物だ。

レンはククルを、霊獣の特殊個体（ユニークモンスター）なのではないかと考えている。

でなければ、魔大陸が誇る極寒の地（セラキア地方）に生きて魔王を手こずらせるなどできやしない。

恐らくセラキアの蒼珠は、霊獣の特殊個体の卵だった。それがアスヴァルの角――の欠片という、小さな供物から孵化した。

霊獣は人懐っこい特徴があり、ククルもその例に漏れずクラウゼル家で愛されていた。

そんなククルも生まれてすぐは宙に浮かぶのも頼りなく、身体も小猫のように小さかった。いまでは成猫ほどの大きさにまで成長し、悠々と宙に浮かんでいる。

「ククルをそろそろお風呂に入れたいんですよね」

レンがククルの少し汚れた毛並みを見て、思い出したように言う。

「そうね。前に入れたのは夏だし、そろそろ毛皮を綺麗にしなくちゃ」

『ク……クゥ!?』

ククルが浮遊したまま逃げ出そうとすれば、ユノが慌てて扉を閉めた。

すると、リシアがククルを後ろから抱きしめて、

「ダメよ、ククル。女の子なんだから綺麗にしましょうね」

『……クゥ』

ククルはリシアに抱きしめられて、抵抗するそぶりすら見せず力なく項垂れた。

彼女の傍に立つ魔剣使いの少年が苦笑して、

……このお風呂をいやがってるのが、魔王を手こずらせた魔物かー。

孵化した暁には主に絶対的忠誠を誓うそうだが、いまの姿は風呂を嫌がる小動物でしかない。

リシアに連れられていくククルはリシアの背中越しにレンを見て、助けを求めて手を伸ばす。

レンは無情にも手を振って見送った。

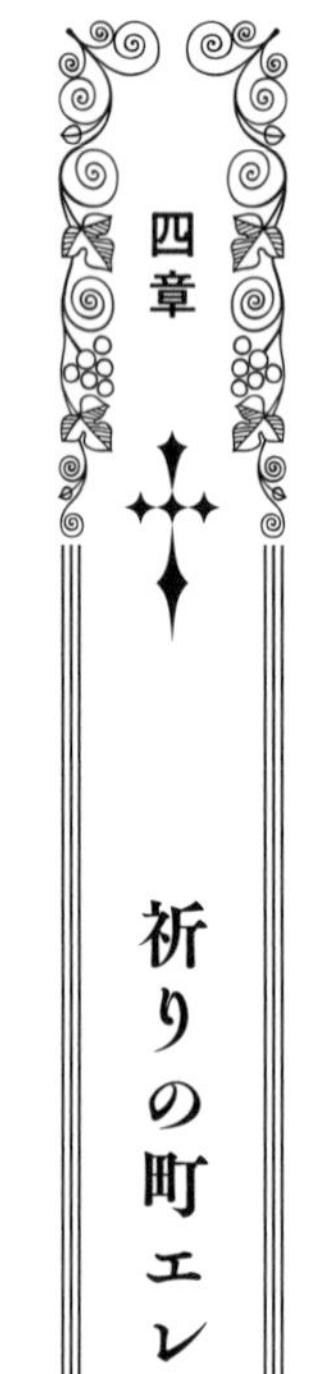

四章　祈りの町エレンディル

次の出発は十二月、レンがクラウゼルに戻ってひと月と少し後のことだった。

「……寂しくなるけど、ずっと帰らないわけじゃないものね」

クラウゼルからエレンディルに引っ越す日の朝、リシアにとっては生まれてからずっと過ごしてきた屋敷。

寂しくないわけもなく、彼女はしばらく佇(たたず)んで眺めた。

最後にはいつものように凜(りん)とした表情を浮かべ、ぱん！　と頬を叩き、

「行きましょ！　これからもっと頑張らなくちゃ！」

晴れやかな顔を浮かべ、ついにクラウゼルを発つ。


それから何日も経ち……

エレンディルが誇る巨大な駅、空中庭園にたどり着いたところで、レンを含めたクラウゼル家の面々が荷物を確認する。

給仕のユノはすでにククルを連れ、他の給仕たちとエレンディルの屋敷へ向かっていた。

レザードがそこでリシアに話しかける。

「リシア、明日は帝都へ行かなければならん」

「お父様？　特に予定はなかったと思いますが」

「ある商会と仕事の話がある。帰りは仕立て屋に寄ろう。いつもの服も小さくなってきたし、新しい生地で仕立て直さねばな」

いつもの服というのは、リシアが亡き母から受け継いだ服のこと。

白い軍服を思わせるあの服は、リシアの可憐さや凜とした美しさを際立たせている。

「ねねっ、レンも一緒に行かない？」

「えーっと……俺は周辺の下見をしてきます。リシア様と一緒に狩りに行くときのために、軽く様子を見ておきたいですから」

皆は空中庭園の中へ向かい、地上階へ下りて馬車に乗る。

歴史や情緒を感じさせる町並みの中には真新しい最近の建物も混在し、ちょうどいい静けさの中にも都会らしさを感じさせる。その町の中心に、目的のクラウゼル男爵邸はあった。

クラウゼルの屋敷と違い、エレンディルの屋敷は大通りに面している。隣り合った建物はなく、敷地全体を高い塀で囲った白い建物だった。

馬車に乗ったまま門をくぐれば、雪化粧をした庭園が皆を迎えた。

この光景を見たレンが「すごい」と感嘆した。

屋敷の中に足を踏み入れたレンには、これからの住まいとして広い客間が与えられた。

翌朝は日が昇って間もない頃に皆で朝食を共にして、レンは屋敷の門前でリシアたちを見送る。

リシアにレザード、そしてヴァイスの三人を乗せた馬車が屋敷を離れていく。馬車が見えなくなったところで、レンは自身が泊まる客間へ戻り、町の外へ出る支度に取り掛かった。

こうした支度をするのは久しぶりだ。靴紐（くつひも）を結ぶ指にも自然と力が入る。

レンは部屋を出て、改めて屋敷の外へと向かった。

ほっと息を吐けば真っ白だった。

「効率（例）のい（の）い狩場を下見しておかないと」

レンはエレンディルの外へ向かう道すがら、町の外れにそびえ立つ時計台を見上げた。

雪化粧をした帝都を歩く三人。

「……水晶玉はいつも通りね」

リシアはレンが持っているのと同じ、エドガーが用意した剛剣技の訓練に使う小瓶を見て呟いた。

「リシアが最近、毎日のように手にしている小瓶は何なのだ？」

「これはレンがくれたんです。剛剣技の訓練になるから、よければ私にも……ってエドガー殿が用意してくださって。でも、まだ傷を付けられる気配がなくて」

「それが前に話していた小瓶だったのか。傷を付けられていないのはレンも同じなのか？」

「ええ。でもレンはエドガー殿に才能があると言われてるので、時間の問題かもしれません。私にも剛剣技の才能があればいいんですが」

「お嬢様、あまり心配せずともよいと思われます。お嬢様は白の聖女の一端である、神聖魔法の扱いも習熟しつつございます。あれは魔法の中でも特に魔力の扱いに緻密さが求められるもの。剣の扱いにも精通しているお嬢様であれば、剛剣技の才があっても不思議ではありません」

「うん……だといいんだけど」

心配そうに呟くリシアに笑みを向けてから、

「あの店に行くのも久しぶりだな」

さらに歩を進めたところでレザードが言った。

目的の服屋はレザードも度々足を運んだことのある店で、過去には、彼が亡き妻と出会った店でもあった。母である彼女から受け継いだリシアの服は、その店で仕立てられたものだ。

「リシアも成長してきたことだし、他にもいくつか見繕ってもらおう。レンに見せたい服もあるだろうから、好きなものを選びなさい」

「お、お父様っ！」

照れたリシアの声に、レザードが笑っていた。

仕立て屋での時間は瞬く間に過ぎ、リシアの服を何着か見繕ってから店を出た。

ちょうど昼食どきだったから、三人は大通り沿いのレストランで食事をして、

「リシア、この後は鍛冶屋街に行くぞ」

「鍛冶屋街ですか？」

帝都の賑わいの片隅で、リシアがレザードと話す。

「前々からリシアの剣についてヴァイスと相談していたのだ。そこで、ヴァイスが知り合いの鍛冶師に剣の作製を依頼してくれていた。お相手と挨拶をしておきたい」

これまでリシアは自分の剣がなかったわけじゃない。だが彼女が成長するにつれて、その剣身が彼女の戦い方に見合わず、短くなりつつあった。

冬の寒風が三人の間を吹き抜ける。

唐突な風に髪の毛を押さえたリシアは冷たさを指先に感じながら、ふとした疑問を口にする。

「ヴァイスと知り合いの鍛冶師って、どういう人？」

「偏屈で奇特で、仕事嫌いのドワーフですな」

「……聞いてる限りだと、本当に剣を打ってくれるか気になるわね」

話をしながら歩き、十数分後のことだ。

「……？」

リシアが足を止めた。大通りを一本外れ、それでも人で賑わう道に入ってすぐに、視界の端に何となく違和感を抱いた。

「リシア？　どうしたんだ？」

「……ちょっとだけ、気になって」

リシアはその違和感に視線を向けた。

その先にあるのは、解体途中の古びた雑貨屋だ。

解体に使う木製の足場が周囲にあって、近くを数人の子供が歩いていた。

ふっ……と、足場が揺れたと思えば、すぐ傍を歩く子供たちに向かって倒れていく。

リシアは「ヴァイスはお父様の傍にいなさいっ！」と叫び、ヴァイスとレザードが止めるよりも早く、神聖魔法で身体を強化して駆けた。

「間に合って！」

リシアは護身用に持っていた剣を走りながら抜いた。上を見上げて驚き立ち止まった子供たちの前に倒れてきた足場を切り裂き、子供たちを守った。

剣を振るうリシアが埃(ほこり)にまみれていると、不意に足元から冷気が奔った。届いた冷気は崩れてくる足場を支える巨大な氷柱を生む。目の前に広がる光景はまるで氷の神殿だ。地面から生えた氷柱が陽光を反射し、悠々と足場を支えている。

誰もが感嘆せざるを得ない見事な魔法だった。

リシアの傍に、駆け足で近づいてくる少女の声。

「間に合ってよかったです――――っ！」

リシアが聞いたことのある、小鳥のさえずりに似た軽やかで透き通った声だ。

服が埃まみれになっていたリシアは、その声に振り向き驚いた。

「フィ、フィオナ様!?」

「えっ――――リシア様!?」

以前パーティで顔を合わせて以来の、フィオナ・イグナートがいたのだ。

埃まみれになったリシアを連れて鍛治屋街に行くことはできない。

リシアはフィオナの厚意により、フィオナが住まう帝国士官学院の女子寮の部屋にいた。

フィオナの部屋にある浴室でシャワーを浴びながら、すりガラスの扉越しにリシアが言う。

「シャワー……ありがとうございます」

湯を借りられたことへの礼を告げれば、扉の外にいたフィオナが「いえいえ」と微笑んだ。

「ゆっくり温まっていってください。お着替えとタオルはこちらに用意しておきますねっ!」

「あ、ありがとうございます! 私もですが、父とヴァイスのこともエドガー殿にもてなしていただいてしまって……っ!」

「ふふっ、どうかお気になさらず」

フィオナは買い物の最中だったのだが、その際に、リシアが子供たちを守る場に遭遇した。

レザードとヴァイスの二人は、女子寮と男子寮の間にあるサロンでもてなされている。生徒の保護者や学院に出入りする商人らも使う場所だった。

湯を浴び終えたリシアがタオルを巻いて外に出た。ここに来るまでに着ていた服は女子寮で洗濯してもらっている。それもフィオナの計らいで、リシアは代わりにフィオナの服を借りていた。

胸元に普段より余裕があったことに、リシアは若干敗北感を抱いた。

「いいもん……別に、私だってすぐに……」

呟いたリシアは洗面台の前にある椅子に座った。

するとフィオナが頃合いを見計らって脱衣所の扉をノックして、リシアの返事を聞き扉を開ける。

「たはは、櫛の使い方をご説明し忘れておりました」

リシアが座った椅子の前にある洗面台には、櫛の他には湯上がりに使う化粧品や、髪を乾かすための魔道具が置かれていた。

櫛はくすみ一つない白銀で、櫛にしてはあまり見ない意匠の品だ。

「それ、魔道具なんです」

「髪を梳くだけの櫛ではないのですか？」

「これはちょっと特別な品で……もしよければ、髪を梳かすのは私にお任せいただけますか？」

「あの――――え？」

「私も髪が長いからわかるんです。一人で梳かすのは大変でしょうから、もしよければ、私にもお手伝いさせてください」

空気の読めていない手助けかと不安に思ったフィオナと、身分差がありながらそれはどうだろうと思ったリシア、同じ少年に心を寄せる少女二人は、場の雰囲気に流されて提案と承諾をした。

まずは魔道具でリシアの髪を乾かした。鏡越しに苦笑を交わしてから、フィオナがリシアの髪に櫛を滑らせる。

髪をすぅ……すぅ……と梳かす音が、妙に大きく聞こえてきた。

「これって、普通の櫛ではないのですか？」

「そのようです。普通の櫛で梳かすより、髪が艶やかになるらしいですよ」

フィオナのあまり自信がない声だった。

「これはお父様が去年の誕生日にくださったんです。でも私にはあまり違いがわからなくて。リシア様はいかがですか？　普段と違うような感じはいたしますか？」

包み隠さず言うなら、あまり違いを感じないというのがリシアの感想だ。

櫛で梳かされるリシアの髪はいつも通り絹のようで、滑らかな手触りに水気を孕んだ艶が浮かぶ。

「心なしか、いつもより綺麗な気がします」

「まぁ、リシア様ったら」

二人は再び鏡越しに笑みを交わす。今度は苦笑いではなく朗笑だった。

「今日はびっくりしちゃいました。リシア様はクラウゼルにいると思っていたんですが、エレンディルにいらっしゃったんですね」

リシアは脱衣所ですることを終えてからリビングへ向かい、フィオナに促されてソファに座る。

二人はあの日のパーティと同じく、相手の美貌に心奪われる思いに駆られた。

どうも日常会話らしいそれも思い浮かばず、互いに意味もなく窓を見た。

窓の外では雪が降り出していた。大粒でふわふわと舞い降りる雪だった。

「――あ」

ふとした瞬間に、リシアの目がこの部屋の片隅に向けられた。

壁に沿って置かれた大きな本棚には、数多くの本が並べられている。

「フィオナ様は本がお好きなんですか？」

尋ねられたフィオナが苦笑。

「私は身体が弱かったので、ずっと本ばかり読んで育っちゃったんです」

幼少期のフィオナは、ほとんどをベッドの上で過ごした。そのため楽しみといえば、本を読むことやユリシスとの会話ばかりだった。

フィオナの生い立ちを直(じか)に聞いたリシアはその境遇が、心に刺さる思いだった。

レンがいなければフィオナも死んでいた思うと、特別な縁を感じてしまう。リシア自身、レンに命を救われた経験があるからだ。

いまの二人にとって喉から手が出るほど欲しかった会話のきっかけだ。

二人は本棚に近寄ると、平静を装いながら言葉を交わす。

「すごく難しそうな本もあるんですね」

「けど、まだちゃんと読めない本ばっかりなんです。読んでみようと思って頑張るんですが、難しくて辞書を引きながらというものも多いんです。――そうだ。もしご興味がおありでしたら、リシア様もご覧になりますか？」

互いの間に残る妙な他人行儀な雰囲気を解消するためにも、リシアは「是非」と口にした。

本棚には難しそうな学術書のほか、分厚い小説や、多くのしおりが挟まれたままの参考書らしき本が並んでいた。

中でもリシアは、一冊の参考書に目を奪われた。

「これ、帝国士官学院向けのですよね？」

「それは私が入学試験のために使った参考書なんです」

フィオナが照れくさそうに微笑む。

彼女はその参考書を本棚から取り出してリシアに表紙を見せた。

「あはは、ちょっと恥ずかしいですね」

なぜ恥ずかしいのかと思っていたリシアは、すぐにその理由を理解した。

参考書にはいくつものしおりが挟まれたまま。多くのページにフィオナのメモが記されていた。

自分が勉強に使ったあとが残されていることが照れくさかったのだろう。

「ここ……別の参考書で勉強してて、わからなかった場所なんです」

「うん？　ああ、ここですね！　ここなら――」

隣り合ったまま、唐突にはじまった個人授業。フィオナの教え方は見事なもので、リシアが理解できていなかった箇所もすぐに解決した。

それにはリシアも、「誰かに教える経験がおありなんですか？」と尋ねてしまった。

「今回がはじめてです。リシア様がお相手なので頑張っちゃいました」

フィオナがこてんと首を寝かせ、穏やかな笑みを浮かべて言った。

二人は互いに参考書をきっかけに話が変わったことに心の内で安堵して、踵を返すようにソファへ戻る。

「リシア様は次の春から試験だと思うんですが、推薦状はお使いになるんですか？」

推薦状があれば、特待クラスの試験もいくつか免除になる。

クラウゼル家も頼めばユリシスに用意してもらうことはできたが、派閥の違いが考えものだ。

それに、リシアにとって最初の段階の試験は特筆すべき難易度じゃない。試験の雰囲気に慣れるためと思えば、推薦状の有無はまったく問題にならなかった。

「再来年の春には、学院でお会いすることも多くなるかもしれませんね」

「ええ。私が合格できたら、きっと」

受験の話を終えて、二人は少しの静寂を交わした。

避けては通れない話題について、触れずにはいられなかった。


「……フィオナ様」

「……リシア様」


同時に相手の名を呼び、何度目かの苦笑。

発言を譲り合った後に、リシアが口を開く。

「どうしようって、ずっと考えていました」

彼女が繰り返すように、

「私もフィオナ様も貴族です。派閥は違っても、縁あって友誼を持った家同士の令嬢です」

「それも、縁を切ることもない家の者同士ですものね」

「ええ。それに切っていい縁ではないですから」

「……お父様も、きっとクラウゼル男爵もそうお思いだと思います」

現状、互いに利があって誠実な関係を保てている。

もちろん、険悪な関係になることはここにいる二人だって望まない。

それを、二人は言葉にせずともわかっていた。


『――私の恋は命懸けよ。命を懸けて私を守ってくれたレンのためなら、なんだってできる』

『――私も、この世界を与えてくれたレン君になら、すべてを捧げられます』


パーティの日に交わした言葉が二人の頭をよぎった。

二人は互いの存在を無視することはできず、認めざるを得ないことを知っていた。互いを寄せ付けないなんてできるはずもなく、争いごとに勃発するのだってもっての外。

それに彼女たちは、レンに命懸けの恋をしている者同士、その強い恋心を貶すつもりだって毛頭ない。貶すことは、自分がレンに抱く恋心を侮辱するも同然だったからだ。先ほど城下町で子供を救った者同士、相手の正義感も嫌いになれない。

両者の性格から、剣呑な状況に陥ることも考えにくい。

が、恋をしてからというもの、レンの前ではただの町娘も同然の二人にとって、仕方のない悩みがある。

互いが互いをどう思い、どう接するべきかという悩みだ。

「私とフィオナ様は、どういう関係なんでしょうか」

ただの恋敵？　それにしては、複雑な関係だ。

次に、二人の声が重なる。

「友人……」

二人は互いの顔を見て、貴族の友人というのは明らかにしっくりこないと確信した。

残るはライバルだろうか？　しかしこれはこれでしっくりこなくて、彼女たちは頭を悩ませた。

実際のところ、関係を言葉にすることで大きな意味を成すわけではない。

それでも二人にとっては、この上ないほど重要だった。

「聞くところによると、同じ異性を好きになると、多くが互いを憎むことになる……と……」

「フィオナ様、それはどこから得られた情報ですか？」

「……れ、恋愛小説……です……」

「……奇遇ですね。私も似た情報源をいくつも持っています」

リシアがそこでこほん、と咳払い。

「ですが、それもしっくりこない気がします」

この二人がいがみ合うことの利が一つもないことは自明の理。ただそこに、感情的にならざるを得ない想い人の存在。

二人はそれから、思うことを少しずつ口にしていく。

まずは、リシアからだった。

「譲れない気持ちがあって……」

それにつづき、フィオナが口を開く。

「では……恋敵でしょうか……？」

「ええ、だけどそれだけじゃないです」

「あとは、懇意な貴族の子供同士……とかもありますね」

口に出された言葉に、もはや整理を付けられる気がしなかった。

どれか一つ欠けても違う気がしたし、逆にどれか一つだけを強調することもよくないことのような気がした。

「きっと、私とリシア様はそのすべてなのかもしれません」

明確な言葉を見つけることを諦めたのではなく、まさにそのすべてである……と。

「この世に明確な単語がないから、私たちは私たち――――ってことですか」

「はい。きっと、その方がいいんだと思います」

何らかの形に囚われることのない、二人の関係。

根底にあるのはレンを譲れない、レンの一番でありたいという切なる想い。

その先にあるのは、言葉にした通り多くの立ち位置が絡み合ったもの。

仮にその関係性が口に出されたすべてなのであれば、二人は互いにどう接するべきかという問題に立ち返らざるを得なかった。

けれどそれは、意外にもはっきりしている部分がある。

何よりも譲れないことだけを口にして、その後のことは時の流れに任せることにしたのだ。


「――――絶対に絶対に、負けないんだから」

リシアの髪を彩る白金の羽が、静かに揺れた。

「――――私だって、この気持ちに嘘はつけません」


フィオナの胸元を飾る星瑪瑙のネックレスが、音もなく揺れた。

二人は互いを真摯な面持ちで見つめ、相手の気持ちの強さを理解した。

ここにきて貴族令嬢としてではなくて、ただのリシアとただのフィオナとして。

「レ、レンは私のためにこの髪飾りを送ってくれたんだからっ！　去年の誕生日に、自分で探してきてくれたのよっ！」

「わ、私だって……アスヴァルから助けてくれたレン君が、帰りにいい思い出を一つでも――ってくださったんですっ！」

二人には互いの贈り物を貶めるつもりは微塵もなく、どちらが上でどちらが下かと贈り物に差を付けるつもりもない。

ただ、言っておきたかった。

はじめての恋敵、それも強敵を前にこのくらいの宣言は。

あの日のパーティもそうだったが、こうして感情を吐露していると、首筋から頬まで、そして耳だって真っ赤に上気していく。

いつしか首筋まで真っ赤にした二人は、互いの瞳まで羞恥で潤んでいることを知った。

はじめての恋をしている者同士、宣言して照れないはずがない。

時計の針が進む音と、二人の呼吸の音だけが聞こえた。

「真っ赤ですよ。フィオナ様」

「知っています！　で、でも、リシア様だって真っ赤ですからねっ！」

「わ、私は湯上がりで身体が火照ってるだけですっ！」

このままサロンに向かうことは避けたい。

二人はそれから過ごした沈黙の中で、肌の赤みが収まるまでじっと耐えた。

午後の二時を過ぎて間もなくというそう遅くない時間だが、鍛治屋街へ行くのは延期。

リシアとフィオナが女子寮のサロンに向かうと、そこにいたレザードたちが二人を迎えた。

このサロンも深紅の絨毯（じゅうたん）が敷き詰められていて、高級宿のように華やかだった。

「よければあの小瓶をお見せいただけますか？」

サロンで待っていたエドガーがリシアに言った。

「小瓶って、剛剣技の練習用のものかしら？」

「はい。状況を確認させていただきたいのですが、よろしいでしょうか？」

「……いいけど、中にある水晶玉に変化はないわよ？」

リシアはそう言いながら、フィオナに借りた服のポケットに手を入れた。

近頃は暇さえあれば手にしている小瓶を取り出し、エドガーへ手渡す。

彼女が何の気なしにそう振る舞おうとした瞬間、パリン、という音が彼女の手元から鳴り響く。

たったいま、小瓶の中にあった水晶玉が真っ二つに割れたのだ。

エレンディルの町から三時間ほど離れた大自然の中に、レンは一人足を運んでいた。
街道をしばらく進み、そこから森の奥へ足を踏み入れてからしばらく進んだ先に湖がある。
周囲に背の低い山々を臨んだ湖は、冬の寒さで分厚い氷が張っていた。

レンは氷の上を歩きながら鉄の魔剣を召喚した。十数分かけてど真ん中へ向かい、手にした鉄の魔剣で氷を切り裂き、大穴を作る。

息を吐いたレンの耳に、

『クゥ！』

「あれ、ククル」

レンが鞄を氷の上に置こうとすれば鞄の蓋が勝手に開き、顔を覗かせたククルが鳴いた。

ククルは鞄の蓋の外に前足を出してレンを見上げる。

「いつの間に隠れてたの？」

『クゥクゥ！』

屋敷を発つ前に手洗いに寄ったから、ククルはその隙に鞄の中に隠れたのだろう。いままで気が付かなかったことにレンは自嘲する。

ククルは鞄を出てレンの周りをふわふわと飛ぶ。レンは改めて鞄を氷上に置いた。

「来ちゃったのはしょうがないけど、そこで大人しくできる？」

こくこくと頷いたククルを見たレンは、予定していたことを実行に移すことにした。

魔剣の進化が開放されることを知ってからというもの、かなりの月日が経っている。

今年はクラウゼルと都会との往復ばかりだったため、例年に比べて狩りをすることができていない。そのため最近はレベルアップとも縁がなかった。

・魔剣召喚術（レベル４：３４８１／３５００）

魔剣召喚術のレベルが上がるまでもうすぐだ。魔剣召喚術に関しては、魔剣を召喚して訓練をすることで熟練度を得られるため、魔剣そのものと違い少しずつ熟練度を得られていた。

レンは氷に大穴を開け、肉屋で買った生肉を投げ入れた。

肉を湖に落としてから十数秒後、水中に魚群が見えてきた。

魚はどれも、レンが両手に抱えなければならないほど大きかった。表皮が蒼く分厚い鱗で覆われており、口には肉食獣が如く鋭利な牙を生やしている。

バーサークフィッシュという魔物で、群体を成して泳ぐ光景は少し異様だった。

レンは頬を引き攣らせながらもう一つ、水中に肉を放り投げる。

『カカカカッ！』

『カカッ！』

バーサークフィッシュが牙を擦り合わせることで生じる音。

放り投げられた肉目掛けて、数匹が勢いあまって弾丸が如き疾さで水面に飛び出してくる。

レンはそれを見て鉄の魔剣を振った。何度も、バーサークフィッシュが現れるたびに振りつづけた。一匹、二匹……十四、そして十五匹と、狩り終えたバーサークフィッシュの山が瞬く間に氷上に作り出される。

結局、十九匹のバーサークフィッシュを狩ったところで、勢いは収まった。

『クゥー……！』

これまで興味津々な様子で眺めていたククルが感嘆の声を上げた。

「果たして、こんなに楽をしていいものか」

先ほどのバーサークフィッシュという魔物は、冬場に繁殖期を迎える。

この湖においては表面が分厚い氷に覆われてからがその時期で、孵化した幼魚たちは、空腹になる度に共食いを繰り返しながら育つ。鋭利な牙で猛威を振るう、凶暴性と攻撃力が有名な魔物だ。

そうした幼魚時の性質から、バーサークフィッシュという名が付けられた過去がある。

しかし成魚となってからは、意外にも静かになる。

獰猛（どうもう）な性格をしているのは幼魚の頃だけで、氷が解けたら水面に降りた鳥を捕食することはあっても、進んで人を襲うことは滅多にない。

「やっぱり進化だったのか」

相変わらず次レベルまでに必要な熟練度が遠くて切ないが、次に得られる身体能力ＵＰ（大）には期待が持てる。また、木の魔剣に変化が訪れたことが嬉しかった。

その名も変わり、『大樹の魔剣』へと進化を遂げている。

自然魔法（小）も自然魔法（中）へ強化されていた。

レンは鉄の魔剣を氷に突き立て――――るとその切れ味で氷を砕いて沈んでしまったので消し去り、代わりに大樹の魔剣を召喚した。宙に現れた大樹の魔剣は以前と違い見事な彫刻が施され、儀礼に使えそうな見た目に変わっている。

レンは周囲を注意深く見渡してから、人がいないことを確認して大樹の魔剣を振る。

いつものように木の根やツタを生やすつもりで……期待しすぎないよう、落胆しないように考えながら自然魔法を行使した。

「お？」

振り下ろされた大樹の魔剣の切っ先は、氷に開いた大穴の下に向いていた。

その奥底から、地響きが生じる。新たな力を行使したレンが首をひねりながら様子を見ること数秒後。

「えぇぇぇえっ⁉」

『クウウウゥ⁉』

辺りの氷を割って現れた木の根の数々は、巨大化したマナイーターですら縛り上げられそうなほど、一本一本が特筆すべき太さでうねっている。それが広い湖のあちこちで生じていた。

急な展開に驚いていたククルは、レンの首の後ろにしがみつきながら様子を見ていた。

湖上を覆う分厚い氷はいたるところで割れていて、割れた氷が静かに流れていく。レンは魔剣が進化したことに何度でも喜べる気がした。

やがて自然魔法による影響を消し去り、大樹の魔剣も消した。

「……あとはアレだけか」

炎の魔剣。

それも春先から幾度も召喚できるか試そうと思ったことがあったのだが、結果は毎回頭痛に悩ま

[NAME]
レン・アシュトン

[ジョブ]
アシュトン家・長男

【スキル】

■魔剣召喚 Lv.1 0/0

■魔剣召喚術 Lv.5 95/5000

召喚した魔剣を使用することで熟練度を得る。
レベル1:魔剣を【一本】召喚することができる。
レベル2:腕輪を召喚中に【身体能力UP(小)】の効果を得る。
レベル3:魔剣を【二本】召喚することができる。
レベル4:腕輪を召喚中に【身体能力UP(中)】の効果を得る。
レベル5:魔剣の進化を開放する。
レベル6:腕輪を召喚中に【身体能力UP(大)】の効果を得る。
レベル7:************************。

【習得済み魔剣】

■大樹の魔剣 Lv.3 114/2000

自然魔法(中)程度の攻撃を可能とする。
レベルの上昇に伴って攻撃効果範囲が拡大する。

■鉄の魔剣 Lv.3 3039/4500

レベルの上昇に応じて切れ味が増す。

■盗賊の魔剣 Lv.1 0/3

攻撃対象から一定確率でアイテムをランダムに強奪する。

■盾の魔剣 Lv.2 0/5

魔力の障壁を張る。レベルの上昇に応じて効力を高め、
効果範囲を広げることができる。

■炎の魔剣 Lv.1 1/1

その業火は龍の怒りにして、力の権化である。

された。魔力切れに似た辛さに見舞われたせいだ。

(炎剣アスヴァルじゃなくても、そもそも強力だからなのかな)

いまも召喚できるか試みたところ、以前より若干辛さが和らいでいた気がした。

まだ力不足、そういう結論にいたっていまは無理に炎の魔剣を意識しないようにした。

レンは鞄に折りたたんで入れていた麻袋を氷上に広げ、討伐したバーサークフィッシュを一匹残らず押し込んだ。麻袋がぱんぱんになってから担いで湖畔へ向かう。

「帰ろっか」

『クゥ!』

道中、今日のような狩りは何度もできないだろうと思った。この世界はゲームではなく現実のため魔物の数も有限だ。狩りすぎれば生態系に影響を与えるかもしれない。

「にしても誰もいない」

多くの魔物は暖かい季節と違い姿を見せないため、冬に現れる魔物を目標とする冒険者は、そもそもこの辺りに足を運ぶことが滅多になかった。わざわざ凶暴なバーサークフィッシュの幼魚を釣りに来る者もおらず、氷上で群れを相手どっての危険な戦いを好む者もそういない。

歩くだけでは手持ち無沙汰だったレンは大樹の魔剣のことを考えながら、ほぼ無意識のうちに懐へ手を入れた。

エドガーに貰った小瓶を慣れた様子で取り出して、手のひらに握りしめる。

「……ん?」

パリン、というガラスが割れるような、そんな音がレンの手元から小さく響いた。

気になったレンが足を止め、手元を見る。

「あ、割れたじゃん」

小瓶の中の水晶玉は、真っ二つどころか粉々に砕け散っていた。

夕食を終えてから、湯上がりのリシアがレンの部屋を訪ねた。

「帝都に行ったら、いろんなことがあったの」

「ちなみに何があったんですか？」

「まだ秘密。素直に教えるのはちょっと悔しいから、今日だけは駄々っ子でいさせて」

「駄々っ子……？」

リシアはそう言うと、レンのベッドに腰を下ろす。

部屋の主であるレンはその傍にある丸椅子に座っていると、リシアはベッドの隣をぽんぽんと叩き、傍に来るよう彼を促す。

これまでにない仕草にどうしたのだろうとレンが黙っていたら、リシアがまたベッドを叩いた。

彼女の積極性を積極性と理解できなかったレンはどうしたものかと思いつつ、彼女の隣に座る。

「これ、エドガー殿からよ」

リシアは一通の封筒をレンに渡した。

封を切ったレンが中の羊皮紙を広げてみれば、

「来週、ユリシス様と帝都で会うことになりました」

「イグナート侯爵と？　食事でもしてくるの？」

「いえ。前にアスヴァルの角について相談していたと思うんですが、それについて、鍛冶師を紹介してくれるそうなんです」

鍛冶師を紹介するということは、レンの防具に関わる話になる。

彼の頬が緩んだのを見て、リシアは「レンもちゃんと男の子だものね」とお姉さんぶってみせた。

するとリシアが、思い出したように手を叩いた。

彼女はポケットに手を入れて、例の小瓶を取り出して声を弾ませる。

「見て！　私にも剛剣技の才能があったみたい！」

努力家な性格は元来のものだし、リシアは同じくらい天賦の才に恵まれている。

真っ二つに割れていた水晶玉を見るに、類まれな才能と表現できよう。

「ねねっ、レンの方はどうなってるの？」

「いえ、俺の方は別に……」

「どうしてそんな反応なの？　あ！　もしかして、もう傷つけちゃってたとか？」

「に、似たようなものです！」

「ならいいじゃない。お願いだから、見せて？」

微かに甘えるようなリシアの声に対し、レンは立ち上がって机に向かう。

引き出しを開けて、そこにしまっていた小瓶を取り出しリシアに渡した。

「傷どころか、粉々じゃない！」

「今日の狩りを終えてすぐ、そうなりまして」

リシアにとって粉々に砕けた水晶玉は衝撃以外のなにものでもなかった。

しかし嬉しくもある。レンとの差に悔しさを覚えなかったわけではないが、レンに圧倒されるのは慣れっこだし、実のところそれが嫌いじゃない自分もいた。

「魔力の量に限っては私も負けてないと思ってたのに……こうして見せつけられちゃうと、それもほんとは違ったのかしら」

「いえ、これは魔力の量で結果が大きく左右される訓練じゃなかったはずです」

練り上げた魔力を握りしめた小瓶を通じ、中の水晶玉に影響を与える。重視されるのはその魔力の扱いで、魔力の量が多いだけで戦果が出るわけではない。

実際レンは、こと身体に宿る魔力の量はリシアの方が多いのではないだろうか、と考えている。

今回の水晶玉は、レンの方が必要な魔力の扱いに長けていただけ。

「そういうもの？」

「はい。なのでお気になさらず」

リシアのための紹介状も、すぐにエレンディルの屋敷に届くそうだ。

「そういえばレン、冒険者ギルドには行ってみた？」

「今朝、顔を出してみました。やっぱり都会の冒険者ギルドはいろいろ違いますね」

「やっぱりそうなんだ。そういえばレンってギルドランクはいくつなの？」

「俺は全然ですよ。上げるために必要なことをしてませんからね」

魔物のランクと同じで、冒険者ギルドに登録した者たちもランク付けされる。

とはいえ、それがすべて実力に比例するわけではない。高位のランクになるためにはいくつか条件もあって、それらを達成しなければいくら強くともランクが上がらない。

レンの場合はその影響でまだEランクだった。

たとえばBやAなどの高ランクに到達すれば、冒険者ギルドでも依頼を優先して受けられるようになり、帝都にある宿などで料金が割り引かれることがある。

また貴族お抱えにでもなれば、それなりの発言力だって得られるかもしれない。

そこかしこで蒸気が舞い上がる鍛冶屋街は、冒険者のみならず、騎士や騎士を目指す学生の他、料理人も切れ味のいいナイフを求めて足を運ぶ場所だ。
入り組んだ路地や多くの坂道で馬車は使えない。三人は徒歩で目的の工房を目指していた。
道中、レンが壊した水晶玉の件に触れた。
「レン様ならすぐにと思っておりました。ですがまさか、粉々に砕いてしまわれるとは。纏いを会得される日も、そう遠くないかもしれません」

「すぐにでも剣客級、いや、剣豪級になっても不思議ではないね」

レンはエドガーとユリシスに「そうなれるよう精進します」と答えた。

次に話題となるのは、今日の本題。

「鍛冶師って、どういう方なんでしょう」

「それはもう腕がいい鍛冶師さ。問題は偏屈で仕事嫌いなことだね」

肩をすくめたユリシスの芝居じみた振る舞いが、彼の抜群の容貌と相まって絵になった。

「職人気質って感じですね」

「それはよく言いすぎだ。確かにあのドワーフは仕事を選ぶ節はある。けどね、それを職人気質だとか何とか言い張ってサボるような男なのさ」

「……本当にアスヴァルの角を加工してくれるんですか？」

「どうだろう。何度も手紙を送ったんだが返事がなくてね。ははっ！　私の手紙を無視する相手なんて、彼くらいしかいないよ！」

面白い人物が好きなユリシスにとっては楽しくて仕方ないのだろう。

レンがため息交じりにその希望を抱きながら、

……ここからだと、学園区画がよく見える。

坂の多いこの辺りからは、学園が立ち並ぶ区画を見下ろせた。

その区画で一際大きな存在感を放つ帝国士官学院も、あの日同様そこにあった。

「どうだい？　あの学院に行く気になったかい？」

レンが学園区画を見ていることに気が付いて、ユリシスが夏の出会いを思い返して尋ねる。

あの夜を境に、レンは度々考えることがあった。ユリシスの言葉を受けて改めたこともあったし、今後どうするべきか、ということにもいくつかの答えを見出していた。

「幾分か前向きに、ってとこです」

「へぇ……前回と違い、割と明確に答えてくれるようになったじゃないか」

「俺が考える欠点と利点を比べたとき、得られる利点は確かに多いですから」

「たとえば、私が与える利点かな？」

「あれ？　ユリシス様も俺に何かお与えくださるんですか？」

ぽかんとした顔で言ったレンを見て、ユリシスは力が抜けたように言う。

「君がいてくれたら、私もフィオナのことで安心できる。それで私が便宜を図るとは考えなかったのかい？」

「フィオナ様に関連した打算は特になかったですよ。便宜を図っていただけるのは嬉しいですが」

「……ふむ、あの二人が惚れるわけだ」

呟きのような声はエドガーにしか届かなかった。

聞き直そうとしたレンは「我々にとって、レン様と知り合えたことは貴重な財産です」とエドガーに言われ、急な称賛に戸惑いを覚える。

「私が君の味方でいたくなる理由を聞けた気がするね。話を戻そう」

上機嫌なユリシスが言った。

「君は優しい。以前、あの学院が自分には分不相応と言った君は、何らかの事情があって自分を守ろうとしていたも同然だ。だけど君は、あの夜からその目に、ある感情を浮かべていた」

レンは何も言わず、むしろその答えをユリシスが口にしてくれるのを待った。

「――――それは献身さ。君は自分より、自分以外の存在を気にかけている」

もっとも、レンが帝国士官学院を避けていた理由は不明なまま。

「本当に、どこまで俺のことを見透かししているんですか」

「私の目が届くところまでさ」

とユリシスは微笑む。

彼が敵じゃなくてよかった。レンはそれを再確認した。

「私はそんな君の献身を尊く思う。それは君の根底にあった考えを変えるための勇気と一緒で、君の優しさの結晶だ。そんな君を知ればこそ、これまでの考えを覆してあの学院を目指しても不思議ではない――――私はそう思ったんだよ」

守るべき存在が多くなったレンはすでに、心の中の優先順位で自分は頂点にいない。両親や村のこと、リシアとフィオナたちの方が上にいた。

仮にレンが自分を守ることにだけ執心すれば、赤子の頃と同じ考えだったろうけれど、

（予想外に動きが早かった魔王教のこともあるし）

レンがフィオナの命を救ったことによる、新たな運命。

今日まで幾度も考えた通り、何もせずに黙っていることこそ愚を極め、何事も後手に回ることになる。その弊害は幾度も経験している。あんなことは二度とごめんだと、レンは思った。

だから覚悟と決心をした。彼の決断が献身や自己犠牲に限らず、不測の事態を警戒していることの証明でもあった。

守るべき存在を思えば帝国士官学院の他に選択肢はない。自分を磨くこと以外にも、リシアを近くで守るためにそれ以外の答えはなかった。

「受験するならどうするんだい？　一般？　それとも特待？」

「最初は一般でいいと思っていたんですが、確か特待の方が時間の自由がありますから、行くなら特待と考えていました」

「正解だ。一般も十分な教育を受けられるが、特待に比べると格が落ちる。君が多くを学びたいというのなら、中途半端なことはせずに特待クラスの方がいい」

二人は雑踏の音を聞きながら、目的の工房を目指しながらつづける。

「特待クラスでも、君なら間違いなく受かるだろう」

「確信したようなお言葉ですけど、俺が試験に落ちるとは思わないんですか？」

「思わないさ。これは勘だけど、君は間違いなく好成績で合格するだろうね」

「――――勘ですか」

「私の勘は当たるんだ。過去、某国との貿易戦争もその勘で圧勝してね。結局、最後は勘ってのも悪くないもんだよ」

ユリシスの場合、ああ、こういう状況なら最後はこうなるだろう――――という勘もどきのそれで、時と場合によっては未来予知のようなそれ。

徹底した情報と知略の上で、勝利を確信しての言葉だ。

「ついでと言ってはなんですが、ユリシス様に聞きたいことがあったんです」

「何でも聞いてくれたまえ。特にフィオナのことなら何でも教えてあげよう。なに、娘は恥ずかしがるだろうが心配はいらない！　君になら是非とも聞いてほしいからね」

「ええ。確かにフィオナ様が関係していますが――――」

それを聞いたユリシスが足を止めた。エドガーも足を止め二人は閉口してしまう。

ユリシスは半歩、レンとの距離を詰め、

「何でも答えよう。何でもだ」

再び歩きはじめたところでの声は、妙に気持ちが入っていた。

「ユリシス様がフィオナ様に、帝国士官学院に通うことを許可した理由が気になっていたんです」

「……あー、そういう感じかい」

やや落胆したユリシスが繰り返すように、

「できる限りの護衛は付けているし、安全性は保てるよう私が確認してある。だが、それを抜きにしても私の元を離れていることが不思議なのだろう？」

「はい」

「答えは単純さ。フィオナに自分を守る力を身に付けてもらうためだよ。人はいずれ死ぬ。私もそうなるから、ずっと私が守ってあげられるわけではない」

親が子を守るのは当然だ。同じくらい、子が自分を守れるように育てることも重要だ。

ユリシスは真摯な面持ちを浮かべて唇を動かす。

「私はフィオナを溺愛してやまないが、成すべきことを成さない親にはなりたくないんだ。ところでフィオナはどうだい？　可愛いだろう？」

話題が唐突に変わった。

下手な返事はできないが、そもそも下手な返事になる可能性はない。

誰がどう見ても、フィオナは可憐で美しい少女だ。もちろんレンが見ても。

「お綺麗で可愛らしい方だと思います」

「いまの話、今度フィオナに聞かせてもいいかな？」

「はい？」

「気にしないでくれたまえ。ただの独り言だよ」

明らかに独り言ではなかった。わかりきった誤魔化しをしたユリシスを問い詰めるだけの術(すべ)を持たないレンは、つづく沈黙の中で淡々と足を動かした。

三人が訪れたのは鍛冶屋街の片隅に鎮座した古びた石造りの家で、おおよそ、侯爵が足を運ぶような建物ではない。外壁に至ってはひびが散見され、無理やり木の板で補強した痕があった。

「エドガー、裏口を抑えてきてくれるかい？」

「かしこまりました」

「中のドワーフが逃げるとでも言ってるような感じですね」

「そうとも。油断してると、私が目の前にいても逃げ出すからね。とんでもない男なんだよ、彼は」

この男を相手に逃げようと思えるとは、大した胆力だ。

レンはそのドワーフの人となりが気になってたまらず、感情を煽るかのように胸が早鐘を打った。

古びた木の扉を開けた瞬間――

「開けんじゃねぇッ！　誰もいねぇぞッ！」

(いるじゃん)

心の中で冷静につっ込んだレンは、いまの声に覚えがあった。

「はっはっはっ！　いるじゃないかヴェルリッヒ！　私だよ！　ユリシスさ！」

「なっ――か、帰れ！　お前みたいなクソガキと話すことはねぇぞッ！」

いろいろなものでごった返して汚い家の奥から挑発的な声が届く。

ユリシスは笑いながら家の中に足を踏み入れさらに高笑い。

「くくくっ……はっはっはっ！　今日は逃がさないとも！　もう裏口は抑えてあるからね！」

部屋の奥から穏やかでない音が響き渡る。食器が割れる音と金属と金属がぶつかり合う音だった。

それらの音が聞こえたと思えば、一般的な人の背を越すほどうずたかく積まれた塵の奥から、レンが背を貸したことのあるドワーフが姿を見せた。

「だったら俺様がてめぇを倒して――――んおっ!?　クソガキだけじゃなくて、いいガキもいるじゃねぇか!?」

「おい、いいガキってなんだよ」

今度はレンが我慢ならず突っ込んだ。

ドワーフことヴェルリッヒはそれまでの勢いを抑え、手に持っていた巨大な槌を床に置いた。

レンはヴェルリッヒが床に置いた槌を見て思う。

あれでユリシス様を攻撃するつもりだったのだろうか。

「おや？　二人は知り合いだったのかい？」

「おうよ。そこにいるいいガキは俺様を近くまで送ってくれてよ。クソガキのてめぇと違って、俺の家に落書きしたりなんかしねぇ、いいガキなんだぜ」

「いつの話をしてるんだい。私が小さい頃、父上に連れられて来たときのことじゃないか」

「俺様は根に持ってるぞ！　おかげで外壁を掃除中、力を入れすぎて壊しちまったんだ！」

「やれやれ……レン・アシュトン、君はどちらが悪いと思う？」

「ユリシス様ですね」

もういいやと思い、あまり気遣うことなく言えばユリシスは笑った。

遠慮のない言葉にユリシスが喜んで言った。

「私もそう思うよ。我ながらひねくれた性格をしていてね」

「で、どうしたんだ？　クソガキがいいガキを連れ――――」

「レン・アシュトンと申します」

「――――じゃあレンだな。おいクソガキ、レンを連れて何しに来た？」

「仕事さ。ヴェルリッヒが彼と知り合いなら話が早くて助かる」

「し、仕事だぁ……？　やめてくれよ……飯の買い出しすら面倒だってのに……」

「そう言わないでくれよ。剣王の剣を打ったヴェルリッヒになら、私も大恩人であるレン・アシュトンの仕事を頼めるんだ」

「ユリシス様⁉　剣王の剣を打ったって……⁉」

「皇帝陛下のお傍にいる女傑のことは知っているかい？　彼女のことさ」

「おう。あの剣を打ったのは俺様だぞ」

ヴェルリッヒは誇りすぎることもなく、さも当然と言わんばかりに口にした。

「彼は他にも特筆すべき仕事をしてるよ。でも話した通り仕事嫌いでね。腕のよさが広まらないように勲章の授与も断り、徹底的に目立つことを避けて暮らしてるのさ」

「けどよぉ～……仕事はしたくねぇよなぁ～……」

ふと、レンが夏のことを思い返す。

「あのとき俺に、何か作ってくれるって言ってませんでしたっけ」

「言い訳するわけじゃねえんだが、正直、酔ってたところがある。お前さんほどの剣士のためになるもんってなると、話が違ってな～」

「お前さんほどって、ヴェルリッヒさんに俺の剣を披露したことはないじゃないですか」

「んなの、見なくてもわかんだよ。そういうもんだ」

レンが困った様子で隣にいるユリシスを見た。

「ヴェルリッヒは鍛冶に関連したことなら信用できるよ。だが、飲み代を貸してくれと言ってきたら信用しないことだ。酒を飲んだら借りたことを忘れるからね」

「おいおいおい、まるで俺様がやべぇ奴みてぇじゃねえか」

「意味が伝わっていて何よりだよ。だがヴェルリッヒ、打ってほしいのは剣じゃない。彼は剣は不要と言っているから、防具を作ってほしいんだ」

「だとしても変わらねぇ。俺が認めるだけの素材がねぇなら、金を積まれても興味はない。こちとら金は腐るほどあんだ。クソガキ、お前も金持ってんだから素材の一つや二つ探してこいよ」

「勘違いしないでくれるかい。素材なら用意してある」

「だったら最初からそう言えってんだ……それで、どんな素材だ？」

ヴェルリッヒが疑問を呈してすぐ、この雑多な工房の扉が閉じられた。

外の様子を窺っていたエドガーが「聞き耳を立てている者はおりません」と言えば、ユリシスは満足した様子で頷いた。

では、とユリシスがレンを見た。

「風化していますが、赤龍アスヴァルの角を確保してあります」

ヴェルリッヒは目を点にして口をあんぐりと開けた。

「そりゃ、話が違うってもんだぜ」

ヴェルリッヒはニヤリと笑い、皆を家の奥へ招いた。

「詳しく聞かせろ。伝説の素材には、伝説の鍛冶師が相手になってやるからよ」

彼は仕事を受けることを示唆した。

「で、どのくらいの量を確保してあるんだ？　でっかい欠片か？」

「ほぼ一本丸々だね」

「ほぉー！　夢のある話じゃねぇか！　あとは素材がレンに忠誠を誓うかどうかってとこだな！」

「素材が忠誠って、どういうことですか？」

「伝説級の魔物は素材にも意識が宿ってるとは言わねぇが、使用者に反発して力を発揮しないことがある。研究者の間でも長年の課題で、明確な理由は研究途中だけどな」

「へぇー……けどそれについては、大丈夫そうです」

「おん？」

「このレン・アシュトンがアスヴァルを倒し、角を奪ったのさ」

「……お、おん？　アスヴァルが蘇ったとでも言うつもりか？」

「いろいろあってね。悪いが追求と他言は無用だ」

ヴェルリッヒは意を唱えず、すぐに首を縦に振った。

「仕方ねーな。んでどうすんだ？　俺も昔話でしか聞いたことはないが、アスヴァルの角となりゃどでかいだろ。レンの防具を作ったところで馬鹿みたいに余るぞ」

「私としては、どうにか使い切りたいところなんだが」

「俺も同意見です」

レンもユリシスもアスヴァルの角は持て余す。

しかし、捨てるなんてとんでもないのがあの素材だ。

「他の人の防具とか、剣にするのもやめた方がいいでしょうか」

「作れないことはないが角には忠誠心があるから勧めない。魔大陸で神鉄(オリハルコン)でも採掘してきた方が、よっぽどいいもんになる。使いこなせる装備が一番ってこった」

そうなれば、残る素材がどうしてももったいない。

「魔導船とか魔導列車に使うのはどうだ。レンも使うもんなら、素材も素直になるかもしれねぇぞ」

「そんなの持ってませんよ。まず買うためのお金もありませんし」

「ん？　レン・アシュトン、魔導船ならどうとでもなるじゃないか」

ユリシスに無理を言う意図はなかった。無遠慮な価値観で物事を口にするわけでもなく、あくまでも真面目だ。

「クラウゼル家はエレンディルを預かっているだろう？　なら、一隻持っているはずだよ」

「あの……持っていたら、その魔導船に乗って移動してると思いませんか？」

「それは無理だろうね。私が知るクラウゼル家の魔導船は壊れてしまっているし」

壊れている？　と小首をひねったレンを傍目に、ユリシスはヴェルリッヒを見た。

やはり彼に嘘や冗談を言っている様子は皆無だ。

「クラウゼル男爵が処分したとは思えない。空中庭園で保管しているはずだ。だからヴェルリッヒ、残る素材をあの魔導船に使うのはどうだい」

すると、ヴェルリッヒが長い髭を揺らした。

「なるほど。レムリアか」

空中庭園における魔導船が停泊した長い道の上に、レンをはじめとした五人がいた。レンの他にはユリシスとヴェルリッヒにエドガー、そしてレザードの五人だ。

鍛冶屋街で話してから、かなりの時間が過ぎていた。

もう深夜を回ったところで、この空中庭園にはすでに客が一人もいない。

暗闇と静けさが辺りを包み込む中、一行は冬の冷たい夜風を浴びながら言葉を交わす。

「ということは、レムリアはまだ処分していないんだね？」

「はっ。陛下から賜った魔導船を処分するのは不敬に思い、いつか修理するつもりだったのです」

皆がこの滑走路が如く長い道の一角へ足を運ぶ。

……もしかして、あれかな。

レンも空中庭園ではじめて目の当たりにしたもののことだ。

布越しのシルエットから、弾丸のような形をした魔導船と思われていた。クラウゼル家の騎士が数人がかりで布を取れば、レンの予想通り一隻の魔導船が現れた。

客を乗せる一般的な魔導船よりだいぶ小さい。弾丸のような形をした上部は魚のヒレを思わせる半透明の翼が折りたたまれ、豪奢な飾りと共にそこにある。下部には人が乗り込むための部位が連結されており、帆とセイルがない帆船を思わせた。空飛ぶ船と言わんばかりの威容だ。

「エレンディルを預かった際、このレムリアを賜りました。事情を知る魔導船技師から風に当たる場所で管理した方がいいと聞き、ここに置いていたのです」

「おう。それは使ってる素材のせいでな。風の扱いを得意とする魔物の素材を選んだせいで、外に置く方が都合がいい。気を遣ってくれてありがとよ」

レムリアは昔、前皇帝に頼まれたヴェルリッヒが作り上げた小型船だ。

当時の皇帝は体調を崩してから乗らなくなり、その後は他の皇族が乗ることもあった。

しかし、無理な稼働を繰り返したことで炉とその周辺が燃え、大きな修理が必要となった。だが修繕に必要な素材と資金の不足で、修理されることはなく空中庭園に放置されていた。

それをレザードが、エレンディルの領主になった際に所有権ごと譲渡されたのだ。

「レムリアを直しても構わねぇか？　金ならいらねぇ。息子の傷に唾を塗るようなもんだ」

ま、俺に息子はいねーんだけどな、とドワーフが笑う。

「修理することは問題ありませんが、何も支払わないというのは受け入れられません」

「んなもん気にすんなよ。どうしてもってんなら、飯と酒をくれりゃいいぜ」

美食や銘酒を用意したところで、通常の修理費と比べれば安いものだ。修理をするのがヴェルリッヒであれば殊更で、金に換えられない価値がある。

レザードはユリシスに困った表情を向けるも、ユリシスは気にするなと笑っていた。

「そういやレザードの旦那んとこの聖女様がいんだろ。その聖女様の剣がもうすぐできるから、今度持ってってやるよ」

急な話に驚くレンと対照的に、レザードは訳知り顔で、

「ありがとうございます。そういえば直接ご挨拶するのが遅れてしまい申し訳ありません。この度は娘の剣について――」

「堅苦しい挨拶はやめてくれ！　俺様はそれが苦手だから今日まで会わなかったんだ！」

この男こそリシアたちが先日、鍛冶屋街で会う予定の鍛冶師だったということだ。

「ヴァイスは近衛騎士時代に、近くの山で吹雪に見舞われた俺を助けてくれてな。いつか俺様が剣を打ってやるって約束をしてたんだ。あいつは拝領の剣があったからいらないって言ってたがよ」

（てことは、あの剣ってヴェルリッヒさんが打った剣なのか）

あくまでも七英雄時代の知識ながら、聖女リシアが持つ剣は記憶に残っている。

「ところでヴェルリッヒ、レムリアはどこで修理するんだい？」

「空中庭園にあるドックを使う。レザードの旦那に一部の区画を閉鎖してもらって、俺様たちだけが入れるようにしてもらえりゃそれでいい」

「さっきは風に当てて管理した方がいいって言ってた気がするが」

「修理しようってんだから移動するっきゃねぇだろ。今後は俺様が頑張って管理すんだよ。ってなわけでレザードの旦那、近いうちにレムリアを移動しておいてくれ。それとは別に、アスヴァルの角が到着し次第、先にレンの防具を作っちまう。一か月もありゃできあがるさ」

レンはアスヴァルの角が素材として忠誠心を持つかどうかが重要という剣について思い返す。

疑問をヴェルリッヒに尋ねると、彼は「事情が違う」と言った。

「俺は別に、例の素材の質が悪いとは言ってねぇ。最大限活用するにはレンを中心にした方が一番ってだけだ。だが魔導船に関しては、龍種の骨やら角は相性がいい。丈夫で軽いからな」

「ちなみにアスヴァルの角をどうやって魔導船に使うんです？」

「表面を薬で溶かして均したり、削って一本の柱なんかにすることもある。今回は炉の周辺を強化するためにもってこいの素材だろうよ。龍種の角や骨は使い道を選び放題だしな」

高出力の炉を搭載することが可能になれば、堅牢性も増すだろうとヴェルリッヒが言い切る。

「早速だがレザードの旦那、アスヴァルの角の輸送を頼むぜ」

夜が一層更けていく中で、大きな話があっという間にまとまった。

楽しそうに笑うヴェルリッヒたちの様子を傍目に、レンは寒空を見上げる。

(リシア様たちに、帝国士官学院のことを話しておかないと)

すべては自分のためではなく、大切なすべてを守るために。

もう、避けたり逃げたりすることはできない。

ある日の夕暮れ、ヴェルリッヒがクラウゼル邸を訪ねた。

ヴェルリッヒは屋敷のエントランスでヴァイスと久しぶりの挨拶を交わすと、白木の箱を残して屋敷を立ち去ってしまった。

「ヴェルリッヒ殿は変わらんな。お嬢様、どうぞお受け取りください」

リシアはヴァイスの手から、鞘(さや)に入った直剣を受け取る。

彼女はその直剣を鞘から抜き、曇り一つない白い剣身をさらけ出した。

「綺麗……」

リシアは直剣の美しさに声を漏らす。

見惚れている彼女の横顔を見て、ヴァイスは頬を緩めた。

「銘は『白焉(びゃくえん)』、あの男が去り際に言っておりました」

それは七英雄の伝説においてリシアの代名詞ともいえる、物語の中で最上級の性能を誇った剣。

『神鉄(オリハルコン)を長い時間を掛けて、銀聖宮(ぎんせいきゅう)の聖水で磨き上げた逸品。斬れ味は名剣の中の名剣。使用者の魔力に反発する癖があるため、白焉を使いこなせる者は世界でも極僅か』

レンが思い出す白焉の説明。

プレイヤーがその剣を得る手段はない。攻略できないヒロインと呼ばれていたリシアと同じで、手の届かない存在だった。

心躍るまま軽快な足取りで歩き出したリシアの後を、レンとヴァイスが追って歩く。

(言うなら今日がいいかな)

リシアが対魔物訓練に赴く前の方がいいと思った。

明日の訓練はリシアが帝国士官学院、特待クラスの受験のためにする訓練だから、レンも同じ受験を心に決めたいまこそ、絶好の頃合いのはず。

この機を逃し、また頃合いを見計らうことこそ避けたかった。


その夜、夕食を共にする席で、レンは美食に舌鼓を打ちながら自分の決心に揺らぎがないことを再確認した。

様々な想いとユリシスたちの後押しで至ったこの結論を口にするまで、あと少し。

リシア、レザードと三人で食後の歓談をはじめ、その頃合いを見計らい、

「お二人に、聞いていただきたいことがあるんです」

傍に座るリシアとレザードの返事を聞き、レンは大きく息を吸う。

心に決めた言葉を口にするとき、よどみのないはっきりとした声だった。

「俺も、帝国士官学院の特待クラスを目指そうと思うんです」

この席に静寂をもたらす声だった。

リシアがレンを見て、

「……私、レンと一緒に通えるの？」

「と言っても、俺が受かったらですが」

「もうっ！　それを言うなら私もよ！」

リシアは喜びのあまり、隣に座るレンに一瞬抱きついた。

しかしすぐに照れくさくなり、頬を赤らめ顔をそらしてしまった。

五章　獅子王の剣に学んで

冬のある日、帝都にあるヴェルリッヒの工房を訪ねたレンは、その帰り、獅子聖庁に足を運んだ。

「お久しぶりです。レン殿」

獅子聖庁に足を運んだレンを迎えたのは、獅子聖庁の若き騎士だ。

相変わらず威圧的な鎧の姿なのだが、その姿に相反して穏やかな笑みを浮かべていた。

「今日はお一人で？」

「そうです。エドガーさんから奥の訓練場？　を使ってもいいと聞いていたので、時間が合えば皆さんの訓練を拝見しつつ、自分も勉強しようと思って」

「本日はエドガー殿もいらっしゃいますから、てっきりお約束があったのかと。エドガー殿は今朝いらしてすぐ、レン殿に指南するために支度をと仰っていましたから」

「偶然ですよ。運がよかっただけです」

レンが久方ぶりに足を踏み入れた獅子聖庁は、以前と変わらず荘厳かつ静かだった。

目的の訓練場は広い回廊を進んだ先にある。

少し進めば、眼下に設けられた広い訓練場を手すり越しに見下ろせた。

半地下に設けられたそこは高い天井のガラスから陽光が降り注いでいた。

訓練中の騎士たちが発する強烈な圧を全身の皮膚で感じたレンは、ここが特別な場所であることを再確認する。

「おや？」

騎士たちと話をしていたエドガーがレンの姿に気が付いて、駆け足でこちらへ向かってくる。

一方のレンも案内していた騎士に連れられて下へ通じる階段を進み、エドガーと踊り場で合流。

「お呼びいただければ、私がお迎えに上がりましたよ」

エドガーを呼ぶときは指定された場所に連絡すればいい。

帝都に滞在している際、彼は基本的に同じ宿に泊まっている。

「今日は訓練を見学するか、誰かに胸を借りられないかと思って来たんです」

「それはいい。もっとも今日は私がおりますから、私がお付き合いさせていただきましょう」

この時期は帝都でパーティつづきとあって、主のユリシスもその例に漏れない。普段と違い、エドガーは基本的に帝都にいるそうだ。

レンが吹き抜けの下に広がる大きな訓練場に足を下ろした。

「レン殿でしたな」

そこへやってきた大柄で凛々しい男がレンに声を掛けた。

「はい。レン・アシュトンと申します」

レンは気後れすることなく答えた。

「目の当たりにすれば確かに将来有望であるようだが、少し悩むな」

「悩む、ですか？」

「エドガー殿から、レン殿がいらした際はお相手してほしいと言われている。だが、怪我をさせてしまわないか心配でな」

つづけてほかの騎士たちも、

「君がここの騎士なら遠慮はないのだが、剛剣技を用いてとなれば君の消耗が激しい」

「とはいえ、エドガー殿の剣を受け止められたと聞いておりますので……」

次々と集まってくる騎士たちも同意しており、彼らの顔に迷いが見えた。

エドガーがその場を収めようと口を開いた。

「彼らの疑問へは私が答えておきます。レン様はお支度をなさいませ。壁際に訓練用の剣を並べておりますから、好きな剣をお選びください」

頷いたレンが立ち去ってからすぐ、エドガーはレンが小瓶の中の水晶を粉々に砕いたことを語り聞かせた。

騎士たちは誰も口を開かず、ただ呆然（ぼうぜん）としていた。

疑っているわけではなかったのだが、レンへの興味から巨軀の男が笑って言う。

「レン殿、よければ私と」

戻ったレンはエドガーの顔を見て判断を委ねた。

「レン様の戦いぶりを拝見し、その都度、技術的な助言をさせていただく形式をとりましょう」

早速の立ち合いにレンは心躍る思いでいた。

巨剣を手にした剛剣使いを目の当たりにしながら、まったく怯(ひる)んだ様子を見せることなく自分も剣を構える。

周りにいた騎士たちの様子が一変。

レンの資質が真(まこと)のものであると、本能で理解していた。


巨軀の男とレンの立ち合いは、それからすぐ。

レンの身のこなしは男の想像以上に鋭く、疾い。

目を見開いた男は体格に見合わず俊敏な身のこなしで巨剣を真横に構え、真正面から襲うレンの剣を受け止めたのだが、

「ッ……これ、は……ッ!」

身体の芯を襲うような、剛剣技特有の衝撃はない。

レンはまだ纏いを会得できていないようだが、それが逆に恐ろしい。纏いを会得していないというのに、剛剣使いの剣を受けたときのような衝撃――

これが纏いを会得したらどれほどの強さになるのか、男の額に汗が浮かぶ。

「怪我をさせるなどと、失礼なことを心配していたようだ!」

レンの強さを瞬時に悟った男が返す刀で巨剣を振る。

体格の差があっても、思いのほか身体が弾(はじ)かれなかったレンの体幹の強さ。男が真横に振った巨剣がレンの横っ腹目掛けて鋭く駆ける。

空を斬る音を置き去りにした一振りを、レンは剣を真横に構えて受け止めた。

（ッ――――）

レンはじん、と身体の芯から揺れる衝撃に一瞬頬を歪めた。

さらに彼の身体は男の力で前に吹き飛ばされて、地面を数度転がりながら体勢を整える。痛みもない。手元がひどい痺れを催していたが、無理やり剣を構えなおした。

「まだです！」

「ッ……加減しているとはいえ、剣客級の巨剣を受け止めてすぐに起き上がるか！」

剣客級が用いる巨剣が放つ力は、文字通り身体の芯から揺らす強烈なもの。夏のレンであれば、対する男の巨剣に対してあれほどの対応はできなかったはず。

（――――何か、摑めそう）

思えばエドガーと剣を交わしたときもそうだった。

剛剣技を受け止めたとき、その経験したことのない衝撃に対し、ただ何も考えず衝撃を覚えたわけではない。衝撃を身体で経験する度に、何となく身体が学んでいた。

彼我の距離が開いたまま、レンは額に浮かんだ汗を拭い、

「もう一度、お願いできますか？」

騎士たちを驚かせた。

訓練を終えてエレンディルに帰ったレンは、自室の風呂で寝落ちしかけた。

湯上がりの重い身体を引きずるように身支度を整え、夜に帰ったリシアとレザードの二人と夕食の席を共にした。

「レン？　すっごく疲れてるみたいだけど、何かあったの？」

「帰りに獅子聖庁に寄ったんです。夏に比べて身体が動くようになってたので、つい頑張りすぎてしまいました」

そう告げると、リシアは「レンらしいわね」と笑っていた。

レザードが言う。

「リシアも身体を動かしたいと思うが、少し待ってくれ。先の派閥の騒動と相まって、なるべく貴族の動向を探りたい。パーティにも参加しなくてはな」

「ええ。わかっております」

リシアは残念そうに頷いていた。

◇　◇　◇　◇

翌日、早朝にもかかわらず、獅子聖庁の訓練場には昨日と同じで多くの騎士がいた。

昨日と同じ大柄な男が声を掛けてくる。

「随分と早いな」

「まだまだ修行中の身ですから、できるときに頑張らないといけませんしね」

「いい心構えだ。若い正騎士たちにも聞かせてやりたい」

若い正騎士全員がそういう意味ではないが、と男は添えて言う。

「正騎士になったことを終着点と思う者も少なくない。我ら騎士の在り方を問いかけたくなる情けなさは、まさしく心にできた贅肉（ぜいにく）だ」

あくまでも流派を問わず、ということ。

楽しそうに話を聞いていたレンは、男に倣い訓練のために身体をほぐしていく。

そうしている間に、冬の暗かった朝の空が、少しずつ明るくなりつつあった。


――――そんな日々が二日、そして三日、一週間と過ぎた。

それでもレンは剛剣技の鍛錬に没頭した。

リシアと対魔物訓練に勤しむ予定もあったが、彼女とレザードが貴族としての仕事をこなすため余裕がなくなってしまったこともあり、互いに都合がよかった。

エドガーは常にレンの傍にいられたわけではなかったけれど、レンはこの獅子聖庁で剛剣使いたちを相手に腕を磨きつづけた。


朝、レンの様子を見に来たエドガーが「ふむ」と髭をさする。

「気づかれましたか。エドガー殿」

一人の騎士が彼に近寄り、そう言った。

「いつからですか？」

「昨日からです。レン殿は毎日、身体が動かなくなるまで懸命に取り組まれておいでして。いまは何か、閃きを得ようとしておられるのでしょう」

「道理でご様子が違ったのですね」

剛剣を受け止めつづけるレンの身体は相当消耗しているはずなのに、彼は決してくじけることなく訓練に没頭しつづけていた。

「本当にとんでもない速度で、纏いを会得するのではないかと思っております」

「不思議ではありませんよ。以前皆様にお伝えしたレン様の資質に加え、努力を厭わぬ人となりを鑑みれば、何らおかしなことはありません」

「剛剣を受け止めつづけることで、身体もその感覚を覚えつつあるでしょうからな」

するとエドガーは、騎士の言葉を聞いてすぐ踵を返して外へ向かってしまう。

「レン殿と話されなくてよいのですか？」

「ええ。いまは私が声を掛けない方がよいかもしれませんので」

大粒の汗を浮かべ、剛剣を前に膝をついたところでなおも猛るレンに楽しみを覚える。

いま、レンは何かを掴もうと必死なのだ。

そこに声を掛けて邪魔をするようなことは、できなかった。

昼を過ぎて。

「もうちょっとで、何か掴めそうな気がするんだけど……」

今日は午後から予定があるから、いつもより早く獅子聖庁を出た。

訓練自体は動けなくなるまでつづけるも、レンの凄まじい回復力もあって、帰る頃には一人で歩くことに違和感もない。

先日の何か閃きが得られそうな感覚に浸った日から、変わらずもどかしいが、最近は食事をするときも寝る前も、入浴中だって剛剣のことを考えていた。

屋敷ではリシアから、

『怪我だけはしないようにしてね？』

優しい言葉を投げかけられることも少なくない。というか毎日だ。

彼女の見守るような優しさが、剣に没頭するレンを支えていたと言ってもいい。

まだ少し考え事がしたかったレンが大通りを進む。この先にある路地のレストランで軽く食事をしながら、今日の訓練を思い返したかった。

◇　◇　◇　◇

レストランへ向かうレンが大通りを外れて間もなく。

冬休み期間中だというのに、名門・帝国士官学院に通う少女たちが近くを歩いていた。補習か何かだろうか。中でも一際目立つ見目麗しい少女が周囲の男性、女性を問わず注目を集めている。

フィオナ・イグナート。

絹に似た艶を落とす黒髪を揺らしながら歩く、美しい少女だ。

「――――え？」

視界の端に、彼の姿が見えた気がして足を止めた。

唐突に足を止めたフィオナが大通りの反対側を見る。

多くの人で賑わう帝都大通りで一人の少年を見つけることは難しい。

しかし、まさかと思いながらフィオナは駆け出した。大通りの反対側へ人の流れに逆らうように向かってみるも、すでにレンの姿はない。

「勘違い……だったのかな」

消沈した声を漏らした彼女は、胸がきゅっと締め付けられる思いだった。

「イグナート様！　急にどうされたんですか!?」

「ご……ごめんなさい。なんでもないんです」

級友たちに健気に笑みを浮かべて謝ると、さらに強く胸の痛みを感じた。

空を見上げる。帝都の空はバルドル山脈で過ごした日々のように、多くの雲に覆われていた。

フィオナは気を取り直して級友たちと大通りを歩き、いろいろな話をした。

学院でのことや貴族社会のこと、他にも様々なことを話していくうちに、級友三人が新たな話題に心を痛めていた。

「とても信心深い司教様だったそうです。姿が見えなくなってからしばらく経ちますが、魔王教に襲われてしまったのではないかって……」

「わたしも聞いたことがあります。どこかへ連れ去られたのではないかって」

「ひどいですわ……レニダス司教は帝都のみならず、地方へも足を運んで精力的に活動されているお方でしたのに……。どうしてそのような方が魔王教に狙われて……」

級友たちの声を聞きながら、

「一日でも早く、魔王教の脅威が消えるといいのですが」

バルドル山脈で魔王教徒の二人組と事を構えた経験から、フィオナは特に強く思った。

◇　◇　◇

次の日、エドガーは終日レンの鍛錬に付き合う予定だった。

彼は他の騎士と訓練に勤しんでいた大柄な男に声を掛け、復習を踏まえた立ち合いを頼んだ。

この日の立ち合いは、以前と同じようでどこか違った。

レンは相変わらず相手の力と剛剣技の強さに苦難していたが、彼の動きは見違えるようだった。

身体に疲れが残っているも硬さがない。剣閃(けんせん)に宿る余裕が巨剣の衝撃をいなしていた。

レンには以前と違い巨剣の受け止め方に僅かながら余裕があって、重心も落ち着いていた。

何度目かわからない鬩(せめ)ぎ合(あ)いの中。

巨剣を振り下ろされたレンが、その力をはじめて真正面から受け止めた。

(いまの)

わからない。

さっきまでと違い、どうして自分は巨剣を受け止め切れたのだろう。

見守るエドガーは感嘆を覚え唇の端を緩めた。

相対していた男は「遂にか」と呟いた。

レンはふらっと身体を揺らす。これまで息をつく暇のない訓練をつづけていたことで、身体が休憩を欲していた。

「そこまでです。つづきはご昼食の後に致しましょう」

レンは立ち合いの相手を務めていた男に礼を言い、エドガーに連れられて訓練場を後にする。獅子聖庁には食堂がないため、外に出た。

レンの相手を務めていた男の元へ別の騎士が向かう。

「なぁ、最後のってまさか」

「ああ……間違いない」

男の手元には、鋭い痺れが残されていた。

彼らがそんな話をしているなんて知る由もなく、レンはエドガーに連れられながら口を閉じ、剛剣技のことだけを考えていた。


午前中に感じた何かを追っていたレンが、ふとした瞬間に感じた熱。

身体の奥底、剛剣技を受け止めた際に生じた衝撃を感じたときに似た強さが、今度はレンの手元から生じた気がした。

指先に、剣を握る手に何かが満ちた。

「……これって」

消耗していた筋肉が激しい脈動を抑えて、たまりにたまっていた熱が消え去った。

手元が、指先が、激しい消耗に見舞われていた全身から疲れが消えた。

「扉を開けましたか」

立ち合いを見ていたエドガーが呟き、レンの様子に変化を確認しつつあった他の騎士たちも固唾を飲んで見守る。

訓練場の中央で剣を振るレンがおもむろに動きを止め、立ちすくむ。

「もう一度、お願いできますか？」

「ああ！　参ろうか！」

男は無意識のうちに、巨剣を握る手に力を込めた。

男は知らず知らずのうちに、全身をより一層滾らせていた。

巨剣の鋭い一振りを待ち受けるレンはゆったりとした動作で、でも刹那に剣を構えるという矛盾を披露して、立ち尽くしたまま受け止めた。

「な――――ッ」

剣と剣がぶつかり合い、響き渡る耳を劈く強烈な音。

巨剣を受け止め切ったレンの手元は微動だにせず、逆に巨剣を振り下ろした男が後退した。

今度はレンが剣を持ち替え、男に立ち向かう。

「はぁぁあああああッ！」

男がレンの一振りを受け止めると同時。

空を揺らす衝撃波が、男とレンの間から訓練場の吹き抜けいっぱいに広がった。

男はカラン、と巨剣を地面に落として、切れた呼吸を整えながら白い歯を見せて笑う。

「まさか、こんなにも早く至るとは」

今日に至る月日を剛剣技の訓練に費やしたレンの努力が実を結んだのが、この瞬間だったというだけ。

そこには間違いなく彼自身の資質も関係している。

エドガーの剣戟を経て、この日までの立ち合いを経て。

「エドガーさん、これが――――」

「はい。間違いありません」

これまでずっと摑めそうだった感覚を、遂に手中に収め。

剣を磨きつづけてきた少年がいま、

「――――レン様は今日から、剛剣使いでございます」

開祖、獅子王の剣。
新たな剛剣使いがいま、獅子聖庁に誕生した。

六章　雪の降る頃に再会を

朝、快晴の空を窓から眺めていたレン。

そうしていると、レザードが声をかけてきた。

「おはよう。昨日はリシアが世話になったな」

「いえ、昨日は俺もいい経験になりましたから」

二日前に剛剣使いとなったレンは昨日、リシアを連れて対魔物訓練を行った。

リシアは「すごい！」とか「さすがレンね！」など、レンが剛剣使いとなったことを自分のことのように喜んでいた。

他には纏いの感覚について尋ねられたレンが、見えない鎧や筋肉を得たようであると説明した。

『魔力はどう？　たくさん消耗しちゃう？』

『思っていたほどではなかったです。俺より魔力量が多いと思われるリシア様だったら、もっと余裕があるかもしれません』

昨日、剛剣技に興味津々なリシアと話をしながらの訓練は滞りなく終わった。

屋敷に帰ってからも聞かれ、夜遅くまで話した。

「ところでレン、今日も何か予定があると聞いたが」

「はい。帝都に行ってこようと思います。今年のうちに願書を貰いに行きたいので」

「なるほど。帝国士官学院か」

目的は入学試験を受けるための願書。特待クラスを受験することに決めたレンにとって、提出が遅れてはならない書類だ。

レンより早く受験を決めていたリシアは、すでにその手続きを終えている。


帝都の駅に着いてすぐ。

朝から賑わう駅の中を歩いていたレンは、魔導列車を乗り換えるため人混みの中にいた。

レンがエレンディルに住むようになってから買った、都会的な意匠のコートが寒風に揺れる。

彼を呼ぶ声が辺りに響く。

「おお！　いいガキ――――じゃなくて、レンじゃねぇか！」

男の豪快な声。

ヴェルリッヒが両手に紙袋を抱えながら歩いていた。買い物帰りのようだ。

レンは人混みの合間を縫うようにヴェルリッヒの傍へ行き、紙袋を一つ預かった。

「鍛冶屋街に帰るんですか？」

「おうとも！　悪いな、手を借りちまって」

「いえいえ。歩くのに邪魔でしょうし」

ここで会ったのも何かの縁と思い、帝国士官学院へ行く前に手伝う。

レンはヴェルリッヒと肩を並べて駅構内を歩き、鍛冶屋街近くへ向かう魔導列車へ乗り込む。

魔導列車に少し揺られて到着した鍛冶屋街の駅で降りて、ヴェルリッヒの工房へ向かった。

「もちっとしたら、例の素材が届くんだったな」

「らしいです。ただ、雪のせいで若干遅れてるって聞きましたよ」

「ま、しょうがないってもんだ。代わりの準備期間とでも思えばいい」

「前も思いましたけど、ヴェルリッヒさんって仕事嫌いなのに、仕事にはすごい真摯ですよね」

「がっはっはっ！　勘違いするなよ！　俺様は自分がやりたい仕事だけをしたいんだ！」

ヴェルリッヒらしさに溢れた言葉にレンは笑う。

工房に着いてからは、せっかくだからとヴェルリッヒにもてなされてから、ついでに彼が過去に作ったものを見ることに終始した。


レンが工房を出たのは午後の三時を過ぎた頃だった。

外に出たレンは、ふぅ、という短い息を吐く。その息は冬の寒さで真っ白に染まった。

空を見上げると、微かに雪が降り出しつつある。

冬は日の入りが早く、空の端は徐々に瑠璃色に侵食されていく。

帝国士官学院に到着し、書類を受け取って帰る頃にはもう真っ暗になっているだろう。

三十分ほど歩いたところで、道行く人々の姿に変化が見られはじめた。

多くが制服に身を包んだ少年少女で、時折、どこかの学び舎で教鞭（きょうべん）をとっていると思われる大人の姿もある。多くの学び舎が冬休み期間中でも、補習などに勤しむ者も多いのだろう。

（…………）

思いのほか緊張感はない。ただ普段通り歩くだけ。

目的の帝国士官学院までの道のりも迷うことなく、足を止めることもなく。

すれ違う少年少女の中に、帝国士官学院の制服を着た者も交じってきた。レンはそれでも歩きつづけ、今日の夕食は何だろう、と考える余裕すらあった。

「当学院に何か御用ですか？」

広大な敷地を誇る帝国士官学院、その正面門に立つ守衛が言った。

制服を着ていない少年が一人で来れば、そのくらいの質問は当然だろう。

「入学試験を受けるために必要な書類をいただきに来ました」

「かしこまりました。何か身分を証明できるものを拝見できますか？」

「ええ。用意してます」

レザードに一筆認（したた）めてもらった簡単な手紙を確認した守衛は、レンに「ご案内いたします」と言って前を歩いた。

向かう先にあるのは、校舎に繋がる建物の一つだった。

ここは学院に来た保護者や商人など、主に部外者が案内される客間のような広間だ。

上位貴族の屋敷であろうと比肩できない、見事な建物。帝国士官学院が誇る校舎が雪化粧された様子を眺めながら、案内された建物の中に足を踏み入れたレン。

シャンデリアから注がれる橙色の灯りが暖かな空間を彩っていた。

「こちらでお待ちください」

レンは案内された先にあるソファに腰を下ろした。

守衛はすぐに係の者が来ると言い、立ち去ってしまう。

レンが待たされたのはほんの数分だった。

「お待たせいたしました」

ソファの傍に足を運んだ学院の事務員が、レンを連れて広間奥にある広いカウンターへ案内する。

このカウンターの真横は、大きな窓ガラスが広がり開放感があった。

窓の外を見たレンが校舎の移動に使う渡り廊下を一瞥した後に、カウンター越しに待つ別の事務員から声を掛けられた。

「入試関連の書類でございますね」

帝国士官学院には、レオメル国内でも稀有な蔵書量を誇る大きな図書館がある。
いま、フィオナはその図書館を出たところだった。
制服を見事に着こなす彼女は歩くだけで絵になる。
冬休み中にもかかわらず自習のために足を運んでいた彼女と同じ目的でやってきていた生徒たち

は、性別問わず魅了され、思わずその姿に目を奪われていた。

注目を集めていた令嬢が呟く。

「綺麗な雪」

図書館は独立した建物で、校舎とは渡り廊下で繋がっている。渡り廊下の窓から雪が降る様子を見ていた彼女の頭に、およそ一年前のことがよぎった。

冬になってから度々思い返していたことだった。

バルドル山脈で過ごした日々は、辛く険しかったことをよく覚えている。楽しかったことなんてまったくない。でもレンに会えたことと、帰りに彼から星瑪瑙を貰ったことは大切な思い出だ。

フィオナの手が、胸元のネックレスに伸びた。

ぎゅっと摑んだら、自分の胸もぎゅっと締め付けられるような想いだった。

「……レン君」

彼に逢いたい。

レンに迷惑をかけたことへの後ろめたさから、何度手紙を送ろうとしてやめたかわからない。

それでも礼は言いたくて、ユリシスが手紙を送る際に自分の言葉を添えてもらっていた。会いたいという言葉や、是非エウペハイムに来てください、といった言葉は紡げなかったが。

唇をきゅっと嚙み締めて、冬の空を見上げてそっと目を伏せる。こうしていると、彼と過ごした冬の時間が何度も何度も瞼の裏に蘇る。

しかしずっとこうしてはいられない。フィオナは心を律し、女子寮へ帰るために歩き出す。

足取りは重く、彼女の沈痛な気持ちを代弁しているかのよう。

「……？」

彼女は唐突に立ち止まった。

さっきまで眺めていた窓の外を再び向いて、今度は空を見上げず同じ高さを見た。広い庭園を挟んだ奥にある、来客用の広間に意識が向く。

自分が彼のことを考えていたから縋（すが）るように見た幻覚。

あるいは、彼女の心が彼女自身を嘲笑（あざわら）うかのように見せた幻想。

フィオナは、「え？」と声を落とす。

目を向けた先の橙色の灯りの中に、何度瞼を擦っても消えないレンの姿があった。

フィオナはコートを着ることなく渡り廊下を駆け抜けて、広間へ向かった。


たどり着いた先で、呼吸を整える間もなく扉を開ける。

大きな音を立てぬよう開けられたことは、自分でも褒めたいくらいだった。

しかし、レンの姿が見えない。さっき彼がいたはずのカウンターを見ても、周りの席を見てもどこにもその姿がなかった。

フィオナは来客用の広間を歩いて回った。

やっぱり、勘違いだったのかもしれない。落胆した様子でその場を後にしたフィオナの足は、渡り廊下に戻ることなく外へ向かった。

さっき見たレンは心の弱さが生んだ幻覚だったんだ。

そう自嘲しながらも、せめて雪を見たかった。

少しでもバルドル山脈で過ごした時間を想起したくて、白い息を吐きながら歩いた。


中庭には一本、大きな木が植えられている。年を越す前になると魔道具の灯りに彩られて、校舎の窓から届く橙色の灯りと相まって目を引く光景を作り出す場所だ。

雪を見ているうち通りかかったこの場所で、フィオナはその木を見上げた。

周りには誰もいない。そもそも冬休み期間で、時間も時間のため誰一人いなかった。

「……まぼろしを見るなんて、心が弱い証拠ですよ。フィオナ」

フィオナはバルドル山脈の騒動以後、どんなときも特筆すべき努力をつづけてきた。あのときはレンにたくさんの迷惑をかけたと悔やみつづけ、自分の身を自分で守れるよう何事にも懸命に取り組んできた。

自らレンに会いに行こうとしなかったのは、そのためだ。

以前のように迷惑をかけるかも思うと、何が何でも会いに行こうとは思えなかった。

「やっぱり、逢いたかった……です」

本心が漏れ出すのも今日は仕方ない。

涙が溢れそうになったが。懸命に耐える。

目に涙を浮かべるだけで、決壊はさせなかった。

フィオナは肩を震わせた。コートも着ないで外にいたから寒さでくしゃみも出そうだった。

氷の魔法を得意とする彼女は寒さに強い自信はあったが、真冬にコートも着ないでしばらく外にいるのはさすがに身体に堪える。

もう、本当に帰らないと。

無意識に肩を抱いた彼女が、目の前の木から離れようとしたところで――――


不意に、温かい何かが彼女の肩に訪れた。

肩を抱いていた腕ごと、自分のものではないコートが包み込む。

困惑したフィオナが振り向くと、彼がいた。

「風邪引いちゃいますよ。フィオナ様」

以前と同じ優しい笑みを浮かべて。

「レン君……？」

「お久しぶりです。レン・アシュトンです」

すべてが、まぎれもない現実だった。

彼がかけてくれた彼のコートから伝わる温かさも、彼の声もそう。幻でも夢でもなく、彼がすぐ傍にいた。

フィオナの肩を抱いていた手が少し下ろされて、レンのコートの前裾を摑む。

「――――またお逢いできて、本当に本当に嬉しいです」

決壊寸前だった涙が頬を伝う。無意識に赤らんだ頬。

レンの目の前で可憐に笑んだフィオナは、他の誰にも見せたことのない煌びやかさすらあって、息を呑むほどの美を湛えていた。

◇　◇　◇　◇

フィオナはいまにもレンに抱きついてしまいそうな気持ちを精いっぱい抑えた。

大粒の涙が、今度は喜びに従い溢れ出る。

「フィオナ様!?　どうして泣いてらっしゃるんですか!?」

「ううん……なんでもないんです！　ちょっと、いろいろなことがあっただけですから、心配しないでくださいっ！」

涙を拭い終えた彼女の瞳は、まるで宝石のように煌めいていた。

フィオナとレンはほぼ一年ぶりに再会した。

ただでさえ発育のいいレンがそれだけの期間を経れば、身長が高くなり、顔立ちが以前にも増して大人っぽくなっていて然るべき。以前は同じくらいだったはずの背丈が、いまでは少し見上げなければならない。

フィオナはその変化に気づき、さらに赤らんだ頬を隠すように少し背を丸めた。

「そ、そうです！　レン君はどうしてここに!?」

フィオナはハッとした様子で、ようやく落ち着きを取り戻したところで言った。

「俺なら、入試のための書類をいただきに来たからですよ」

その理由もフィオナを驚かせるのに十分すぎたが、フィオナはそもそもレンがこの場に現れたことも気になっていた。

こちらに関しても尋ねてみたところ、

「この木の前に来たのは、フィオナ様をお見かけしたからですね」

「私を……ですか？」

「はい。帰ろうとしたら、偶然フィオナ様をお見かけしたので。……ってか、コートも着ないでいたら風邪を引きますよ。どうしてここにいらっしゃったんですか？」

「――――それは、あなたに逢えるかもしれないと思って……」

うつむいて、わざと聞こえないように小さな声で。

風に揺らいだ木の枝の音で簡単にかき消されたのをいいことに、

「ふふっ、内緒です」

人差し指を立てて、唇の前に持っていくそんなフィオナの仕草。

それが雪の中で遊ぶ、いたずら好きな妖精のようだった。

「でも、本当に驚いちゃいました。レン君と会えたこともそうですけど、まさかこの学院を受けることにしていたなんて」

「あれ？　てっきり、ユリシス様から聞いてらっしゃると思ってたんですが」

「え!?　お、お父様とそういう連絡をされてたんですか!?」

「連絡というか、実際にお会いして話してましたよ」

「……お父様ったら。私、一つも聞いてなかったです」

レンが夏にユリシスと会った件を口にするも、フィオナはその件すら聞いておらず、いまのいままでレンがエレンディルにいることも知らなかったそうだ。

(話してると思ってたけど……何で黙ってたんだろ)

ユリシスはユリシスなりに筋を通していただけだ。

彼はフィオナがレンに向ける気持ちは知っているが、彼の都合で二人の再会を押し通すことは好まず、それまで傍にいたリシアのことも尊重した。

あくまでも彼なりの仁義で、誰かに理解を求めるものではない。

尋ねたところで、彼は煙に巻くことだろう。

「っ……」

一際強い雪風が吹き、フィオナの長い黒髪をさらう。

刹那の寒さに見舞われた彼女を気遣ったレンは、歩きながら話しましょうと言った。

「ところで、どうしてコートを着てなかったんですか？」

「……学院に忘れてきちゃって」

「……こんな雪の日にですか？」

「は、はい！　ぼーっとしちゃってたみたいです！」

明らかな嘘の気配を悟ったレンは、フィオナがその先を聞いてほしくなさそうにしていたから尋ねなかった。

フィオナがコートを取りに行こうしたとき、ちょうど図書館へ向かう渡り廊下の灯りが消え、二人が同時にあっ、と声を漏らす。

冬休み中だから、閉館される時間が普段より早かった。

「寮に他にもコートってありますか？」

「ええ……何着かあるのですが……」

「なら、このまま寮までお送りしましょう。俺は暑がりなので平気ですし」

レンがさっさと歩きはじめてしまう。

また甘えっぱなしだと思いつつ、彼に「行きましょう」と後を押されるように言われたことでフィオナは頷いた。

「……ありがとう、ございます」

レンにエスコートされるような状況が、フィオナに抗う気持ちを抱かせなかった。

遠慮しすぎることも彼の厚意を踏みにじってしまう。おずおずと彼を追った。

彼の後ろ姿を見ているだけで、嬉しさから頬が緩む。

「そういえば、護衛の方とかは大丈夫ですか？」

コクリ、とフィオナが首を縦に振る。

「学院内にはおりませんし、寮までの道も巡回の騎士がいるので平気です」

「通学の際はいつも傍に誰かがいるというわけでもないんですね」

「ええ、そうなんですよ」

あるいは、フィオナがわからないところから護衛されているかどうか。

ただその一方で、この辺りは町中に騎士が多く巡回している。

貴族令息、令嬢も多いために、警備状況は以前から万全を期していた。校内を出て寮までの道も安心だ。

久しぶりに言葉を交わせて嬉しそうなフィオナが、弾む声で何度もレンに話しかけていた。

「あのあの！」と声を弾ませ、どんな話にも心が温まる。

昨日までの世界が灰色だったと錯覚してしまうほど、世界がキラキラして見えた。

「獅子聖庁にも通ってたなんて。私たち、すぐ傍を歩いてたときもあったかもしれませんね」

「かもしれません。俺はたまに大通り沿いのレストランに行くこともありましたから、フィオナ様がお帰りになる際とか、もしかすると――」

「ほ、ほんとですか!?」

フィオナが前にレンを見た気がした、という話もした。

レンももしかしたらあの日のことかな、とそれらしい日のことを思い出して言った。

あの日のことをフィオナが悔やみ、いじらしく「うぅ……」と声を漏らすと、

「だけどもう、こうして会えました」

レンがフィオナに微笑みかけた。

優しさに心温められ、彼の笑みに心奪われながら。

フィオナは「……はい！」と照れくさそうに頷き、はにかんだ。

寮に近づくにつれて、少しずつフィオナの気分が沈んでくる。

レンと別れる時間も近づいていたからだ。

「……また、お話しできますか？」

「帝都とエレンディルなんてすぐ傍ですし、いくらでも話し相手になれますよ」

彼にとっていつも通りの、あっさりとした声だった。

それを告げられ、フィオナはいままでの逡巡（しゅんじゅん）がすべてかき消されたような、心にすっと風が吹いたような思いだった。

「――――私も、頑張っていいんだ」

心の中で、以前と違う明るい言葉すら考えられた。

雪風にかき消されたフィオナの呟きは、彼女の心に生じた変化の表れ。


数分歩き、寮のすぐ傍にたどり着く。

レンに借りていたコートを返したフィオナが別れ際――――

トン、トンといまにも踊り出しそうな足取りでレンの数歩前に。

「明日から、もっともっと頑張ろうと思います」

フィオナはレンを見ることなく、どこか意味深な口調でそう言った。

スカートを風に靡かせながらレンに振り向いた彼女の周囲には、ダイヤモンドダストの欠片のようにキラキラ輝く粉雪が舞う。

微笑んだフィオナの元で、絹を想起させる黒髪がたなびいた。

「頑張る？」

唐突な言葉に疑問を呈したレンと、それに対し弾む声で言ったフィオナ。

そのフィオナが最後には「だって――――」と、

「絶対に、振り向いてもらいたいですから」

他の誰にも見せたことがない、決意に満ちた可憐な表情を浮かべて。

揺るぎない気持ちの証明である、凜然とした声で口にした。

七章　冬に過ごす日々

年明け。

エレンディルの屋敷に、レンの両親から手紙が届いた。

事後報告ではあるが、レンは帝国士官学院を目指す旨を認めた手紙を村に送り、両親がどう思うか尋ねていた。これはその返事だ。

両親はレンの決断を尊重し、喜んでいた。

読み終えたレンは手紙を大切に机の中にしまってから、自室を出た。

勉強もいいが、午前中だけでも剣を振りに行きたい。

文武両道がレンの目指す先なのだから、どちらも手を抜けない。

ところで、今日はまだリシアを見ていなかった。寝ているのなら起こしたくないが、起きているなら挨拶の一言くらいしておきたい。

そう思っていたら、

「はぁ……はぁ……レ、レン！　待って！　私も一緒に行くっ！」

リシアは息を切らしながらエントランスへ足を運び、乱れた前髪と呼吸を整えはじめた。

いままさにレンがどうしようと思っていた矢先のことだ。

「リシア様、そんなに慌ててどうしたんですか？」

「獅子聖庁でしょ？　いまお父様に許可をいただいてきたから、私も行くっ！」

リシアの手には年が明けてすぐに届いた紹介状があった。ユリシスが約束通りリシアのために用意した、獅子聖庁に入るためのものだ。


……やっぱり、リシア様も早く剛剣技を学びたかったんだ。


レンが何を考えているか、リシアは彼の微笑みを見て気が付いた。

彼女は少しむっとしつつ、でもこれまで自分が積極性に欠けていたせいであると自覚しながら唇を尖らせる。

「……絶対勘違いしてるし。もう」

呟いたリシアがレンの横を通り過ぎる。

屋敷を出てすぐ、庭園を少し進んだ先でリシアは唐突に振り向いた。

少し前かがみになり、レンを見上げた彼女は彼を見つめ、

「――――私だって負けないんだから、覚悟してよね」

このときのリシアはいつになく可愛らしく、レンは思わず見惚れかけた。

しかし、いまの言葉はいったい？　疑問に思ったレン。

そんな彼を見たリシアが思う。これから彼を振り向かせられるかは自分次第なのだと。

そして、レンが二人の美姫(びき)の恋心に気が付けないのにも理由がある。

おおよそは機微に敏(さと)いレンだが、今日までいろいろなことに一生懸命生きてきた彼にはそうしたことへの余裕がなかった。村や家族、そして二人を守ることにすべてを賭してきたことによる弊害とも言い換えられるかもしれない。

故にこの先どうなるかは、まさに神のみぞ知る話となるのだろう。

「ほら、行きましょ」と言い、レンに先んじてリシアが歩く。

庭園にいて仕事をしていたユノが二人に気が付き、近づいてきた。

彼女の肩にはククルが乗っている。ククルはレンとリシアを見て三人の傍でふわふわ浮かびはじめた。

「レン様、クラウゼルにあるお荷物をこちらに運んでも構いませんか？」

本格的に生活拠点を移すことになったいま、レンはもちろん、リシアの私物もクラウゼルから運ぶ予定が組まれている。そのときにレンの荷物も一緒に運ぶ計画があった。

「さすがに手間になりませんか？」

「大丈夫ですよ」

荷物に限らず、クラウゼルに残してきた使用人の中から、レンとリシアの二人と関わることが多かった者たちもこちらに連れてくるという。

だから荷造りに関しては気にせず、甘えてほしいとユノは言った。

「ご当主様はクラウゼルとエレンディルを往復することもございますが、レン様たちは違いますから。お荷物を運ぶ際にイオも連れてくる予定でございます」

『クゥ！』

「そうですね。ククルはイオと仲がいいですから」

ユノが笑って言うと、ククルが喉を鳴らしながら宙を泳ぐ。

リシアはその光景に頬を緩めながら言う。

「あの子(イオ)は身体が大きいから、一緒に来るのが難しかったものね」

彼らの耳に、大時計台から朝の八時を知らせる鐘の音が届く。


ユノと別れてエレンディルの町中を歩きながら、大時計台を見上げたレンが改めて感嘆する。

「ほんとに大きいですよね、アレ」

「レンは知ってる？　あの時計台って魔道具なのよ」

「え？　そうなんですか？」

リシアはレンが知らなかったことに頬を緩めた。

レンは大概のことを知っているから、彼に教えられることがあって嬉しかったのだろう。

「ここからじゃ見えないけど、大時計台の屋上には庭園があるの。そこに大時計台の制御装置があって、帝都とエレンディル周辺を守ってるんですって」

「守るってことは、魔導兵器とかそういうのですか？」

「ううん。大時計台が兵器とかってわけじゃなくて、強い魔物をこの辺りに寄せ付けない効果があるそうよ。七英雄の一人が魔道具職人だったって話は知ってるでしょ？　あの大時計台も、その人が作った魔道具なんですって」

「道理で俺のような凡人には理解できない効果だったわけですね」

冗談半分の言葉を聞き、リシアが「変なこと言わないの」と朗笑。

「動力源の魔石もSランク級の魔物のものを使ってるの。その魔石は数十年に一度交換するんだって、お父様が言ってたわ」

ただ、大時計台に限っては帝城の管理にあるそうだ。

魔石の入れ替え作業にレザードはまったく関わらないと言う。

「ちなみに、最近交換したのっていつ頃なんです？」

「もう何十年も前になるかしら」

「ってことは、そろそろ交換する時期ですね」

「うん。レンの予想通り、今年の夏頃に交換するみたい」

つづく話の中で、どのようにして屋上へ向かうかも聞くことができた。

その答えは単純明快。頑張って階段を使うしかないそうだ。


この日、獅子聖庁に出向いたリシアははじめて剛剣技に触れた。

彼女を気遣ってか、獅子聖庁に勤める女性の騎士が相手を務めた。彼女ははじめての剛剣技を前に、その強さを身を以て理解した。

騎士たちは口々に言っていた。リシアの才も間違いなく稀有なそれであると。

◇◇◇◇

もうすぐ二月になろうとしていた。

帝都の本屋で勉強に必要な参考書を何冊も購入したレンが、大通りを歩く。

コートを着ていると少し暑かったから、ボタンを外して歩いていた。

(どうしよっかな)

このまま帰ってもいいのだが、まだ日中なのだし別の店でも覗いて帰ろうかと迷ってしまう。

レンは結局、ある区画へ歩を進めた。種別を問わず多くの店が並ぶ区画で、老若男女問わず多くの人で賑わっている。ここは帝国士官学院からもそう遠くない場所だ。レンが先日フィオナを送った際の道も、すぐ傍にある。

参考書が詰め込まれた紙袋を片手に抱きながら帝都を歩いていた彼がふと、足を止める。

気になる光景に対して、「あれ？」と呟いて。

「エドガーさん？」

近くを歩く老紳士に声を掛けた。

エドガーはレンの姿に気が付き、洗練された所作で頭を下げ、

「レン様、お買い物ですか？」

「買い物帰りの寄り道です。エドガーさんはどうしてここに？」

「私はヴェルリッヒ殿に頼まれたものを買いに来ておりました。いま、主がヴェルリッヒ殿の工房におるものですから、別行動をしていたのです」

「あ、ユリシス様も帝都にいらっしゃってるんですね」

「昨晩、ようやくヴェルリッヒ殿の工房に例の素材を運び終えたところでして。主はその確認もかねて、帝都に足を運ばれたのです」

例の素材というと、アスヴァルの素材の他にはないだろう。

話を聞いたレンは「うーん」と悩んだ。この後は帝都にある店を適当に覗こうと思っていただけだから、自分もヴェルリッヒの工房に行こうかと思った。

彼がそれをエドガーに伝えると、エドガーも「いいかもしれませんね」と頷く。

二人で近くにある魔導列車の駅まで向かい、鍛冶屋街傍まで魔導列車に揺られた。


魔導列車を降りて、鍛冶屋街を歩く。

工房を入ってすぐの広間にいたヴェルリッヒとユリシスが、レンの来訪に驚いた。

「おん？　おお！　レンじゃねえか！」

「エドガーと一緒に来るとは驚いた。さぁ、こっちに来てくれるかい」

やってきたレンを見るや否や、ヴェルリッヒが唐突に懐から紐を取り出した。

「あの……え？」

「ついでだ。測らせろ」

「ヴェルリッヒは鍛冶仕事がしたくてたまらないのさ。君が来てくれたから、せっかくだしってことだろう。もう素材は届いたわけだしね」

「なるほど……だから急に……」

状況を理解したレンは、参考書が詰め込まれていた紙袋をすぐ傍にあるテーブルに置く。

「買い物をしてきたのかい？」

「今日は参考書を買いに来たんです。おかげでユリシス様ともお会いできました」

「うん？　私に何か用でもあったのかい？」

用事というほどではないが、レンは先日フィオナと出会ったことを告げた。

「俺とユリシス様が連絡を取っていたこと、どうしてフィオナ様に伝えていなかったんですか？」

「ごめんごめん。忘れていたんだ。他に深い意味はないよ」

（絶対嘘じゃん）

ユリシスが心の内で何を考えてあの行動を選んだのか、結局レンにはわからなかった。

そしてユリシスから聞き出せる術がないことを自覚していたこともあって、彼は「そうなんですね」と諦める。

次にユリシスが話題を変えたため、もう尋ねようもない。

「あん？　盗みだァ？」

ヴェルリッヒがレンの身体を測りながら唐突に言った。

世間話のようにユリシスの口から語られたのは、つい先日、魔道具職人の工房のいくつかが盗みの被害に遭ったというものだ。

商会に所属している職人や、個人で工房を営む者など関係なく同じ夜に。

「けったいなこった。高価な魔道具でも持ってたのか？」

「どうだか。意外と金品には手を付けられていなかったそうだよ」

「だがクソガキには関係ないことだろ。いまみてーな話は、軍務関連やら騎士関連の仕事をする奴らの領分だぜ」

「それも間違いないが、こういう話は耳に入れておいて損がないものさ」

レンは二人のすぐ傍で剣呑な会話を聞きながら、苦笑い。

（魔道具職人の工房が襲われたっていうイベントに覚えはないな）

かと言って、バルドル山脈での件があるから無警戒ではいられなかった。

「よっし。もういいぜ、レン。四月頃にはできあがる。レンはまだまだ成長期だろうし、できてからも逐一調整しないといけないがな」

「ありがとうございます。これからもお世話になります」

「気にすんな。アスヴァルの角を扱わせてもらえるってんだからよ」

ニカッと笑ったヴェルリッヒが腕組み。分厚い筋肉に覆われた腕だった。

「んで、剛剣技の具合はどうだ？」

「ぼちぼちです。少しずつ強くなれてる実感はあるので、これからも頑張らないとって感じです」

「なるほどなー……。おっ、そうだ。レンの防具を作ってからは、レムリアの修理に移れるぜ」

「そっちはどのくらい時間が掛かりそうなんでしょう」

「一年か二年もあれば直るだろうよ。俺様が一人でやるからそんくらいだ」

「一人で……？」

「当たり前だろうが。俺様に助手やら弟子がいると思うかよ」

「い、いえ、てっきり魔導船技師を臨時の助手にするもんだと……」

「俺様が誰かと一緒に仕事できる性格だと思うか？」

堂々と言われたレンは何も言い返せず、でも失礼なことは言うまいと笑みを繕う。

二人のやり取りを笑いながら見ていたユリシスは、思い出したように腕時計を見た。

「悪いね。私はそろそろ行かないと。ヴェルリッヒ、後のことはよろしく頼むよ」

「おう。細かいところはレンと詰めておくからよ。必要な資材やらがあったらまとめとくぜ。後で注文しておいてくれや」

「わかってる。それじゃ、私はこれで」

工房を出たユリシスとエドガー。

「さて、我々は我々の仕事をしないとね」

二人は鍛冶屋街を後にした。


工房に残ったレンはヴェルリッヒと相談を重ねる。

甲冑のような防具は避けて、動きやすいものがいい。

「後々も調整しやすいから、最初は籠手にでもしとくか？」

「そうしましょっか」

最初に作られる防具が決まって、二人は工房の奥へ向かった。

ヴェルリッヒが鍛冶仕事に勤しむ空間は、他の部屋と違い整然としている。仕事に対しては真面目な彼らしさが垣間見えた。

いまは床に、レンが故郷の村で見つけたままの角が置かれていた。

「立派なもんだ。昨日のうちに確かめさせてもらったが、軽さの割に硬さが尋常じゃない」

アスヴァルの頭部にあった頃と違い、角はやや灰色に風化していたが、レンはあの戦いの記憶を呼び起こされた気がした。

「で、最初の予定と違うが根本付近は大胆に切断しちまおうと思う。切った素材もちゃんと使えるように計算するから、安心してくれよな」

「信じてるので大丈夫ですよ。けど、どうして予定を変えたんですか？」

「そいつは説明するより見た方が早いな」

そう言われたレンは角の根元部分に近づいたところで、ヴェルリッヒから片目用のルーペを受け取る。

「俺様が指さしたとこをよーく見てみな」

レンは言われるがまま、ルーペを装着して目を凝らして見た。

視線の先には細かな筋が幾本もあった。

毛細血管のような筋が何かを目指して伸びている。

「龍の角は数えきれないくらい加工してきたが、角に特殊な器官がありそうなのは見たことねぇ」

アスヴァルは角を折られると弱体化する。

その力の根源たる何かが角の中にあるとすれば、間違いなくこれらの筋の先にある。

「龍にとって角は特別なもんだが、アスヴァルは特にそうだったんだろうな。ま、詳しくは聞かねぇよ。加工する価値がありそうってわかっただけで十分だ」

獅子聖庁での訓練中に、

「レン殿は昇級に興味はないのか？」

巨剣を好んで使う大柄な剛剣使いがレンに尋ねた。

「昇級って、何のです？」

「ギルドのだとも。聞けばまだEランクとのことじゃないか。レン殿なら難なく昇級できそうなものだが」

「それなら、単に特殊依頼をやりたくないからですね」

特殊依頼とは、その依頼人が貴族や国の機関の場合の総称だった。

Ｄランクに上がるためには、特殊依頼を最低一つ達成しなければならない。

どうしてそれを避けてるのかというと、手間が掛かるからだ。特殊依頼の内容の多くは、犯罪者の痕跡を探すことや討伐など、内容によっては数日を要するため簡単なものではない。途中で依頼を放り投げると大きなペナルティも発生するから、なおのこと受ける気になれなかった。

「剛剣技を学ぶことで手一杯ですし、特殊依頼を受けるのはもうしばらく後でいいと思ってます」

軽い口調で言ったレンはうんと身体を伸ばし、傍に置いていた訓練用の剣を手に取った。


この日の帰り道、レンが大通り沿いにある、温かな茶を提供する屋台に寄ろうとしていたところで。

「レ、レン君!?」

大通り沿いの建物から出てきたフィオナの声。

フィオナの白いコートに、彼女の艶やかな黒髪が映えていた。驚いたせいで、斜めにかぶっていたベレー帽と胸元のネックレスが僅かに揺れる。

小走りでレンの傍に近づいた彼女につづき、エドガーが同じ建物から姿を見せた。

「フィオナ様はどうしてここに？」

「イグナート家の仕事があったんです。あちらはお父様の仕事と関係のある機関の建物なので、私が代わりに行ってきたんですよ」

とのこと。

彼女の傍に控えるエドガーは静かに会釈をして、レンと挨拶を交わす。

「レン様はお買い物でしょうか？」

「俺は獅子聖庁に行って剣を振ってきたんです。もう帰るところだったんですが――――」

ここで会ったのも何かの縁だ。

もしもフィオナが寮に帰るなら、途中まで送ろうと思った。

「馬車でお帰りとかでなければ、寮までお送りしましょうか」

「……そう言っていただけるのは本当に嬉しいんですが、実はまだ、仕事が残っていて……」

しかしそれを聞いて、控えていたエドガーが「いえ」と口を挟む。

「フィオナ様が成すべき仕事はすべて済みましたので、寮にお帰りいただいて問題ありませんよ」

「で、でも」

「後は些末事ですのでお気になさらず。もうすぐ春の試験もございますから、この後の時間はそちらにお使いください」

(そういや、もうそんな時期か)

「レン様がお傍にいてくださるのであれば、護衛の心配もございません」

「わかりました。では、俺が寮までお送りします」

フィオナは不必要なまでの遠慮はせず、素直に喜んでいた。

すると、エドガーはあっさり建物に戻ってしまい、レンとフィオナの二人が残される。

二人だけになってしまった彼らは、寮への道に就こうとしたのだが、

「……」

フィオナの目が、さっきレンが行こうとしていた屋台に向けられていた。

その店から漂う茶の香りに誘われたのだろうか。

「お疲れのようですし、少しいただいていきましょうか」

「いいんですか？」

フィオナが期待に満ちた目でレンを見る。

「仕事終わりのお茶くらい、楽しんだって罰はあたりませんよ。ちなみに今日は何時からお仕事されてたんですか？」

「日の出前に起きて、二時間ほど支度をしてからなので……ええと……」

「……ちょっと進んだ先に公園があるので、そこで飲んでから寮に行きましょうか」

「たはは。レン君って、ほんと帝都に詳しいんですね」

屋台に行って、店の前に設けられたメニューを見ながら、

「レン君はどれにしますか？」

「俺はこのお茶にしようと思います」

「じゃあ、私も同じものにします！」

別にゆっくり選んでもらってよかったのだが、と思いながらもレンはその言葉を口にせず、二人分の茶を頼んだ。

間もなく注文した茶が二人に渡される。

茶の代金はレンが支払うも、フィオナがそれを見て慌てた。

「あ、あのあの！　お世話になるんだから、私が出しますよ！」

「俺が出したいだけなんで、気にしないでください」

フィオナは申し訳なさそうに、でもレンに買ってもらった茶が入った紙のコップを両手に持つ。

「……ありがとうございます」

ややはにかんで、可憐な微笑みを浮かべてレンを見上げた。

レンはフィオナを連れて歩く。十分としないうちにたどり着いたのは、路地裏にある小さな公園だ。公園には屋根付きの席があって、冬場も雪を被らず腰を下ろせる。

いまは二人の他に、小さな子供たちが雪で遊んでいるだけだった。

「このお茶、美味しいです」

ふぅ、ふぅ、と表面を軽く冷ましながらフィオナが両手に握った紙のコップを口元に運ぶ度に、冬の寒さに湯気が入り混じる。

彼女の対面に腰を下ろしていたレンも彼女に倣い、温かい茶を口に含んだ。

数十秒が過ぎた頃、フィオナが思い出したようにハッとした。

すると紙のコップを両手に持ったまま、上目遣いになってレンを見る。

「あの、バルドル山脈でのことって、まだ覚えていらっしゃいますか？」

「覚えてますが、それがどうかしましたか？」

レンの返事を聞き、フィオナがこほん、と咳払い。

「私が淹れたお茶のことも？」

吊り橋が崩落した後で、新たな下山道を探していたときの野営中、フィオナが茶を淹れてくれた。

茶の味がとても渋かったことも、レンは同時に思い出した。

「すごくいい香りのお茶でした。いまでもちゃんと思い出せます」

「では、お味は――――」

「美味しかったです。それはもうとんでもなく」

「ほんとですか？　特に飲みづらいとかは……」

「いえ、まったく」

明らかにレンが気を遣ってくれていることがわかる、強引かつ間髪入れない返事だった。

だがレンに嘘をつく気はない。実際に飲んでいたときは美味しいと感じたし、渋みは強かったがそれくらいだ。

「私、あれから何度も練習したんです。いつかまた、今度はちゃんと美味しいお茶を淹れられるようにって」

当然それは、レンに対して。

「前みたいに渋すぎないお茶になるよう、勉強したんですよ」

「確かに渋みはありましたけど、別に美味しくないとかでは――――あ」

それを聞いたフィオナがレンにより近づいて、

「し、渋みはあったんじゃないですかっ！　私も自覚はありましたけど！　やっぱりそうだったんですねっ!?」

「いえ、ちゃんと美味しかったですからね！」

「でもでも、渋かったのもほんとなんですよね!?」

「……俺は好きな味でした」

墓穴を掘った後の気遣いに、フィオナが気が付かないはずがない。

だけど優しい言葉には心温まる思いだったし、そっと視線を外して言ったレンの様子が少し可愛らしくて、彼女の頬も自然と緩んだ。

「ほんと……レン君は優しいんですから」

フィオナの頬は、少しだけ赤くなっていた。

八章　帝国の皇子

二月も下旬、各所で僅かに残雪が見られる春の直前だった。

帝城からは帝都を端から端まで見下ろせた。

この高さになると、日によっては雲ですらほぼ同じ高さにくる。

それほどの高さにある帝城の上層階の一室、石造りのバルコニーに置かれた椅子に座った一人の少年がいた。

彼の名を、第三皇子ラディウス・ヴィン・レオメルという。

彼はバルコニーの椅子に座り、テーブルに片肘をついていた。もう一方の手に持った羊皮紙に目を通している。風に髪を靡かせる姿は、少年でありながら独特の色香があった。

その彼が、思い定めた様子で息をはいた。

「ミレイ」

彼が口にすると、すぐにケットシーと人の混血の可愛らしい少女が現れた。

現れた少女はバルコニーで待つラディウスの元へ。

「お呼びですかニャ」

「ああ、先の騒動の件についてだ。少し気になることがあるから、ギルドにも依頼を出そうと思う」

ミレイと呼ばれた少女はラディウスの声を聞き、耳を揺らした。

また急な、と思いながら、これもいつも通り、と笑って。

「魔道具職人の工房での件でしたら、すでに騎士たちが動いてますニャ」

「わかっているが、私も個人的に調べておきたいだけだ。手は多い方がいい」

「かしこまりましたニャ。では私が、ギルドに出向いて依頼を出せばいいわけですニャ」

「当然、私の名も伏せてだぞ」

「存じ上げておりますニャ。殿下の息がかかった商会の名を使って、いっそのこと特殊依頼として出そうかと思いますニャ」

「そうしてくれ。その商会も盗みの被害に遭ったための調査と言えばいい」

「得られる情報は何でも欲しい、って感じですかニャ？」

「ああ。何をするにしても情報と手が欲しい」

ミレイはすべて応じ、ラディウスの願い通りに図らうと言った。

彼女はつづけて尻尾を揺らして慣れた口調で、じゃれつくような声色で言う。

「どーせすぐに、盗賊の諸々を殿下一人で看破しちゃうんじゃありませんかニャ？」

「そうなったらそれでいい。私が気づけないところで気になる情報が見つかったら、それに越したことはない」

「ふむぅ……かしこまりましたニャ。それじゃ私は、いまから支度に取り掛かりますのニャ」

彼女はラディウスの部屋を去ろうと彼に背を向ける。

だがすぐに、もう一度彼のことを見た。

「そういえば殿下。殿下が昨年開発したポーションの増産態勢が整ったそうですニャ。今後、順次国内のいたるところで発売されると聞いておりますニャ」

「それはいいことを聞けた」

ミレイが立ち去った後で、ラディウスはバルコニーの手すりに上半身を預けた。

ラディウスがミレイに命令を下してから二日後の朝。

受験費用や村への仕送りなど、いくら稼いでもいいレンは、この日を狩りをする日にしようと思い立ち、朝から冒険者ギルドに足を運んでいた。

エレンディルの冒険者ギルドは、クラウゼルにある建物の数倍は大きい。

町の近くに強い魔物は現れないが、交通網の発達している大都市のギルドは活動の拠点として都合がよく、出入りする冒険者の装備も上質なものが多く、熟練の冒険者の姿もあった。

中はクラウゼルと同じく酒場や食事処(どころ)も併設されており、多くの冒険者で賑わっていた。

レンの姿は意外と浮いていない。こちらのギルドではクラウゼルと違って、レンと同年代くらいの少年少女の姿も多かった。

板張りの掲示板に張られた真新しい依頼書に、レンの目が留まる。

(特殊依頼か)

つい先日、獅子聖庁でも話題になった特殊依頼の依頼書だ。

依頼主の欄には、『アーネヴェルデ商会』とある。商会に所属する魔道具職人の工房が盗みに入られたため、その盗賊の情報を探ってほしいというもの。

「それ、気になりますか?」

レンの隣にやってきたギルド職員の女性が声を掛けた。

「まぁ、少しだ――――」

「ではご説明させていただきますので、どうぞカウンターへ!」

「え、あの――――え?」

レンはギルド職員に勢いよく腕を引っ張られてカウンターへ一直線。

また強引だなと思いつつ、特に抵抗しなかったレンはそのままカウンターへたどり着く。

「報酬金の詳細はこちらです! 着手金、情報提供料、特別報酬がこれで――――」

「待ってください! 急すぎですってば! どうしたんですかいきなり!」

「し、失礼いたしました! 実はちょっとわけありで……我々としては、是非お受けいただきたいんです! ここだけの話、報酬も上乗せできますよ!」

ただでさえいきなりなのに、ギルド側で特別に報酬を上乗せするのは普通であれば考えにくい。

レンは思わず半歩後ずさってしまった。

「おおお……お待ちください! これには理由がありまして!」

「……一応聞かせてください」

はぁ、と何度目かわからないため息が漏れる。

「アーネヴェルデ商会についてご存じですか？」

「知ってます。陸運や海運をはじめとした交易をしたり、多くの症状に効果があるポーションも開発している商会でしたよね」

新興商会の中でもっとも勢いのある商会だろう。

売り出されるポーションには、レンも七英雄の伝説時代に世話になった。

女性が言うには、依頼を張り出してからというもの、依頼を受ける者が数人しかいないそう。

まだ張り出して間もないと言われればその通りではあるが、それにしても、いつもならあるはずの冒険者からの問い合わせすら、数える程度だった。

「我らエレンディル支部も、アーネヴェルデ商会にはよくしていただいておりまして」

主にポーションを卸してもらう際に他より優遇してもらったり、その他の交易品についてもギルド側から売る際に世話になっていた。

「俺は見た通りなので、大人に頼んだ方がいいと思いますよ」

胡散臭さから逃れるための断り文句を口にした。

少年に頼むより大人に頼んだ方がよっぽど有意義だろう、レンはこう言いたくて言葉を選んだのだが――

ギルド職員は笑っていた。

「鋼食いのガーゴイル、覚えていらっしゃいますか？」

レンの眉が吊り上がった。

「我々は存じ上げておりますよ。鋼食いのガーゴイルを単独討伐したレン・アシュトン様が力不足などと、とんでもございません」

こうなってしまえば、ただ面倒くさいと言うだけで断るのも違う気がしてきた。

観念したわけではないのだが、レンはそれまで以上にしっかり話を聞くべく、姿勢を正して職員に尋ねる。

「受けるかどうか参考にしたいので、つづきを教えてください」

「かしこまりました。アーネヴェルデ商会からは、次のように伺っております」

盗みに入った者たちは、金品には目もくれず書類ばかりを盗んで姿をくらました。

アーネヴェルデ商会の大目標はそれらの書類を取り返すことで、依頼を受ける者には盗賊の情報を探ることを求めている。

現状、盗賊が逃げた先はわかっていない。だがアーネヴェルデ商会は、盗賊の手掛かりに『数人から十数人以上の犯行』である、と確信しているようだ。

「相手の人数を確信してるのはどうしてです？」

「手口からだそうです。強固な防衛設備がある工房に侵入されたことから、盗賊団の中には盗みに長けた者が数人いると考えられております」

「それ、逆に物すごい手練れが一人の可能性はないんですか？」

「恐らくございません。ほぼ同時に、他の商会が保有する工房でも盗みがありましたので」

それから算出した規模であることを、ギルド職員が示唆した。

どこを捜せばいいのかまったくわからないのであれば、難を極める。断りたいのがレンの本音だったが、この場で即断るのも相手に悪い気がして迷う。

「少し考えさせてください」

情けないかもしれないがとりあえず棚上げ。これで許してほしかった。

「最後に教えてください。今回はどうして依頼を受ける方が少ないんですか？」

「……駆け出しの方には難しいですし、実力のある方たちはもっと稼げる仕事を選びます。依頼内容が調査に寄っていると、どうしてもこのような傾向になりますね」

彼女の返事を聞いたレンは「諸々理解できました」とため息交じりに言った。


バーサークフィッシュを狩った場所の湖畔。

地面に腰を下ろしたレンが残雪の冷たさを感じながら空を見上げた。

早春の澄んだ空に、いくつか雲が浮かんでいる。

バルドル山脈での魔王教の件も鑑みて、レンが気にならない方があり得ない。なので特殊依頼のことを考えながらここにいた。

（でもなー……何の手掛かりもなしに盗賊を捜せってのも……）

依頼主であるアーネヴェルデ商会はその手掛かり自体を欲しているから、それも含めて捜してくれという気持ちはわからないでもない。

どこから手を付ければよいものか、これが問題だった。

これがそうした仕事を本職とした冒険者たちならいざ知らず、レンはそうじゃない。

騎士でもないから、欲しい情報の多くが手元になかった。

「ってか、何で騎士も動員されてる調査なのにわかってないんだ」

盗賊は――――いや、もうこの様子では規模から盗賊団として、件の盗賊団は、まず帝都に住む魔道具職人の工房に忍び込んだようだ。

盗んだのは書類をはじめとした金品以外のものばかり。

そうした書類を欲して金を積んだ者がいるのかもしれないが、人知れず逃げたにしても、痕跡がなさすぎる。話に聞く限りだと、まるで霧のようだ。

「盗賊団の中に『解呪』持ちがいることは確かなんだけど」

解呪は魔力を用いた封印などに対して効果を発揮する。その力を限りなく磨き上げた存在を探していたのが、身体にエルフの封印が施されていたイェルククゥだ。

また、解呪はそうした封印への作用に限らず、魔道具などに対してもある効果を示す。

七英雄の伝説では、封じられた宝箱などを開ける際に、その力が必要な場面が多々あった。その力を利用することで、魔道具による防衛装置を崩し、盗みを働いたのだろうとレンは考える。

破壊を尽くせば騎士に限らず、目立つからだ。

「……」

じっと空を見上げながらつづきを考える。

アーネヴェルデ商会に属するような者が馬鹿なはずがない。恐らく、レンが考えたことくらいもうすでに考えているだろうし、騎士だって同じはず。

レンは他にも共有事項はないかと頭を悩ませる。

「解呪持ちが関係してて……今回の盗みで……」

最初から情報が少ないこともあって、レンはそれから数十分悩んだ。

仮にこれがゲームにおけるシナリオだったら、自分はどう考えただろう。

まず、盗賊団の者が帝都をどう出たかだ。

帝都はいたるところに警備兵がいるものの、暗闇に乗じて、しかも隠密（おんみつ）行動に長けた者が盗みを働いた際は調査が至難を極める。

かといって、騎士や警備兵も怠けているわけではない。

彼らも帝都で務める者として一定の実力があるため、簡単に帝都の外へ逃がすとは思えない。

「やっぱり協力者がいるんだろうなー」

湖上を覆った氷はとうに薄くなり、場所によっては割れている。

以前ほどの荒々しさが見られないバーサークフィッシュが、悠々と水中を泳いでいた。

◇◇◇◇

同じ頃に。

徹夜明けのラディウスの髪はまだ僅かに湿っていた。

彼は目覚ましに湯を浴びたばかりだった。うっすら肌に浮かぶ汗で首筋に髪がくっついている。

手にしたグラスに注がれた冷たい飲み物を楽しみながら、ソファに座り考える彼が、此度の騒動を気にしだしたのは、つい数日前のことだ。

第三皇子として公務にも忙しい。一月に帝国士官学院が誇る特待クラスの最終試験を終え、すぐに公務漬けの日々を過ごした。短期間で三度も国外へ出向いたほどだ。これにより彼が事件を詳しく知るまで若干の時間を要した。


コン、コン、と誰かがこの部屋の扉をノックした。

『私ですニャ』

相手がミレイだと知り、ラディウスは「入ってくれ」と扉に向かって声を発した。

すぐに足を運んだミレイの手には、一通の手紙がある。

「お考えごとの邪魔をしちゃいましたかニャ？」

「構わん。何かあったのだろう？」

「そうですニャ。ちょっとした報告書をお持ちしましたニャ」

ミレイは手にしていた手紙をラディウスに渡し、自分は特に許可を得ることもなくその対面のソファに腰を下ろした。

その内容は盗みがあった各工房の防衛装置の状況について。

盗みが発生した当時、それらがどのように動作を停止したのかラディウスは徹底的に資料を集めていた。また、防衛装置がいまどうなっているのかも。

解呪のスキルを持つ者が、被害のあった工房のいずれかに所属しているかどうかもそう。

「いくつかの工房に盗みが入ったというが、不思議な話だ。盗賊どもはおかしなくらい痕跡一つ残していないのだからな」

此の程の騒ぎは、帝都内に盗賊の協力者がいると。

無論、そんなことは捜査をしている警備兵や騎士も考えていて、それを念頭に捜査に当たっている。

「防衛装置というがつまりは魔道具だ。工房に侵入者があればその者らを無力化したり、大きな音で外に知らせるものとなる」

それらが今回、恐らく解呪のスキルによって動作停止に追い込まれた。

「大前提として、盗賊どもがそれらの防衛装置をどのように停止させたかだ。此の程の話に出た防衛装置こと魔道具は巨大だ。被害に遭った工房そのものがそうした造りになっている。目立つことも危惧すれば、すべて破壊するのは現実的ではなかった」

「最初から解呪などでどうにかこうにかするしかなかったでしょうしニャ」

「ああ。あくまでも、すべてを破壊するのは難しいということだ」

「少なくとも、解呪使い一人で盗みを完結させるのは無理がありますしニャ」

「そう。だから一夜のうちに複数の犯行が行われた」

解呪使いの役割は盗みを働くことにない。

必要な仕事はただ一つ、いくつかの工房における防衛装置の動作を停止させることだ。その後の仕事は協力者たちの仕事になる。

解呪使いは防衛設備を止めてすぐ移動する。協力者たちは防衛設備が停止した工房に忍び込むことで必要な時間を短縮したのだろう。

ラディウスに限らず、事の顛末(てんまつ)を知る騎士や警備兵たちの間でもそう思われている。

「被害に遭った商会保有の工房に所属していた方が、計画も立てやすいでしょうしニャ」

痕跡を残すこともなく、霧のように姿を消した。

何者かが盗賊団を一時的に匿(かくま)い、折を見て逃がしたとしか思えなかった。

「被害に遭った工房で使っていた防衛装置は、内部と外部を完全に遮断するという話だ。盗んだ防衛装置の一部を改造し、それを馬車などに取り付けて帝都を脱したとしか思えんな」

「普通なら改造も修理も時間が掛かるでしょうニャ。けど、殿下が仰ったように緻密な計画の上でなら、そのための前準備くらいできていて当然ですニャ」

「盗賊が痕跡一つ残さず逃げおおせたのは、そのためだろう」

「工房にいた見張りも簡単に倒されてたって聞きますニャ～」

「ああ。だが愚かなのは工房の者や、それらを保有する商会もだ。奴らめ、自分たちの技術漏洩(ろうえい)が周知のものとなることを恐れ、すぐに騎士へ知らせなかったとしか思えん」

実際のところ、騒動が起きてから騎士に連絡がいったのは、事件のすぐ後ではない。

これでは、帝都の警備兵をはじめ、レオメルの中でも特に優秀な騎士たちがいる帝都であろうと調査は難航する。しない方が変だろう。

これには別件として、報告が遅れた者に何か罰則があるはずだ。

「今後の商売のため、自分たちの立場が脅かされることを懸念していたのだろうがな」

「まぁ……培った叡智こそ商売道具って人たちですしニャ。でも殿下、その報告を遅らせた者も盗賊団の関係者かもしれませんのニャ」

「わかっているとも。併せて調査する。今日中にな」

だが、本当に盗賊団と何ら関わりがなかった場合……。

それこそ、ただ商会の利益を守るべく保身に走っていた場合について。

「被害者の気持ちもわからないではない。が、盗賊も協力者もそれをわかって動いている。狡猾さが見て取れるようだな。ミレイ、頼めるか」

「かしこまりましたニャ。些末事は私にお任せを」

「私はいまから城を出てエウペハイムへ行く。ユリシスのことだ。私が知らなかった間にこの件を調べているだろうから、あの男の考えを聞きに行く」

ラディウスは服を着替えるため立ち上がる。ミレイは彼の部屋を離れ、成すべきことを成すため仕事に向かう。

着替えを済ませたラディウスは少しの荷物を持ち、近衛騎士を連れて城を出た。

ユリシスは誰よりも早く動いていた。
結果、ある商会に一人の解呪使いがいた。該当の解呪使いは五年前にその商会入りした者で、仕事熱心な男だった。
しかし、先の事件からすぐに帝都を離れて、どこかへ姿をくらましていたという。
それみたことか、と騎士をはじめ多くの者たちが捜索していたのだが……

翌朝、日が昇る前のイグナート侯爵邸にあるユリシスの執務室に、ラディウスはいた。

「主の標的は帝都を離れ、帝都から魔導船で二日の地におりました」

エドガーが隠すことなく言った。

「おりました、ということは、すでに――」

燕尾服（えんびふく）の紳士は一度、主を見た。

主が頷いたのを見てからつづきを語る。

「はい。お察しの通り、男は当家の地下におります」

該当の男は騎士より早く、ユリシスの手により捕縛されていた。

ユリシスは秘密裏に動いて事に当たっていた。商会が保身に走り報告が遅れたにもかかわらず、まったく関係ないといわんばかりに。

「すでにいくらかの尋問もして、盗みの経緯や盗んだ品も確かめてございます。主の命により、それらの品々と盗まれた品に相違がないことも確認いたしました」

いままでそんなそぶりも見せず、あっさりと成し遂げたユリシスにはラディウスも恐れ入る。

「つくづく、そなたたちが味方でよかったと思う」

「ははっ！　褒め言葉として頂戴致しましょう！　それから念のために申し上げますと、今日にでも報告するつもりだったのですよ。隠すことでもありませんからね」

「だと思っていた。それで盗みの目的は聞けたのか？」

「金ですよ。ある者に取引を持ち掛けられたようで、そのために多くの手引きをしたと言っておりました。その相手が此度の騒動の主犯かと」

「金のためだけに、あれほど大きな事件を引き起こしただって？」

「男の浅はかさをどう処するかは、偉大なのか古臭いのかよくわからない帝国法に任せます。我々が気にするべきは、取引を持ち掛けた者の目的でしょうからね。エドガー、例の資料を殿下に」

「はっ」

あらかじめ用意していた資料をラディウスに渡せば、聡明(そうめい)な彼はすぐに多くを理解した。

「盗まれた書類に共通点があるな」

ユリシスが頷く。

「帝都やエレンディルに設置された魔道具の情報、それが共通点です」

商会をはじめ、魔道具職人が個人で請け負った魔道具の情報が載った書類ばかりが盗まれた。

これらの情報をかき集めると、不思議と町中に設置された魔道具の情報が目立つ。

「警備の隙を探しているのか？」

「わかりません。ですが気にする必要はありましょう」

「盗まれた書類はどうなっている？」

「解呪使いの男は持っていないようですね。そもそも盗みには関与しておらず、解呪を用いて協力しただけのようですから」

付け加えるならば、男はその仕事をこなした後で殺されかけた。

相手からしてみれば自分たちの情報を外部に出されないためにも、用が済んだら殺してしまう方が自然だろう。

男は着手金として多くの金を受け取っていた。残る金を受け取ろうとした際に、危険を察知して逃げたと供述している。

「その生存本能だけは讃えてやるとしよう。だが、同情の余地はない」

「では、あとのことはお任せしても？」

「構わん。私が帝都の牢へ移す手はずを整える。あとのことはそうだな……まずは、そこに魔王教が関わっているかを確かめたい」

「私もです。次の段階はその調査ですね」

「面倒なことだが、魔王教が関わっていればこちらも黙ってはいられまい」

話が進む中でエドガーが淹れた茶が二人の前に置かれ、一息つく。

数分後に再開した話の中で、ユリシスは「ところで」と態度を変えた。浮かべた笑みの奥に化け物じみた圧を感じさせる、そんな笑みを浮かべて。

一方のラディウスは怯むことなく、平然と答える。

「何だ」

「殿下のお考えを聞きたいのです。仮に魔王教が関わっていたとして、殿下はどうなさるおつもりですか？」

「決まっている。一人残らず捕縛して、情報を搾り取る」

「ああいえ、そんな当たり前のことを聞きたいのではありません」

「であれば、何が聞きたいのだ」

二人のカップが同時にテーブルの上に置かれた。

部屋の中でカチャン、という音が滔々と響く。

「対処する、本当にそれだけのおつもりですか？」

剛腕が口にした真意を瞬時に悟ったラディウス。

「意地の悪い問いかけをするじゃないか」

「これは失礼を。ですが、私にとっては重要なもので。殿下の牙がどれほど磨き上げられているものか、私も判断しかねているのですよ」

「愚問だ。私は第三皇子なのだぞ」

ラディウスは立ち上がった。

「今度は我らから仕掛ける」

覇気すら感じられる声音で言い放った。

まさしく、ユリシスが望んでいた最高の答えだった。

「よろしいのですね？」

「私は獅子王の末裔だぞ。牙を剝く愚か者がいるのならその牙を砕き、群れをなす獣の棲みかごと潰そう。レオメルに仇成す者は、誰一人として許すつもりはない」

自らの手でドアノブを握り、外へ向かいながらつづける。

「ユリシス、バルドル山脈での借りを返すぞ」

帝都で起きた事件の情報を得られると思えば悪くないのかもしれない。
特殊依頼を受けてみることにしたレンはレザードに相談し、承諾を得た。返事をするべく冒険者ギルドに足を運んだのは、ラディウスがユリシスと話をした翌日だ。
昼になる前に冒険者ギルドに入ってみると、中が騒然としていた。酒場のスペースとなったところにある大きなテーブルに、多くの冒険者たちが詰め寄せている。

レンの姿を見つけて、昨日の女性が小走りで駆け寄った。

「お、お待ちしておりました！　もしかしたら来てくださるかと思って……っ！」

「――――何があったんですか」

「……つい先ほど、若い冒険者の一団が襲われたのです」

「襲われた？　魔物……いえ。この様子では違うようですね」

冒険者たちがテーブルを囲み、怒号のような声も交え話をする横で、レンはギルド職員の女性から話を聞いた。

「ローブを着た者がいきなり襲い掛かってきたそうです。とてつもない腕力で、まるで正気を失ったみたいに剣を振っていたと……」

「それで、怪我をした方たちはどうしたんですか」

「どうにか逃げ切り、エレンディルに帰りました。ですが重傷なので、治療を受けるために運ばれていったところです」

冒険者たちの声がレンの耳に届く。

「大地魔法使いがいるぞ」

「間違いない。例の盗賊たちだろうよ」

「町を出てる奴らに帰ってくるよう言った方がいい。あの犯罪者共は一般人にも容赦しないぞ」

レンは大人の冒険者たちに話し掛ける。

いつもより硬い声で、大人たちも目を見張る迫力を抱いて、

「相手が盗賊団だと確信できる情報はありましたか？」

「ないが、最近の状況から鑑みるにそうとしか思えないだろ？」

「だな。ただでさえこの辺りは野盗すら十数年に一度くらいしか現れないってのに、こんなことをしてくるとなったらな」

すぐにでもレザードへ連絡が届くだろう。レンも一度屋敷に帰った方がいいと考えた。

彼はさっきまで話していた女性を見た。

「屋敷でいろいろ確認してきます」

女性は頷き、頭を下げた。


駆け足でクラウゼル邸へ帰ったレンはレザードの執務室へ駆け込んだ。

そこにヴァイスはいない。代わりにレザードが一人、忙しなく執務室の中で仕事に励んでいる。

「レザード様、お聞きになりましたか」

「ああ。レンが行ってすぐに連絡が届いた。レンは冒険者ギルドで聞いてきたようだな」

「そうです。それで、ヴァイス様は？」

「ヴァイスは帝都に行ってもらった。レンも知っているように、リシアはリオハルド嬢に誘われて帝都にいる。英爵家の方が傍にいれば問題ないと思うが、顚末の共有がてらヴァイスを向かわせた」

状況を理解したレンはレザードがいる机の傍へ。

「街道警備兵の方たちから、何か報告はありましたか？」

街道警備兵。

クラウゼル家に仕える戦力ではなく、国に仕え、エレンディル周辺の街道を警備するため派遣されている者たちのことだ。

「若い冒険者たちが襲われたということだけだ。警備体制を強化するよう命令している」

屋敷や町の警備状況も問題はなかった。

「俺は町の外の様子を確認してきましょう。街道警備兵の方たちと協力して、事情を知る人がいないか探してきます。もしいたら町に帰るよう誘導しますし、場合によっては俺も剣を振るいます」

本当に噂の盗賊団が動き出したのだとすれば、よくわからない。

これまで人目を忍ぶことができていたのに、目立つことをする意味が皆無な気がした。

◇　◇　◇　◇

エレンディルの周囲は、緑豊かな草花が広がる平原がある。最近、雪が解けてやっと新たな命が芽吹きはじめていた。

普段は行商や冒険者で賑わう場所だった。エレンディルまで馬で一時間ほどの距離にあって、休憩するのにもちょうどいい。旅人や冒険者、それにすぐ傍の街道を進む者が立ち寄れるよう、野外で肉や野菜を焼く簡素な屋台もあった。

しかし、いまは事情を知る冒険者たちが集まる場所。

盗賊団の凶行により、町の外で避難を手助けする者たちの拠点だった。

レンは先日、エレンディルに連れてこられたばかりのイオから下りて周りを見る。街道警備兵たちの姿を見つけて声を掛けた。

「レザード・クラウゼル様の命により参りました」

「君が？　まだ少年じゃないか」

「待て。聞いたことがある。男爵様のお屋敷にはクラウゼルの英雄がいるというじゃないか。それが確かなら、君があのレン・アシュトンかい？」

レンは一瞬言葉に詰まった。

それが街道警備兵たちを警戒させたが、

「その呼び方は恥ずかしいので勘弁してください」

と言えば、彼が照れていたことがわかり、街道警備兵たちの頬が緩む。

緊張感のある状況ながら、彼らの肩から少しだけ強張りがとれた。

「では、アシュトン殿、男爵様から何か言伝はあるかい？」

「レザード様は緊密に連絡を取るようにと。戦えない者の避難誘導に尽力せよと仰せです。俺は皆様と協力し、そうした方たちがいないか捜索に参りました」

街道警備兵たちに交じって話をする少年の姿は少し浮いていた。

だからなのか、ちらちら視線を集めている。

中でもこの平原の片隅に設けられた天幕のようなテントの前に立つ者たちが、特に力強い視線を送っていた。レンはそのテントを冒険者などの有志が用意した避難所や拠点と思っていたのだが、どうやら違うらしい。その前に立つ者たちは、冒険者や街道警備兵のとは比較できない覇気を纏っているように見えた。

……誰なんだ、あの人たち。

しかし彼らは盗賊団とは関係はなさそうだったから、レンは街道警備兵たちとの相談に意識を向けていた。

レンがイオの元へ戻り、ここを離れ山の近くへ向かおうとしたときだ。

「君」

彼の背に声を掛けてきた男がいた。大きなテントの前に立っていた男だ。

清潔感溢れる白いシャツに身を包んだ背の高い男で、細身ながら筋肉質であることが見て取れる。

男を近くで見たレンは、男の立ち居振る舞いから、熟練の騎士のようだと思った。

「はい？　何ですか？」

騎士がどうして私服でここにいるのか、レンは尋ねることなく返事をした。

「危険であると聞いたはずだ。それなのに町へ帰ろうとしないのは見過ごせない」

「お気遣いいただき嬉しいのですが、貴方は？」

「失礼。私はアーネヴェルデ商会に所属する剣士だ。周りにいる者たちもそうだ」

アーネヴェルデ商会？　とレンが首をひねりながらも答えた。

「俺はレン・アシュトンと申します。皆さんはどうしてここに？」

「そんなことよりも君のことだ。危ないから町に帰りなさい」

レンに帰る気があるかというと、皆無だった。

相手が誰であろうと守る！　とは口が裂けても言えないが、耳に入れて間もない事件のことは無視できなかった。

守るべき存在に脅威が届く前に、俺もできることをする。

この言葉が心の中に幾度と響く。

事件がエレンディル近郊で起こったこともそう。仮に相手が盗賊団なら、どうして急な行動を取ったのか疑問は残る。しかしそれとは別に、レンはレンの場所を守るために必死なのだ。

それに、世話になっているクラウゼル家のためにも。

「街道警備兵たちから話を聞いていたようだが、君のような少年が首を突っ込んでいい問題ではない。勇気と蛮勇をはき違えては長生きできないぞ」

「え、ええ……仰る通りだと思います」

「理解してもらえたのなら、その立派な馬に――――うん？　まさかとは思うが、その馬は魔物の血を引いているのか？」

「おわかりですか」

「ああ。どうやら君は裕福な家の子のようだね。ではその生まれも大事にしなさい」

改めて帰るように言う男だが、レンはがんとして頷かなかった。

「これは俺の仕事です。なので帰ることはできません」

「仕事だって？　君のような少年が警備兵と何の仕事をしているというんだ」

「騎士の、ですよ。と言っても俺はまだ騎士の倅でしかないんですが」

レンはそれから思い出した様子で手を叩いた。

「本当は今日、アーネヴェルデ商会さんの依頼を受けるつもりだったんです。でも冒険者ギルドに行ったらこんな状況だったもので」

「……我らの依頼を受ける予定だったって？」

「ええ。情報が足りなすぎるのでどうしようかと思ってました。ひとまず、帝都の工房に所属していた裏切り者の手掛かりでも探せないかなーとしか考えてなかったんですが……」

それを聞いて、話を聞く男が眉を吊り上げた。

「裏切り者だと？」

レンはユリシスが盗賊団に協力した者を捕獲していた事実を知らない。

だが、確信めいた声音で言えば男も、男の近くにいた別の男もレンに注目する。

男は何か言いかけたけれど、すぐに「待っていてくれ」と言ってレンの前を去る。

先ほどの、革製のテントの中に入っていきすぐに戻ってきた。

「いまの話について、我らの主君が聞きたいことがあると仰せだ」

「は、はぁ」

イオから下り、手綱を引いてテントへ近づく。

テントの中の灯りで、中にいる者のシルエットだけが見えた。角度から見て陽光の当たらない場所だったからだろうか。まだ日中とあって外が明るくて微かにしか見えない。

中にいる者は椅子に座っている。見える影はレンと同じくらいの少年といったところで、体格も外にいる男たちより細身だ。

「急に呼び立ててすまないな」

まだ少年の声だった。

でも、魔道具か何かで加工でもしているのか、不自然にしゃがれた声だった。だからなのだろう。識っているはずの声なのに、レンはその声を思い出せなかった。

「楽にしてくれ。同い年の友人と語らうようにしてくれて構わん」

「────」

「どうした。なぜ黙る」

「失礼しました。考えてみれば、同い年の友人とも言える存在がいなかったもので」

今度は革製のテントの中の少年が黙りこくった。

彼のシルエットは椅子に座ったまま、さっきまで片手に本か何かを持ちながらレンに話しかけていたのだが、彼の手がすぐ傍のテーブルに置かれた。本がぱたん、と閉じる音が外にも小さく聞こえた。

次にその少年が、レンに顔を向けたのがわかった。

「はっはっはっ！　友がいないからわからないか！　なら致し方あるまい！」

「……笑わないでいただけると嬉しいのですが」

「すまなかった。しかし、私がアーネヴェルデ商会の者だからと身分は気にする必要はない。話しやすいようにしてくれて構わん」

「いいのですか？」

「所詮顔も知らぬ相手だ。少し話を聞きたいだけだからそう気にせずともよい」

相手にここまで言わせておいて、また遠慮して気を遣うのもどうかと思う。

レンにしてみれば、相手がいまのように何度も頼み込んできたのだから、仮に頼みごとを聞いた後で文句を言われる筋合いもない。

彼は「わかった」と遠慮がちに言った。

「それで、俺を傍に呼んだ理由って？」

さっきまでと違い、砕けた口調で問いかけたレン。

彼は知らなかったが、彼の周囲ではアーネヴェルデ商会に所属する剣士たちが驚き、頬を引き攣らせている者すらいた。

「そなた、商会を裏切った者がいると言ったそうだな」

「うん。恐らく解呪の力で盗賊団に力を貸して、工房から盗んだ魔道具も駆使して帝都の外に逃げたんだろうって思ってたからさ」

「逃げた者はどうなったと思う？」

「さぁ、どうせ捨て駒になるんだから死に物狂いで帝都を離れたんじゃない？」

「……くくっ、ああ、実はそうなのだ」

レンは「ふぅん」と吐息のような声を出した。

さすが大国レオメルの中でも有名な新興商会、アーネヴェルデ商会だ。一般には伝えられていない情報も入手していたらしい。

ため息を吐いたレンはテント越しに話しかける。

「その裏切り者だが、身柄はもう確保されている」

「誰が捕まえたの？　皇族派？　英雄派？」

「……それは言えんが」

「まぁ、きっとユリシス様かな。そうとしか思えない」

「――――ほう」

テント越しのシルエットが驚きに揺れた。

この不思議な邂逅に面白みを感じていなかったレンが不敵に笑う。

「わかりやすい反応はしない方がいいと思うけど、どうかな」

「……どうしてユリシスが手を下したのだと思っているのだ？」

「ユリシス、ね」

相手の少年はユリシスと懇意であることを示唆した。

同派閥の貴族ですら恐れる剛腕を呼び捨てるなど、そうでなくてはあり得ない。

「どうしてって、レオメルという国より早く追手を放てる個人はそういないからだよ」

「どうやら奴と懇意のようだな」

「いろいろあってね」

「……英爵家が調査したとは微塵も思っていないようだな」

「思ってないよ。彼らもすごいけど、ユリシス様には到底敵わない。ユリシス様より早く動ける個人がいるとしたら、もう一人だけだ」

レンが呼吸を挟んだ。

「もう一人が誰か、是非、聞かせてくれ」

「ラディウス・ヴィン・レオメルだよ。第三皇子殿下ならユリシス様につづく早さで動けることは間違いない」

少年がその言葉に、レンへの興味を深めた。

「ふむ。なるほどな」

テント越しの少年が頷く。

話はここで、ようやく最初のそれに戻ろうとしていた。

しかし、

「おい！　例の様子がおかしい男が見つかった！　森から山に向かっていったそうだ！』

「捜索に行った者たちが狙われてるのか？」

「わからん。しかし無視してはいられないだろ、増援を送った方がいい。まだ若い奴らが外にいるかもしれないぞ」

冒険者たちの声に耳を傾けていたレンと話し相手。

レンはもう一度、街道警備兵たちと話をして自分も増援に向かおうと思った。

すると、話し相手が言う。

「我々は犯人を盗賊団の構成員と考えている。エレンディルを離れるのは危険だぞ」

「何もしないうちに状況が悪化する方が怖いかな、俺は」

少年はレンの返事を聞いて押し黙る。

再び、何か考えているようだ。

「そなたにだけ教えよう。我らがここにいる理由だが、つい数時間前、盗賊団の痕跡と思しきものを発見したからだ」

すでに襲われた者を餌にしたり、見捨てたわけではない。

少年は情報を得てすぐにこの地へ急行し、何なら正騎士にも連絡を入れつつ、辺りに犠牲者が出ないようできることはすべてした。

「私や私の部下以外は知らないはずだ。すでに周辺で犠牲者が出ないよう、私の方で処理している。あとは盗賊団のアジトを早く見つけ、殲滅(せんめつ)するのみだ」

「簡単に言ってるけど、すごいね。他に怪我をする人はいなさそうで安心したよ」

「だからそなたも手を引いておけ。無理をする必要はない」

少年は次に、アーネヴェルデ商会の調査結果にて、盗賊団が焦っていることがわかっていると口にした。ここにきて今日まで慎重だった盗賊団が、少しずつ尻尾を摑ませつつあることに触れた。

「此度の盗みは、盗賊団が自分たちで計画したものではないと思われる。何者かが背後にいて、仕事をさせているのだろう。でなければ無意味でしかない物ばかりが盗まれている」

「なるほど。前の盗みで足りないものがあって、その首謀者が怒ったのか」

「そうだ。私も同じことを考えている。——それにしても、よくわかったな」

「他に焦る理由がないわけじゃないだろうけどね。ただ、用意周到かつ慎重だった奴らが焦ったって聞いたら、首謀者が怒ってるって言われた方がしっくりくる」

少年は上機嫌に肩を揺らしてつづける。

「だから後は私たちに任せておけ」

「それはそれ。俺は俺がすることをするよ。クラウゼル家に連なる者としてね」

「もう一度言うが、やめておけ。万が一があって死んだらどうするのだ。そなたは頭がいいのだから、そんな愚かなことは——」

レンは笑った。

革製のテント越しの少年も辺りにいた男たちも皆、彼の笑みから漂う強者の圧に目を見開いた。

「守れる限りを守るためだ。愚かとは程遠いよ」

毅然と言い放ち、革製のテントに背を向けた。

「……そなたほど強情な男ははじめてだ」

「知ってる。だから割と妙なことに巻き込まれやすいんだ」

「だったらその性格を直すのはどうだ？」

「ははっ。それができたなら、いまの俺はいないよ」

レンが立ち去ってすぐ、テントの中にいた少年が外の男を一人、テントの中に呼んだ。

このテントは魔道具で、作戦を話す際などに、声が外に漏れださないよう中にいる者の声が外に聞こえづらくすることができる。

「ラディウス殿下」

足を運んだ男に、少年はそう呼ばれた。

「小耳に挟んでいた。ユリシスが最近、エレンディルのクラウゼル家と懇意であるとな。先ほどの者は恐らく、クラウゼル家に連なる者だろう」

「我らで護衛いたしますか？」

ラディウスは少しの間考えると、

「そなたら近衛騎士隊に命じる。幾人かはあの男を追い、怪我をする前に手を貸すのだ」

「では、あの者が何らかの調査にあたろうとした場合はいかがなさいますか？」

「その際は、そなたらの判断で補助を務めよ」

気になることはいくつもあって、特にあのユリシスを名前で呼ぶ少年が何をするのか。

それに、

「――――あの男は妙な迫力があった。私はそれも気になっているのかもしれん」

「殿下、いま何と？」

「独り言だ。気にするな」

こうして、アーネヴェルデ商会の剣士こと、近衛騎士の男が外に用意していた馬に乗る。

彼は外で仲間たちと相談し、秘密裏にレンを追うことに決め、その人員を割く。それでもラディウスの護衛は問題ないと言い切れる戦力が残った。

◇　◇　◇　◇

様子がおかしい男が見つかった場所は、馬で三十分も進んだ先だった。

のどかな景色のはずなのに、いまは足を運んだ者たちに加え、辺りを警戒していた者たちにより剣呑。

日頃は街道を進む人々がちらほら見受けられるのに、いまはここにいる者以外に誰もいなかった。

「先ほど、標的と遭遇した」

「敵は我らに襲い掛かってきたのだが、すぐに撤退してこの森の奥へ逃げた」

森の入り口に立っていたのは、ラディウスが派遣した近衛騎士たちだ。

彼らは当然ここでも素性を隠して行動している。

「男の特徴は？」

レンを護衛するためについてきた近衛騎士もまた、素性を隠して情報共有に勤しむ。

「あまり多くない。奴はいきなり剣を振りながら襲い掛かってきたと思ったら、魔法で地面を操作しながら私たちを殺そうとしてきた。あとはローブを着ていたくらいしか知らない」

魔法で地面を、その言葉に話を聞いていたレンが眉をひそめた。

平原でも話に出ていた、大地魔法の使い手のこと。相手の声から、男だろうと思われた。

近衛騎士たちはその場で決着をつけたかったのだが、護衛対象が何名かいた。

守るべき対象を放り捨てて敵を追うことはできなかった。だがその代わりに、何人かは追手として向かわせている。

「これならできる、やれると嬉しそうに話していたが、真意はわからない。何か自信を得る出来事があったようだが、詳細は不明だ」

聞けば近隣の避難状況は滞りない。平原へ帰るための戦力も足りており、安全は担保されていた。

心配されていた若い冒険者たちも、近衛騎士たちの声掛けで避難済み。

降りかかる火の粉には見つけ次第大股で駆け寄り、桶を振り回して水をぶちまけ消火したいレンにとって、この後のことも無視できなかった。

「手掛かりについて他に報告は？」

「まだない。森の奥へ行き、山へ向かったのだが、そこから痕跡が途絶えているのだ」

「痕跡が途絶えた？　くまなく捜せば必ず見つかるはずだが」

しかし男の姿が見えなくて、近衛騎士たちが腕を組み考える。

必ずどこかにいるはず。どこかに穴でも掘って逃げ込んでいるのかも。

見つかるのは時間の問題なのだが、長引くことは誰も本意じゃない。このまま警戒状態をつづけていると、エレンディルにも影響が生じるだろう。

レンはそれを避けたくて、

「捜しに行こうかな」

どうせあそこだ、そんな思いがあって。

すると近衛騎士がレンの呟きを聞き、

「許容できない。状況が不明のいまそんな危険な行動は……」

「いえ、もしかしたらという場所に覚えがあります」

「……何だって？」

平原から同行していた近衛騎士が一度席を外し、森の入り口で待っていた別の近衛騎士と話す。

ラディウスの命でここに来たこと、レンがテントの前で何を話していたのかも共有し、この後どうするか相談した。

一方のレンは何が話されているかなどはつゆ知らず、様子を窺った。

近衛騎士はラディウスの指示に従い、

「君に覚えがある場所へ案内してほしい」

と声に出した。

被害に遭った者の場所、大地魔法、隠れるのにちょうどいい場所……秘密裏に帝都を脱し、今日まで姿をくらました奴らの居場所に、レンは一つ目星があった。

この周辺には、昔生息していた魔物の巣がある。山の中にあるそこは、フォレストワームの大穴と呼ばれる場所で、アリの巣状の地形だ。

微かな残雪が散見される山の片隅で、レンはイオから下りた。

つづき、近衛騎士たちがレンの後ろを歩く。

フォレストワームはクラウゼル東の森にいたアースワームと似て非なる魔物で、こうした山に巣を設ける魔物だ。しかしここにあるはずの巣は、過去の名残でしかなかった。

大地魔法を用いて隠された穴を開くことはできない。レンがその魔法を使えないからだ。

「お」

幸いなことに、盗賊団の者が大地魔法を用いたと思われる痕跡があった。

地形は自然に溶け込むよう見事に偽装されているが、触れてみるとその表面が他の場所の表面と違い柔らかい。砂利がさらさらっと落ちてきた。

レンは鉄の魔剣を抜き、山肌に向けて縦に一閃(いっせん)。

山肌に大きな穴が開いた。

「これは魔物の巣……？」

「盗賊団はここを利用していたのか」

遠からずここにも調査の手が伸びていたはず。

レンは他の誰よりもこの辺りの地形を熟知していたから想像できただけで、国の調査が遅れていたわけではなかった。あくまでも、レンが彼らより早く気が付いただけ。

レンは驚く騎士たちを傍らに、

「イオ、どうしよっか」

『ヒヒン』

イオがついて行くと応えるかのように嘶いたため、レンは手綱を引いたままフォレストワームの巣に足を踏み入れた。

中は広く、大人が十人は並んで歩けそう。等間隔に並んだトーチに火が灯されていた。

「君！　待ちなさい！」

「そうだ！　私たちが先を進もう！」

声は聞こえていたが、レンは気になるものを見かけそちらに意識を向けてしまう。

宝箱などがあった記憶が残されているのに、その形跡もない。代わりに何者かが生活していたような痕跡はいくつも見つかった。

イオはつまらなそうに欠伸をしている。

「眠い？」

『……ブルゥ』

イオと語らいながら辺りを見渡す。

フォレストワームが掘ったこの巣穴は広く、表面が磨かれたように滑らかだ。やや不格好ながら筒状の空間が縦に横に、斜めに繋がる巣穴には丸太を並べて固定しただけの簡単な階段がある。

その階段を進もうとした瞬間、ふっ――――と冷たい風がレンの首筋に触れた。

「来ると思ってたよ」

「な――――っ」

薄汚いローブを着た男たちだった。

レンは容赦なく敵のみぞおちに鉄の魔剣の石突きを突き付けた。

「かっ……あ……ぁ……」

近衛騎士たちは現れた男たちより数段早く動けた。けれど彼らは、レンが見せた強さに気圧され、思わず見守ってしまった。

一瞬の圧倒が、精鋭たちを驚嘆に至らせる。

「やっぱり、盗賊団か」

すると、

「……君はいったい、何者なんだ」

騎士がまばたきを繰り返しながら問う。

「俺はクラウゼル家に仕える騎士の倅ですよ。それはそれとして、早く奥へ行きましょう。一緒に来てくださるなら、そいつは任せます」

「あ、ああ……承知した……」

アーネヴェルデ商会の剣士を自称する近衛騎士たちが顔を見合わせた。

ここに来た近衛騎士は四人で、そのうちの一人が懐から魔道具の錠を取り出し、盗賊団員の手に嵌めた。

完全に身動きが取れないよう確認し、残る近衛騎士がレンと奥へ向かう。

「一つ聞きたい。どうしてこの場所を知っていたのだ？」

「俺は冒険者なので、この辺りの地形も詳しく調べてあります。先ほど聞いた情報と照らし合わせて捜しに来たんですよ」

「……こんなにも早くか？」

「はい。偶然思い出せたので」

近衛騎士たちはレンの素性を探るような様子すらあった。

「俺の身分は先ほど申し上げた通りですよ。情報が足りなければギルドかクラウゼル家にお尋ねください。俺のことはいくらでも調べられると思います」

素性を探る近衛騎士たちは黙り、じっと様子を窺いつづけた。

レンはその反応に不快感はなかった。唇を結んでレンの後につづく男たちにも立場がある。それぞれ成すべきことはあるだろうが、レンもうすうす気が付きはじめていたことがある。

平原でアーネヴェルデ商会の者と言った彼らを、ただの剣士とは思えなくなってきていた。


十数分と経たぬうちに、先頭を歩くレンが開けた場所に足を踏み入れた。

ここにも壁沿いにいくつものトーチが等間隔に並び、どこかから届く風で壁に映し出される影が不気味に揺れる。

レンを襲う影が十数、陰に潜んで。

「イオ、ちょっと離れてて」

いたるところから飛び出してきた盗賊団員が、レンを縦横無尽に襲わんとしていた。

けれど、迫る盗賊団員が一人ずつ、レンにより意識を刈られていく。

警戒されていた大地魔法の使い手が後衛に、その者が魔法を行使しようとしたところで、とうとうレンの方から前に踏み込んだ。

レンに一瞬で距離を詰められた魔法の使い手が、

「え？」

大地魔法を行使する直前、情けない声を漏らす。

大地魔法使いは聞いていた通り、違和があった。おかしなくらい双眸がぎょっと開き、筋肉も骨格に不釣り合いなほど隆起していた。剣と一緒に握る杖も、禍々しい力を放っているようだった。

「お前が冒険者たちを襲った男だな」

「なっ……お前は――」

「いいよ。話は牢屋でしてくれたらそれで十分だから」

嘲笑うは魔剣使いの少年。

大樹の魔剣を使うまでもなく、彼が手にした鉄の魔剣の一閃が男に迫った。慌てふためく男が手にした杖を振り、大地を隆起させてレンに抵抗を試みる。

だが、男の魔法がレンに届くことはなかった。

レンが疾く男の身体に剣の衝撃を送り届けたことで、行使されていたはずの魔法も力を失い、ただ不規則に隆起した地面と化した。

「相手もそれなりの実力者揃いだったはずだが、これはいったい……」

「……狙いはみぞおちに首根。殺すことなく生け捕りにしてしまうとは」

二人の声に耳を傾けることなく、息を吐いたレンが。

「運ぶの、手伝ってもらえますか？」

手伝うなどとんでもない。

近衛騎士が目の当たりにした少年はただ一人、単身で盗賊団の根城を壊滅に導いた。


一行が平原に戻るまで、またしばらくの時間を要した。

「殿下、ご報告に上がりました」

帰参した近衛騎士がテントに入り、ラディウスの前で膝を折る。

「件の者らのアジトを確認。殲滅と相成りました」

「早すぎやしないか？　何があった」

「あの少年にございます。彼が敵のアジトを見つけ、我ら近衛と共に内部へ侵入。近衛が剣を抜く必要もなく、単身で敵を無力化いたしました」

「な――――一人でだと!?」

報告を聞いたラディウスが天幕を飛び出した。

天幕の外には移送されてきた盗賊団全員の姿と、傷一つ負わず帰ったレンの姿がある。

唖然としたラディウスが近衛騎士から話を聞こうとするも、

「アアアァアアアアアッ！」

荷馬車に収容され、身動き一つとれないよう隙のない拘束状態にあったはずの盗賊団員が、耳を劈く絶叫を上げて飛び出した。

目が血走って、皮膚が赤黒く変色していた。

アジトの外で人を襲い、妙な自信を身に付けたように見えた大地魔法使いの男だ。腕に黒い魔力を纏い、騎士から奪った剣を掲げてラディウスを狙いすます。

「な――――っ」

驚嘆し、それでも近衛騎士に指示を出そうと口を開くラディウスだったが……

彼の前方でイオに乗ったまま、様子を窺っていたレンが馬上そのままに鉄の魔剣を振り上げ、

「想像通り、魔王教絡みか」

呟く。

魔王教徒に授けられた魔王の力が暴走している。

いざとなったら暴走するよう、首謀者たる魔王教徒に仕組まれていたようだ。

近衛騎士たちがレンを庇わんと迫る。やはり近衛だ。彼らは俊敏に陣形を組み、ラディウスはもちろん、レンのことも絶対に守れると言い切れる防衛態勢を整えた。

実力の面から見ても、いくら暴走したところで近衛の方が数段上だ。

それでも迫る、捨て駒とされた盗賊団員。

「同情はしない」

馬上のレンが冷淡に、でも心を痛めた声で地面に視線を落としながら。

放たれた剣圧が、近衛騎士の真横を通り過ぎた。

剣圧が過ぎ去った方向に向けて振り向けば、捨て駒とされた盗賊団員が倒れている。まだ息はあるようだが、起き上がる様子は皆無だった。

「……なんということだ」

レンが振り向かなかったから、ラディウスは彼の顔を窺い知ることはできない。しかし年齢が自分とそう変わらないことはレンの体格と声、雰囲気からわかった。

「俺は先にエレンディルへ帰ります。今回の話を報告しなければならない方がいるので、何かあればギルドへ連絡してください」

ラディウスがどうにか平静を取り戻して近衛騎士に命じ、レンに倒された男を再度捕縛した。

近衛騎士たちは命令を下される直前に自分から動こうとしていたけれど、動揺が見える。

「殿下、間違いありません。剛剣使いです」

一人の近衛騎士がラディウスに語りかけた。

「ああ……私もそう思う」

倒れた者は皆、レンが昏睡させたまま目を覚ますことすらない。

バルドル山脈に現れた二人組のように、魔王教徒がもたらす力に耐えられるだけの力はなかった。

しかし暴走させて捨て駒にならできる。そういうことだったのかもしれない。

◇◇◇◇

クラウゼル邸に帰ったレンは執務室に到着してすぐ、

「レザード様、ご報告に参りました」

話を聞いたレザードは意表を衝かれた。

十数秒が経って、

「アスヴァルとどちらが強かった？」

「え？」

「すまない。気が動転して妙な冗談を口走ってしまった」

少なくとも、アスヴァルを討伐したと聞いたときとは比較にならない。盗賊団の騒動に魔王教徒が関係していると聞いても、アスヴァルのとき以上に驚くことはできなかった。

「レンのおかげで、盗賊騒動は一つの終着点を迎えるだろう。そこに魔王教が関わっていて何を考えているかは忘れていないが、ひとまずは……だな」

「勝手なことをしたと俺を叱らないのですか？」

「偉業を叱りつけられるほど、私は大層な存在じゃない。そもそもレンの助力をありがたがったのは私だぞ。だがまぁ、危ないことをしたことに強く心配する聖女はいるだろうが」

「……後で自分の口からご説明しようかと」

「そうしてくれ。しかし、リシアも心配してるからということだけは理解してくれ」

「存じ上げております。リシア様は優しい方ですから」

レンはアーネヴェルデ商会の者たちと平原で会ったこと、盗賊団員の移送は彼らに任せているということも共有した。

それにしても魔王教との背後関係を思えば、ここからが本番ともいうべきなのかもしれない。

（やっぱり、こんなイベントはなかった。何をするつもりなんだろ）

レンの活躍により、彼に覚えのないことが起こるのは仕方ない。

七英雄の伝説におけるこの時期には、ユリシスがすでに魔王教に寝返り、陰で暗躍していたこともあるので、奴らはまるっきり違う方法で攻めてきているからだ。


執務室の扉がノックされ、ユノがやってきた。

彼女の手には一通の手紙がある。

「ギルドの者がレン様にと。手紙を寄越した者はすぐに確認をと申しておりました」

封を開けたレンが中を検める。

急いで書いたことがわかる、丁寧さを欠いた文字が綴られていた。

要約すれば、ギルドはアーネヴェルデ商会から伝言を預かっているという。ある場所へ行ってくれ、という旨の伝言だ。

（どこだこれ）

文字で指示された道をレンは頭の中で思い返す。

まず、ギルドすぐ傍の路地から奥へ進み、右手へ――――突き当たりを――――。

どう考えても、人気のない路地裏だ。

◇　◇　◇　◇

レンが一人足を運んだその先で、

「奥へ進んでくれ。曲がり角の手前で立ち止まるように」

路地裏で待っていたのは、平原で布越しに話をした男だった。

立ち並ぶ建物群の裏手はあまり陽光が届かない。それでも、曲がり角にはちょうどよく陽光が注がれていた。

レンが曲がり角の手前に立つと、すぐに声が聞こえてくる。

「先ほどは驚いたぞ」

レンには見えない曲がり角の先にいたのは第三皇子ラディウス・ヴィン・レオメルその人。

さっきとまったく違う彼本来の声だった。レンはその声を識(し)っている。

相手がラディウスであるとは、平原にいるときも考えることはなかった。

だが別れ際には、もしかすると――――と思っていた。アーネヴェルデ商会の剣士を自称していた者たちに、騎士らしさを感じていたこともある。しかもただの騎士ではなく、上位の騎士たちであるとも。

話し口調や態度から、第三皇子の存在が微かに思い浮かんでいたのだ。

「驚いた、ですか？」

いつも通りを装うも、レンはこれでも衝撃を覚えており、懸命にその感情を抑えていただけ。

「よくぞ盗賊どもの根城を見つけ出し、殲滅した。称賛に値する」

「私はアーネヴェルデ商会の方でも予想はしてたのだろう——と、思っておりますが」

相手がラディウスかもしれない……というかほぼ確信しているため口調を改めた。

「何故そう思う？　それと、何故言葉遣いを変えた？　私は変えてくれとは言ってないぞ」

そうは言われても、そうもいかない。

平原でのやりとりに後悔を覚えていたレンにとって、同じ態度で接することは考えられない。

それなのにラディウスは言う。

「先ほど話したようにしてくれ。いいな？」

「どうしてか理由をお尋ねしても？」

「そうした方が語らいやすいからだ。一度はあのように接したのだから、わざわざかしこまる必要もないだろうに」

いいか？　と念押し。

レンは数秒ほど返事が遅れた。困ったあげく、レンを案内してきた男に振り向いた。男は仕方なさそうに頷いている。

仮に相手がラディウスであっても、不敬罪だと言われることはなさそうだ。

「さっきの質問への答えだけど、あれだけ迅速に動いてた人たちなんだし、盗賊団のアジトに気が付いてても不思議じゃないと思って」

レンが諦めて口調を戻せば、ラディウスが満足げに頷く。

「正しくは、そなたと同じ頃合いに私も気が付いたといったところだ。あのとき、私は周辺の地図や情報を漁っていた。それで少し遅れて答えにたどり着いたのさ」

そうでなくては、わざわざ平原に拠点を構えるなどしなかっただろう。

「しかし我らの動向にも気を配っていたとは驚いた」

「ありがと。顔も知らない相手でも、褒められると嬉しいよ」

「それはよかった。私も顔を知らぬ相手と、こうして話す経験をしたことがない。なかなか悪くないものだな、これは」

ラディウスが退屈にならなかったのは、相手がレンだから。

そんなことは自覚しても口にしなかった。

「そろそろ本題に入ろう」

「あ、ちゃんと用事があったんだ」

「無論だ。我々がギルドに依頼していた特殊依頼については知っているな？」

「知ってるよ。そっちの人にも話したけど、ほんとは今日、その依頼を受けてみようかと思ってギルドに行ったんだ」

「そうしたら、あの騒動か」

「うん、そういうこと」

「結構だ。私の権限で依頼完遂としよう」

依頼完遂、即ちクエストクリア。

レンは唐突な言葉をにわかに信じられないと言わんばかり。

「いいの？　俺は依頼を受託してないんだけど」

「特殊依頼は依頼主の決定により、ギルドの外でも契約が可能だ。依頼主側が事前にギルドと契約している必要はあるが、私はそれを済ませてある」

「不正じゃないの？　それ」

「そんな愚かなことはしない。事後だろうが仕事は仕事だとギルドも認めているし、こうした事例はいくつもあるぞ」

これが不正に当たらないのならレンも異存はない。

ラディウスも、レンに礼としてこの話をしていた。

「書類はいずれクラウゼル邸に送らせてもらう。サインしてギルドへ送り返してくれ」

「それだけ？」

「ああ。後は依頼に関連した各支払いを受け取ってもらえたら十分だ」

二人はその後も、顔を見せずに会話をつづけた。

普段は何をしているのか、とか。何の変哲もない、取り留めのない世間話を交えること十数分が

経つ。

ラディウスは腕時計を見て、「時間だ」と言った。

「もう帰らなくては。とても充実した時間だった。感謝する」

「こちらこそ。じゃあ俺ももう行くよ」

二人は預けていた背を壁から離し、反対方向へと歩きはじめた。


それっきり交わされる言葉はなく、二人が離れていく。

ラディウスの傍にミレイが姿を見せたのは、レンの声が完全に届かなくなってからだ。彼女はどこからともなく現れて主の隣を歩く。

「ミレイ、面白い男を見つけたぞ」

「ニャ？　愉快な詩でも詠む詩人ですかニャ？」

「馬鹿を言うな。お前も様子を見ていただろうに」

どこで見ていたのかというと、平原にいた頃からだ。

人前に姿を見せなくとも、諸々をその目で確認していた。

「殿下、そんなにあの少年のことが気に入ったんですかニャ？」

「惚れたと言ってもいい。語るだけでわかる知性と機転。それらを凌駕する苛烈な剣戟――何よりも勇気が、私の心に経験したことのない熱を抱かせた」

「ニャニャニャニャッ!?　殿下!?　何を言ってるんですかニャ!?」

「安心しろ。恋慕ではなくあの男の人柄に対してだ。それにはじめてなのだ。あれほど砕けた態度で私に接する者など、いままで一人もいなかったからな」

路地裏の静けさに溶け入った声は、確かな喜色を孕んでいた。

「そうは言いますけどニャ、殿下が砕けた態度でいいって言ったんじゃないですかニャ」

「だが、頼んでも聞き入れてくれる者はこれまでいなかったぞ」

「それは、相手が殿下を殿下だと知らなかったからでしょうニャ。しっかし、そこまで熱い思いがあるのニャら、どうして顔も見ずに話をしてたんですかニャ？」

「あれはあれでいい。どうせすぐに顔を見て話せるのだから、今日の出会いを最後まで貫き通しただけのことだ」

「……やれやれ、男心はよくわかりませんニャ」

「私は女心がよくわからんから、同じことだ」

ラディウスがレンのことを思い浮かべながら言った。

「あの男、見事な剛剣使いだったな」

「確かにそうでしたニャ。若くしてあれだけの実力者となれば、名前が売れていて不思議じゃないんですけどニャ～……」

「レン・アシュトンと言ったか。騎士の倅だそうだが」

「アシュトン家と言えば、イグナート侯爵と懇意って話でしたニャ」

「ほう、よく知っているな」

「前にイグナート侯爵の動きが気になったので、いろいろ調べたんですニャ」

「クラウゼル家と言えば、先の英雄派との騒動もあったな」

「確たる証拠がありませんが、そこにエドガー殿が助力した――――という噂ですニャ」

「それはどこで聞いた噂だ」

「私が調べた情報を基に、私の脳内で繰り広げられた噂ですニャ」

それを噂と言っていいのか疑問はあるが気にしない。

いま、ラディウスにとって重要なのはレン・アシュトンのことだけだった。

ラディウスの私室にあるバルコニーで言葉を交わす二人の男。

昼下がりに、早春の風を浴びながらだった。

「先日は盗賊団の壊滅、お見事でした」

そう言ったのは、ラディウスの部屋に招待されていたユリシスだ。

「私の手柄とは言い難いがな」

「殿下の勇気は変わりませんとも」

「……魔王教の関与は濃厚だった。奴らの情報を得るためなら多少の危険は覚悟の上だ」

近衛騎士を連れ素性を隠して平原へ出向いただけで、レンと出会ったのは偶然だ。

「ところで一人、殿下とまったく接点のない協力者がいたと思いますが」

「知っていたのか」

「もちろん。最近の殿下が彼に接触しようと考えていたことも、すべて存じ上げております」

「ということはやはり、ユリシスと懇意の者であったか」

レンは名乗らざるを得なかったし、名乗らずともギルドを介せば連絡をとることができる。

クラウゼル家に仕え、エレンディルに住む少年。

彼とユリシスの間にどのような友誼があったのか、ラディウスはすでに調べていた。

「ご理解いただけているのなら、回りくどいことは申し上げません」

ユリシスはいつもの調子でありながら、はじめてラディウスが息を呑むほどの迫力で。

「単刀直入に申し上げましょう。彼らに妙な手出しは不要ですよ、殿下」

「私はユリシスに不信感を抱かせる気はないし、抱いてほしくもない。クラウゼル家にもアシュトン家にも、妙なことをする気はないから安心してくれ」

満足のいく返事を聞いて、ユリシスが笑った。

今度は圧一つない、くったくのない笑みだった。

「ご理解いただけて喜ばしい限りですとも！　さすが殿下！　話が早い！」

「はぁ……あれほどの圧を掛けておきながら、よくそんなことを言えるものだ」

「圧？　私はただ話をしていただけですが……もし無礼があったら申し訳ありません」

「もうよい！　ユリシスとの問答は胃に悪い！」

ラディウスはテーブルに置かれたティーカップを手に取り、まだ熱い茶を一気に飲み干した。

頬杖(ほおづえ)をつき、バルコニーの外に広がる帝都を見る。

「だが、会うのは構わないか？」

「目的によってはつい邪魔をしたくなりますので、お聞かせ願えますか？」

「先日の礼くらいさせてくれ。ついでに、レン・アシュトンの人となりが嫌いじゃない。話をしていると気分がいい自分がいたのだ」

「……まぁ、それでしたら私が口を挟むことではありませんねぇ。殿下はご友人もいませんし」

「疑うのはよせ。この際だからはっきり言うが、ユリシスを敵に回すことだけは避けたい。頼むから勘弁してくれ。……それと、友人がいないから何なのだ」

「あぁいえ、最後の言葉はお気になさらず」

本気でいがみ合うような、腹を探るような会話だったわけじゃない。

釘を刺し合いつつ、互いの気持ちを言葉に出して確認したにすぎなかった。

◇◇◇

ある日、レンが獅子聖庁に足を運んだ帰り、大通り沿いにある洒落たレストランで夕食を楽しんでいたところへ、変に緊張した店員が二人分の料理を運んできた。

「お客様……あ、相席でも構わないでしょうか……？」

レストランはすべての席が生垣で区切られているため、他の席が満席かわからなかった。

だが別に相席くらい構わない。レンは店員に頷いて応えた。

店員はすごく安堵した様子で料理を並べていく。

不自然なくらい丁寧で、フォークやナイフの並びに寸分の狂いもなかったことがレンを不思議に思わせた。

（なんだろ）

わけもわからず黙っていたレンに、店員は深く頭を下げて立ち去った。

やがて、店員が緊張していた理由がやってくる。

「急ですまないな」

先日、エレンディルの町中で聞いた声だった。

やってきた者はレンの対面に座り、二人は互いを見た。

「先のように話してくれ。不敬などとは申さん」

「前も考えたんだけど、自分でも無茶を言ってるとは思わないのかなって」

「思うが、今更だ」

「わかった。ならもう言わないよ」

「話が早くて助かる。では早速、料理をいただきながら話をしよう」

ラディウスはナイフを手にステーキを切る。

レンは不躾（ぶしつけ）に見てもと思い、自分もナイフを手に取った。

「なかなかの味だ」

「皇族の舌にも合う味だって言えば、店の人も喜んでくれると思うよ」

「そう偉そうなことは言わん。だがこの味は帰りに称賛させてもらおう」

それは大層、店の者が喜びそうである。

「今日はどうしてここに？」

「礼を伝えたくてな。しかし、そなたは本当に落ち着いているな。どこで私の正体を知ったのだ？

さっきも私のことを知っていたような口ぶりだったが」

「いろいろあってね。平原で会ったときから違和感はあったし」

「本当に鋭い男だ。レン・アシュト――――いや、レンと呼んで構わんか？」

「いいよ。年上なんだから遠慮しないで」

「む、私の年齢も知っていたのか」

「皇族の歳くらい知ってるよ。てか年上なんだし、やっぱり俺は口調を改めるべきなんじゃ……」

「一年生まれたのが早いからどうした。大きな違いはないぞ」

あっさりと言い放ったラディウスにこれ以上言うのも違うと思い、レンが諦める。

食事を終え、食後のデザートと茶を楽しむ段階で、

「先日は世話になった。おかげで、面倒な盗賊団を捕縛することができたし、背後に隠れる魔王教を追うために一歩進むことができた」

「気にしないでいいよ。俺も自分の周りを守りたくて精いっぱいだったからだしさ」

「ユリシスから聞いたが、本当に献身性に富んだ男だな」

「どうだろ。ただ必死に生きてるだけだけどね」

「素晴らしいことだ。その必死さこそ財産と思える」

今度はレンの番だったが、ラディウスのことは予想できていたから大きな驚きはない。

あっても、やっぱりか程度だ。

「第三皇子ともあろう人が、あんなところに自ら出向くのは危険だったんじゃない？」

「知っている。しかし私は何としても盗賊団を捕縛して、魔王教の関与を決定づけた後に動きたかった。そのためにも、多少危険だろうと自ら動くべきだと思ったのだ」

「勇敢だとは思うけど、近衛騎士の人たちに止められたでしょ」

「ほう、よくあそこにいる者たちが近衛騎士だとわかったな」

「わからない方が無理だって。あんなに洗練された動きの剣士で、殿下の……」

「ラディウスだ」

「――――ラディウス殿下？　ラディウス様？」

「ラディウスでいい。敢えて偉そうな口調で言うが、ラディウスと呼ぶことを許そう」

「偉そうなんじゃなくて、実際にすごく偉いじゃん」

呆気にとられたレンを見てラディウスが笑った。

先日見せつけられた凛々しく雄々しい姿からかけ離れた表情を見て、声も弾む。

「私も年の近い友がいない。悪いが、正しい接し方がわからんのだ」

平原でレンが口にした言葉を引用してみせたのだ。

「後で不敬罪だとか言い出さない？」

「言わん。それでユリシスを敵に回したら、私が破滅する」

「不敬罪とは言わないから、お目こぼしする代わりに何か言うことを聞け、とかも？」

「言わんに決まってる。当然、クラウゼル家にもだ」

第三皇子にここまで言わせたのだ。

これ以上食い下がるのも何だと思って、レンがとうとう観念した。

「だから好きに呼べ」

「好きに呼んでいいなら殿下の方が」

「好きなときにラディウスと呼んでいい、ということだ」

意外と人懐っこく、くしゃっと笑うラディウスを見たら名前の呼び方などどうでもよくなった。

レンはもう一度ため息をついて、注文していた果実水を飲んで喉を潤す。

「で、アーネヴェルデ商会ってラディウスの商会なの？」

「表向きは無関係だが、実際は半分私の商会だ。アーネヴェルデ商会の長は私に勉強を教えていた者なのだ。私が十歳の頃、世間話から発展して商会を作り、軌道に乗っていまに至る」

「説明がすっごく雑だけど、知りたかった情報は聞けたからいいや」

軌道に乗っていまに至るもそうだが、世間話から発展して大商会を作るなと言いたいところだ。

でもレンだって助かる面があるからそうした言葉は告げず、ラディウスの才気を讃えた。

「あとさ、ユリシス様と懇意みたいだけど、やっぱり派閥が同じだから？」

「私とユリシスは派閥に限らず協力関係にあるからだ。先の各派閥の騒ぎは知っているか？」

「去年のバルドル山脈の件？」

「そうだ。あの一件以来、私とユリシスは派閥と関係なく協力関係にある」

「いまの話、それなりに機密みたいな感じがする」

「それなりどころではない。だが、レンにならとユリシスと話してきた」

レンにしてみれば、七英雄の伝説で殺し合った二人が仲間になったということにもなる。

剛腕ユリシス・イグナートに、第三皇子ラディウス・ヴィン・レオメルの二人が協力して物事に当たるなら、言葉にしてみるだけで頼もしい。

「今日は話せてよかった。私とユリシスは魔王教の件でまた仕事漬けになるが、進展が気になったらユリシスに聞いてくれ」

「それはわかったけど……そうだ。一応確認しておきたいことがあったんだ」

「うん？　何がだ？」

「盗賊団だよ。魔王教が裏にいることはわかったからいいけど、あんなに姿を隠せてたのに、どうして急に動き出したのか気になってさ」

「そのことなら簡単だ。奴らは私とユリシスの調査の手が近くまで届いていることを知り、焦りと怖(おそ)れを抱いていた。刻印があった男を覚えているだろ？　あの男よりさらに上の、黒幕とも言える存在にもせっつかれていたようだ」

ついでに、警備がさらに厳重になる前に何かを盗み出そうとしていた。

下っ端は尋問されても答えになる情報を持っておらず、まだすべて片が付いたとは言えない状況だった。

「あるいはエルフェン教も落ち着いていないから、その隙も狙ったのかもしれんな」

「エルフェン教が？」

「ああ。前に司教が一人行方不明になってな。レニダスという男だ。巡礼中に他の聖職者と姿を消してしまったことが、魔王教に攫(さら)われたのではないか――――と考えられている」

エルフェン教も騒ぎに陥り、最近は内部で落ち着きがないそうだ。

聞けば確かにそれもまた隙であろうと思い、レンはため息交じりに頷いた。

最後にラディウスが、

「今日は楽しかった。私はそろそろ行かなくては」

「ん、わかった。俺も楽しかったよ」

「そう言ってもらえるといい気分だ。また、機会があればゆっくり話そう」

相手は大国の第三皇子だ。

次の機会が来ない気がしてしまうのは、きっとそのせいだろう。

九章　主人公とヒロイン

四月も中旬、クラウゼル家の屋敷にレンとリシアの入試に関する連絡が届いた。最初の試験は五月の終わりに、帝国士官学院の校舎にて行われるとある。

あと数週間もすれば最初の試験なのだと、気が引き締まる思いだったのだが――

朝食の後で、

「……レン、私……すっごく眠ぃの……」

「……俺もです」

最近は以前にも増して受験勉強に勤しんでおり、寝る時間も相当削っている。

だが、頑張りすぎて体調を崩したら元も子もない。レンとリシアは今日を久しぶりの休日とすることに決めた。

互いに頼りない足取りで自室に戻り、二度寝で英気を養う。

一足先に目を覚ましたレンが時計を見れば、朝の十時。リシアはまだ眠っていた。

ヴェルリッヒからの手紙が届いたのは、それから間もなくのことだ。

灰色の籠手だった。

ヴェルリッヒの工房で目の当たりにしたレンが、思わず息を吞む。

見た目の出来に限った話ではない。その籠手を見ていると、漂ってくる力強さからアスヴァルを想起させられる。

「名付けて『炎王ノ籠手』だ」

風化した、あるいは風化したように見えるアスヴァルの角の色がそのまま残った籠手だった。

親指の部分には指輪が如く装飾と共に、深紅の宝玉が小さくも添えられていた。全体像は甲冑に身を包んだ騎士の手甲を、軽装向けに調整したそれといったところ。

レンは試験勉強で疲れ切っていたが、ヴェルリッヒはそれ以上に疲れていた。

されど彼は誇らしげに、

「それが左手用で、こっちが右手用な」

レンは右手に魔剣召喚術の腕輪を装備していることもあり、なるべく感覚が変わらないようにしたかった。といっても、騎士は手甲や籠手を装備して剣を振るから特別、感覚に違いが現れるものではない。あくまでも、一般的には。

ただこれは、レンがこれまでの感覚を最優先したかったからだ。

右手の籠手は手袋ほどの面積で作られている。ヴェルリッヒがアスヴァルの角を加工したものを特殊な糸に混ぜ、そして造られた特別な品だ。基本的な色合いや意匠は左腕と変わらず、甲や指回りが加工された角に覆われていた。これなら腕輪を左腕に付け変える必要もない。

「この宝石みたいなのは？」

「角の中にあったもんだ。アスヴァルの角にとって最も重要な器官……器官でいいのかわからねぇが、重要なもんだったんだろうよ。最初はもっとでかかったんだぜ。俺様の頭くらいはあった」

「ってことは、かなり小さくなりましたね」

「寝て起きて、毎日のように削って磨いたからな。籠手に使うためってのもあるが、どうせなら他の部分にも使ってみたかった」

ヴェルリッヒがつづける。

「角の中にあった器官を削って出た粉を溶かし、シーフウルフェンの体毛と掛け合わせて糸に加工した。それで編んで、角を手の甲や指のためにもう一段加工して完成だ」

「シーフウルフェン……」

「おう。知ってるか？　ランクこそDだが、あいつの体毛はうまく使うと都合がいい。他の素材と掛け合わせるために使えばぴったりなのさ。腕のいい職人ならではの技だ」

「へぇー……なるほど……」

「後でクソガキに礼を言っとけ。シーフウルフェンの体毛はアイツがくれたもんだ。近年は市場に出回ってなかったはずだが、以前、運がいいことに手に入ってたんだとさ」

いろいろと覚えのある話だったのだが、レンはあまり表情に出さないよう気を遣った。

レンが炎王ノ籠手を両腕に装備する。身に着けていて一切違和感がなく、腕を動かすとまるで自分の身体のようについてくる。

「着け心地はどうだ」

「これまでも何度か別の装備を身に着けたことはあるんですが、こんなに違和感がないのははじめてです」

「んなの、測ったんだから当たり前だろうが」

だとしてもだ。レンは指を何度も握ったり開いたりと繰り返し、これならいままでと変わらず剣を振れるだろうと確信した。

レンの目が左手親指に向く。右手で左手親指の深紅の宝玉に触れてみれば、穏やかな熱を感じた気がした。

「よぉおおおし！　これで最初の仕事はおわったな！　俺は寝る！　起きたら酒を呷って、一週間は休ませてもらうからな！」

「ありがとうございます！　それじゃ、俺はこの辺で失礼しますね」

とレンが言うと、ヴェルリッヒが「そういや」と声に出す。

いつかユリシスから聞いていた話だという。

「娘さんと従者のエドガーが仕事だってんで、今日はどこだかの商会とかに顔を出してるって聞いたぜ。運がよければ帰りに会えるんじゃねーか？」

「かもしれま――ああいえ、せっかくですから少し探してみます」

「そうか？　けど二人がどこにいるのかなんてわからねーぞ？」

「そうですけど、お会いして挨拶してもいいなーと思って。フィオナ様も元気にしてるか気になりますし」

「おう。じゃあ気を付けてな！」

レンは本当ならもう少し礼を口にしてから立ち去りたかったのだが、ヴェルリッヒがそれはもう眠そうで、いまにも寝てしまいそうだったから改めることにした。

レンは炎王ノ籠手を木箱にしまい、腕に抱いて工房を出る。

扉を閉めてから、工房の中に向けて一度深く頭を下げた。

レンが鍛冶屋街を離れて帝都を歩いていると、

「あ、フィオナ様！」

フィオナとエドガーを見かけ、声を掛けることができた。

レンの声を聞いたフィオナは彼を見てすぐ、ととと っ――と軽快な足取りで彼の傍にやってきた。

「こんにちは！　帝都にいらしてたんですね！」

「ヴェルリッヒさんのところに行ってきたんです。フィオナ様たちが仕事で外にいるって聞いたので、お会いできたらいいなーって探してました」

「………………」

いつもの調子で言ったレンと違って、フィオナが硬直していた。

レンが自分を探してくれたと聞き、嬉しさのあまり理解が追い付かなくて、つい。

「～～ふぇ!?」

硬直から脱した彼女が慌て、少しずつ頬を紅潮させながらまばたきを繰り返す。

「あの、迷惑でしたか？」

「う、ううん！　迷惑なんてそんな！　むしろ逆で……っ！」

宝石と見紛う双眸が一直線にレンを射貫く。

フィオナは少しでも積極的に動いてみようと思い付いた。それを口にする際、緊張で胸の鼓動が速くなる。

「私も仕事が終わったので帰るところだったんです。もしよければ、途中までレン君とご一緒しても構いませんか？」

「もちろんです」

レンが拒否するわけもないのだが、応じてくれたことでフィオナの笑みがより一層輝く。

フィオナは「やった」と呟いた。

「ところで仕事って、イグナート家のですか？」

「ええ。私、定期的に父の仕事を手伝っているんです」

「てっきり、そういうときは馬車で移動してるものだと思ってました」

「ふふっ。せっかく元気になれたんだから、自分で歩けるのが嬉しいんです」

侯爵令嬢なのに馬車での移動より歩くことが多い理由がそれだ。


するとエドガーが燕尾服のポケットに手を入れて、懐中時計を取り出す。

彼はわざとらしく二人に告げる。

「申し訳ありません。失念していたことがございました」

「エドガー？　どうしたんですか？」

「私はこの後、主の命令で別のところへ向かわなければなりません。レン様、もしよければお嬢様を寮までお送りいただくことはできますか？」

「え……え!?」

「いいですよ。でも、護衛は大丈夫ですか？」

二人は驚くフィオナを気にせず話をつづけた。

フィオナはというと、レンとエドガーの間で視線を忙しなく左右に移動させている。

「それはもう。レン様がいれば問題ないでしょう」

「わかりました。それじゃえっと、フィオナ様は構いませんか？」

急転した話に驚いていたフィオナが、一瞬、言葉に詰まった。

彼女はレンと向き合い、あの、その、とつづけ、

「……お願いしても、いいですか？」

素直に甘えたくて言えば、レンが間を置くことなく頷いた。

レンはあまり深く考えなかったからで、フィオナはそもそも考える余裕がなかったから。

エドガーが以前と同じくフィオナのために席を外したことを、二人は知らない。


近くの駅まで足を運び、数分と経たぬうちにやってきた魔導列車に乗り込む。

車内は混んでいて、二人が座る席はない。人混みの中、幸いにも扉近くの壁際に立つことができたから少し余裕があった。

「レン君はもうすぐ最初の試験なんですね」

「ですねー……何事もなく受かりたいです」

「ふふっ、大丈夫ですよ。レン君が頑張ってるってことは、私も聞いてますから」

「もしかして、ユリシス様からですか？」

「はいっ！　落ちることは考えられない――――って聞きました！」

実際そうなのだから間違いではないが、レンとしては油断せずいきたいところだ。

「クロノア様も今年中に帰ってくるでしょうから、来年の入学式では、レン君もクロノア様と会えるかもしれませんね」

「……確かに、お会いできるかもですね」

レンはすでにクロノアと会って話をしている。それどころか、彼女に気に入られているということを彼は知らない。

鋼食いのガーゴイルを討伐する直前と、リシアと巡った村の川をせき止める倒木を処理しに行ったとき、彼がそこで二回もクロノアと会っていたことは、まだ秘密にされていた。

とはいえレンも当時は、もしかするとクロノアかも、と考えた。

いまでは確かめる術がないから、彼女が帝都に帰るのを待つしかないのだが。


また、魔導列車が僅かに揺れた。

魔導列車が止まり、外に出る乗客が背を押す。レンの身体が前に押し出される。

彼は隣にいたフィオナにのしかかりかけた寸前でそれに気が付いて、荷物を持っていない手を上げた。

手を壁につき、フィオナを壁に押し付けてしまわないよう抗う。

二人の距離はこれまでにないほど近く、睫毛の数だって数えられそう。

「————っ!?」

ぼんっ！　フィオナからそんな音が聞こえてきそうだった。

目の前に迫るレンを見て、フィオナの首筋と頬が一瞬で真っ赤に染め上がる。

かぁっと照れくさそうにまばたきを繰り返した。

「つと————すみません！」

「う、ううん！　いいんです！　いいんですけど……けど……うぅ〜……っ！」

　数分のうちにレンたちが降りる駅に到着する。

　フィオナの胸はしばらくの間、早鐘を打ちつづけていた。

　春の風が頬を撫でるたび、その爽やかさに生き返る思いだった。

　フィオナを寮へ送り届けた後、レンは街道を外れて数十分程度の場所を目指していた。彼はやってきた場で、炎王ノ籠手を取り出して両手に装備した。

　腕回りや指を動かすと、やっぱりしっくりきた。違和は皆無だ。

（誕生日からすぐだし、ちょうどよかったかな）

　四月といえばレンの誕生日なのだが、今年の誕生日は昨年ほど賑やかにはならなかった。レンもリシアも受験生のため、ささやかな祝いの席を設けた。せっかくだからと祝いたそうにしていたフィオナも交えて、皆で帝都のレストランで食事をしたくらい。

　レンは辺りに誰もいないことを確認し、魔剣を召喚する。

　左腕は盾の魔剣を召喚して装備し直して、その力を一瞬だけ行使した。

「……ん？」

　言葉にするのは難しい感覚だったがいけそうな気がした。

炎王ノ籠手を装備していると、不思議とそうした感覚があった。

だからレンは、まさかな……と思いながら、右手を前方へ伸ばした。

「ッ————!?」

左腕の親指付近に埋め込まれた深紅の宝玉が熱を発した。まるで劫火だ。アスヴァルの炎を浴びたときのような熱だった。だけど熱くないし、熱はあっても熱くはないという矛盾が生じた。

面前の空中にひびが入り、全体は黄銅色の、いたるところに深紅の紋様が施された魔剣が姿を見せはじめた。

「これが……炎の魔剣」

炎剣アスヴァルほど豪奢な見た目ではないが、これも目を見張る魔剣だった。

以前は召喚を試みようとして多すぎる魔力の消費に悩まされたのに、今回はまったく。

だが、ただ振り回して、考えなしにその力を行使すればすぐにでも意識が飛んでしまうだろう。

それだけの力を秘め、魔力を食らう魔剣であることは想像がつく。


ふと————

持ち手を握りしめたレンの眼前の景色が一変した。

数十メイルも先……白銀の峰に鎮座する赤龍の姿を見た。

『欲に身を駆られし愚かなヒトよ。余の角が欲しくば、その力を以て奪い取ってみせよ』

赤龍は一人の男に向けて言葉を放つ。

レンは何もせず。というか何もできず、男の背を見せつけられる。

『……』

『何を黙る。恐れを抱くならばこそ、その傲慢を――』

『力づくなことが申し訳なくて迷ってしまった。でも欲しいのは事実だ。だからもう一度聞くよ。欠片でもいい。分けてはくれないか？』

『く、くく……ハァーッハッハッハッハッ！　――もうよい。灰燼と化せ』

赤龍が劫火を放った。

レンが見たアスヴァルの炎とは、似ても似つかない破壊力。

まるで世界の終わりにすべてを焼き尽くすようなそれは、紛れもなく全盛期のアスヴァルが放つ炎。

しかし、それがやむと、

『貴様、勇者か』

男は一本の剣を手に、火傷を負うことなく立っていた。

『違うよ。俺はただの冒険家だ』

目の当たりにしていた世界はそこで遠ざかる。

まるでレンだけが強風に攫われるかのように、見ていた世界が消えた。

気が付けば、街道外れの森の中だ。

間違いなくアスヴァルだった。相対していたのは冒険家アシュトンのはず。アスヴァルが言うところの、強きアシュトンだ。

なぜあんな光景を見せられたのか、炎の魔剣を通じて見せられたアスヴァルの記憶か。

「――俺が弱いって言われても文句ないや」

自分が浴びたのとは比較にならぬ劫火に対し、微塵も臆せず立ち向かった冒険家アシュトンの強さとレンの強さを比較するなど、とんでもない。

より一層、冒険家アシュトンが何者なのか気になってしまう。

いつか禁書庫に入れる機会があればと思うのは無理があるが、どうにか調べたいところだ。

などと考えていたレンの耳に、

『おい！　そっちに行ったぞ！』

『罠に追い込め！　いけいけ！』

男たちの声が届いた。

盗賊団を捕まえてから少し時間が経っているが、何だろうと気になったレンが炎の魔剣を手にしたまま走った。

少し進んだ先で、幾人かの冒険者が罠を用いた狩りに勤しんでいた。

（あんな魔物もいたな）

狩られていたのは空を飛ぶ、ウィングワイバーンという魔物だ。

名前にあるようにワイバーンそのもので、濃い緑色の体躯を誇る龍種の一体だ。

ランクはこの辺りでは珍しく、Dに該当する。

周辺に集まった冒険者たちの様子を見ていたレンが、「ん!?」と言う。

辺りは木々が人の手で倒された開けた場所で、皆は狩りを終えたばかりだったのだが……

「やった！　捕まえたわ！」

「ど、どうにかなった……っ！」

大人の冒険者に混じって、一組の男女、それもレンと年の離れていない者たちがいた。

(ヴェ、ヴェインとセーラ!?)

主人公のヴェインと、メインヒロインのセーラ。

彼ら二人がレンの視線の先にいて、討伐を終えたことに喜んでいた。

レンは皆に見つかる前に炎の魔剣を消した。

「お？　そこの君！　悪いが手伝ってくれ！」

レンが立ち去ろうとしたところで、大人の冒険者に見つかって声を掛けられた。

その冒険者がレンに近づいてくるためここから逃げ出すのもどうかと思う。

諦めたレンは開けた場所へ一歩進んだ。

「怪我人もいて、ウィングワイバーンを運ぶのも一苦労なんだ。悪いが、残ってる簡単な仕事を手伝ってもらいたい。ちゃんと報酬も分けるからさ」

レンはその簡単な仕事の内容を知っている。周辺の状況をメモしてギルドに報告するのだ。ウィングワイバーンによる被害を伝えるための作業とされている。

動揺していたレンは、どうにか力仕事に携われないかと思い食い下がろうとした。

「ごめんなさい。こっちを手伝ってもらっていいかしら」

しかしセーラに頼まれて、レンは仕方なくセーラとヴェインがいる方へ歩を進めた。

「何をお手伝いすればいいでしょうか？」

レンはこの光景に既視感がある。これはヴェインとセーラの二人が、レン・アシュトンとはじめて出会うイベントに酷似していたのだ。

彼らはこれを機に友誼を結び、学院での再会を約束する。

同じイベントともとれる出会いをしたレンは密かに苦笑いを浮かべて、辺りの様子を確認した。

（……あ、一応、ゲームのときとシチュエーションが違うのか）

七英雄の伝説において、レン・アシュトンはそもそも最初から二人と同じ依頼を受けてこの場に足を運んでいた。

そういう意味では、レンの登場は少し違う。

いずれにせよ早く終わらせてしまおうと考えて、レンが辺りの様子を確かめる。

やがてここでするべき仕事が終わる。大人の冒険者たちは怪我人とウィングワイバーンを運ぶための支度に取り掛かっており、残る三人と大人たちの間には少し距離があった。

（隠れて護衛がいる、って設定だったような）

物語中、いくつもの冒険を経験する主人公たちだが、セーラをはじめとした七大英爵家の面々はその言葉通り、上位貴族の嫡子ばかり。

彼らはそんなのは気にせず、七英雄の末裔として勇敢に戦うのだが、その裏で動く者もいる。

可能な限りではあるが、こうした場面ではセーラたちの護衛が隠れている。

ゲーム時代にその護衛を見つけた主人公が語り掛けると、「お嬢様には内緒にしてください」と言うイベントがあった。


最後の仕事が終わったところで、レンが思い出す。

この後すぐ、確定で魔物と戦わなければならないことを。

「セーラ！」

「ええ！」

茂みの奥から現れた幾匹もの魔物を前に、二人はすぐに剣を抜いた。

ここで三人がはじめて共闘するのだが、二人のレベルが高い場合、レン・アシュトンは戦いに参加しない。参戦する前に二人が魔物を倒してしまう。

三人が共闘するのはあくまでも、戦力(レベル)が足りない場合のみ。

ウィングワイバーン戦後に現れる魔物ということで、イラッとするプレイヤーが多かった。

「あたしたちに任せて！　武器も持ってない貴方は隠れてなさい！」

「そうだ！　すぐに終わらせる！」

二人はレンの前で見事な剣技を披露してみせた。

ゲームで言うところの、レン・アシュトンが参加せずともいいレベルにあるようだ。

「あたしたちの方が強かったってことね！」

「ああ！　勝ててよかった！」

戦闘終了時の懐かしい台詞もそのままに、レンが頰を緩めた。

（おおー、適正レベル以上だ）

冷静に記憶を探りながらその言葉を掘り出した。

遂に最後の一匹を討伐したところで、二人は片手を上げてぱんっ！　と叩き合った。

「俺と同年代の方たちとは思えないくらい、すごかったです」

「ありがと。これでもまだまだなのよ」

「セーラ――――俺の傍にいる女の子のことなんだけど、彼女の友人はもっと強いらしいんだ。だから俺たちはもっと頑張らないと」

「……そのご友人の方も貴族なんですか？」

「エレンディル領主、クラウゼル家の令嬢よ。私、その子と前から知り合いなの。聖女リシアって言えば、聞いたことがあるんじゃないかしら」

（すっごい聞いたことある）

セーラとヴェインは、せっかくだから町に帰りながら話をしようと考えて、この場を離れようとレンに提案する。

「貴方、さっき同年代とは思えないって言ったでしょ。けどリシアより強い子もいるんですって」

「セーラが聞いた話だと、クラウゼル家に仕える騎士の子供なんだっけ？」

「そうそう。その子がリシアの目標みたい。その男の子に勝つために頑張ってるんだって言ってたわ。すごく強くて、いつもその剣に見惚れちゃうんですって」

「へぇー……そうなんですね」

レンは半ば聞き流しながら、というか平静を装った。

帰り道はとてもいたたまれない気持ちにさせられてしまった。

屋敷に帰ったのは夕方を過ぎた頃で、目を覚ましていたリシアがレンを迎える。

炎王ノ籠手のすごさに驚き、レンに似合ってると楽しそうにしていた彼女へと、

「リシア様が俺の剣に見惚れてくださってると聞いて、嬉しくなりました」

ピタッ、とリシアの頬が引き攣った。

まるで凍り付いたかのようにも見えた。

「――ど、どこでそれを聞いたの？」

「帰りに籠手の具合を確かめたくて町の外に出たんです。そしたら、リオハルド嬢が魔物と戦っているところに鉢合わせて――」

「知らない知らない！　何のことかぜーんぶわからないんだからっ！」

「え、あの」

「だから知らないのっ！　み、見惚れるとかそんな……何のことかわからないからね！」

これがまた複雑なのだが、リシアが自分の口でレンに告げることはいい。

だが、自分が誰かに告げた言葉が間接的に彼の耳に届く。このことが、リシアに言いようのない恥ずかしさをもたらした。

その理由は彼女にもわからない。恐らく心構えの問題なのだろうが……

「そうだわ、セーラはレンのことを知ってたの!?」

「いえ。特に自己紹介することもなかったので、お互いに知らぬまま話を聞いたと言いますか」

「っ～～じゃ、じゃあ、全部聞いたのね!?」

恥ずかしがるようなことはリシアだって話してない。自分が知らないところで話されていたことに照れてしまうだけだ。

エントランスに置かれたソファに座った彼女は膝を折り、膝と腕の間にクッションを抱えた。

十章　予想外の人物たちから、予想外の話を聞かされて

五月も終わりの頃、レンとリシアの最初の試験が行われた。

終わってみればあっけなく、試験会場を出た二人は普段通りの様子で帝都を歩いていた。

次の試験は七月に行われ、さらに九月、十一月の次は翌年の一月に最終試験が待っている。

「試験が終わったので午後は獅子聖庁に行きませんか？　最近は身体を動かせてないですし」

「行くっ！」

気分転換をできることもそうだが、レンに誘われたことが嬉しかった。


リシアもまた、獅子聖庁の騎士たちに歓迎される特別な資質の持ち主だった。二人で獅子聖庁に足を運ぶのはもう何度目かわからない。

努力家の彼女はレンに劣らず、常人と比較にならない速度で成長をつづけていた。

最近では前のレンと同じように、手元にならず纏いを用いる日もそう遠くない。

ずどん、という鈍い音を上げて男の巨剣が地面に落ちた。彼はレンが纏いを会得した日にも剣を交わしていた巨軀の男だ。

「いったい、君の身体はどうなっているんだ？」

彼が疲れた様子で地面に腰をつく。息を切らして全身に汗を浮かべていた。

「どうなっていると聞かれても……見ての通りとしか……」

レンは男に手を貸して起こそうとした。

しかし男は固辞した。まだ座ったまま休憩していたいようだ。

「君の努力は常軌を逸している。なぜそれほどまでに身体が動くのだ……？　まさか私の方が先にバテるようになるなんて、冬には考えたこともなかったのだぞ」

「頑張らないと、すぐリシア様に追い抜かれそうですからね」

レンはそう言い、別の場所で剣を振るリシアの姿を見た。

翌週、帝都は灰色の空に覆われて、ぽつぽつと雨が降っていた。

レンはその日、帝国士官学院で、ある手続きを終えた。

外に出て傘を差し、数歩進んだところで彼に声を掛ける者がいた。

「レン君。二次試験の申し込み、お疲れさまでした」

帝国士官学院の夏服に身を包んだフィオナだった。

今日の帝都は雨に見舞われているとあって、眩い陽光なんて届かない。その代わりというわけではなかったが、夏服姿のフィオナは煌めいてすらいた。半袖のシャツをその下の胸元が押し上げている。

清楚さに孕ませた艶を、二の腕に付着した雨水が際立たせているかのようであった。

「お父様から預かった手紙です。すみません……今日はエドガーも忙しいみたいで、私が代わりにお持ちしました」

「気にしないでください。これ、レザード様宛てでしたっけ」

「ええ。そう聞いてます」

「わかりました。ちゃんとレザード様にお渡しします。それじゃ、行きましょうか」

「行くって、どこにですか？」

「そりゃ、フィオナ様を女子寮へお送りするんですよ」

「もう……レン君が二度手間になっちゃいますよ？」

「いえいえ。それこそお気になさらずに」

二人は歩きながら話をした。

最初は手紙のことに触れようとしたのに、ここ最近話す機会が少なかったこともあり、まずはレンの一次試験について。

レンは当たり前のように合格し、フィオナはレンが一次試験を突破したことを知っていた。

二次試験の申し込みをしている時点で当然なのだが。

「一次試験の調子はどうでした？」

「なんだかんだ、俺もリシア様も満点でした」

「すごいです！　お二人共絶対に合格するだろうって思ってましたけど、まさか満点だったなんて……っ！　それなら二次試験も――――ううん！　最終試験だって大丈夫ですね！」

「だといいんですが……ちなみに、フィオナ様の一次試験はどうでしたか？」

尋ねるのは不躾だったかと思ったレンは、それを口にしてから後悔した。

何でもありません！　慌ててそう告げようとしたレンに、フィオナは照れくさそうにしながら自分も満点だったと言った。

「あはは……私は身体が弱かったので、勉強くらいしかすることがなかったんです……」

自嘲した声には何とも答えづらい。

レンはそれに対し、「フィオナ様の努力の賜物ですよ」と言った。

褒められたことを素直に喜んだフィオナが嬉しそうにはにかんで、絹を思わせる黒髪を揺らす。

「そういえばユリシス様って、最近はかなりお忙しいみたいですね」

「お父様ですか？　確かにお忙しそうにしてました」

「この前の騒動から全然音沙汰がないのは、そのせいなんですかねー……」

隣を歩くフィオナがレンの横顔を覗き込み、また一段と大人っぽくなった彼を見て頬が染まる。

彼女が赤くなった頬を隠すように手を頬に持っていく。その横で、レンは黙りこくってしまったことに気が付き、

「っと、すみません。黙ってしまいました」

そう口にしてフィオナを見ると、彼女と目が合った。

「つ――――み、見てませんよ！」

「え？」

「い、いえ！　何でもありませんっ！　勝手に勘違いしちゃいました……っ！」

何よりも、まずユリシスとラディウスが静かすぎる理由を知りたい。

レンは言い繕ったフィオナに「うん？」とやや首をひねりつつ、それはそれとして考えた。

（前に手紙を送ってもはぐらかされたしなぁ……）

ユリシスに対し盗賊団の騒動がどうなったのかと手紙で尋ねている。

彼の返事は「心配いらないよ！」と、要約すればこんなもの。他には世間話や、フィオナを愛でる言葉が綴られていたのみだ。

「でもレン君、どうしてお父様のことが気になってるんですか？」

「えっと、フィオナ様って盗賊団の件で魔王教が隠れていそう、って話は聞いておられますか？」

フィオナが「はい」と首肯。

「俺はそのことが気になってたんです。ユリシス様はラディウスと協力していろいろ動いてるって話だったんですが、まったく音沙汰がなくて」

「……すみません。いまのお名前って、第三皇子殿下ですよね？」

「ですね」

「ええ!?　どうして呼び捨てなんですか!?」

「ラディウスがそう呼べって言ってたので、もう遠慮しないで呼ぼうかと思いまして」

第三皇子をレンが呼び捨てにして、なおかつその第三皇子が許したという。

これにはフィオナも考えが追い付かなかった。

「だったら私だって呼び捨てでいいのに……あと、口調だって……」

ぼそっ、と呟いた彼女はバルドル山脈でのレンとのやり取りを思い返す。

彼女は第三皇子に対し、ある種の悔しさを覚えていた。

「……そうだ。レン君」

ふとした瞬間に思い出したことをフィオナが言う。

「以前盗まれたのは、各工房に保管されていた資料だったそうです」

フィオナが口にするのは、以前、ユリシスとラディウスがエウペハイムで顔を合わせ、そこで話した内容だ。

各商会や、魔道具職人が請け負った魔道具の情報が載った書類ばかりが盗まれた。まるで町中に設置された魔道具の情報だけが狙われたような、そんな事実が浮き彫りになっていたという。

「警備の隙を探しているんでしょうか」

レンは当時、ラディウスが口にしたのと同じ言葉を発した。

それをフィオナが「私はそれだけじゃないと思います」と即座に否定する。

「だって、あの魔王教です。バルドル山脈でしたようなことをする人たちが、警備の隙を探るだけで終わるとは思えません」

二人はそれから、しばらくの間考えた。

警備の隙を探っていることも事実だろうから、盗まれた情報の多くが秘匿されている。ユリシスがエドガーに命じて捕縛した解呪使いから得られた情報も特にそう。

知るのは一握りの人物だけなのだ。

(あいつら、何が目的なんだろ)

その帰り、レンは魔導列車に揺られながら考えごとに耽った。

帝都某所に停まった馬車の中。

人目を忍んで顔を合わせたラディウスとユリシスの二人が、春に起きた盗賊騒動について意見を交換していた。

「クロノア様がお帰りになるのが十月。その前に動きたいという考えは理に適(かな)っていますね」

「しかしわからん。城にいる剣王の存在を忘れてはいまいか?」

「彼女が陛下のお傍を離れるわけがないとでも思っているのかもしれませんね。または、短い時間でも稼げたら十分だと考えている可能性もありますが」

「……ふむ、そう的外れではないかもしれんな。剣王は滅多なことがない限り城を離れん」

「となれば問題となるのは、どの段階で我らが奴らに手を出すかです」

盗賊たちと違って、魔王教はいまだに尻尾を掴ませていなかった。行動を起こすと思われる夏までに調べられなければ、二人の動き方も変わる。

「ユリシス、前に私と話したことは覚えているな」

「もちろんですよ。今度はこちらから、と」

「そうだ。この状況では我らの方から奴らを誘い込み、食らいつく他ない」

二人の話はつづく。

その日は例年になく暑い日で、帝都も、そしてエレンディルでも路上販売の氷菓子などを求める民で賑わっていた。

そんな日に、リシアは油断していたククルを胸の前に抱きながらレンの部屋を訪ねた。

彼女の胸元に抱かれたククルのぼうっとした顔。

「どうしたんですか、急に」

「お風呂よ」

「はぁ……お風呂ですか」

入ってくればいいのに、そう思ったレンを見たリシアが、

「勘違いしてるみたいだけど、私じゃないからね？」

もう、と苦笑しながら言った。

「ということは、ククルですか」

「そ」

『ク――――クゥ!?』

ククルが身体をびくっと震わせた。

前々から変わらず、ククルは大の風呂嫌い。しかしクラウゼル家の庭で遊ぶことが大好きとあって、拭ききれていない汚れが少しある。

リシアも、そしてレンもそれらの汚れを落としておきたかった。

『クゥ！　ククク、ゥ！』

白の聖女に抱かれながらじたばたして、苦笑する魔剣使いの少年に助けを求める。

しかし、レンも同じ思いだ。ククルが楽しく外で遊んでいるのは可愛らしいが、たまには汚れを落とすべきだ。

レンが頷いたのを見て、リシアに抱かれたままククルが項垂れた。

『ハァ……』

「そ、そんなにがっかりしなくてもいいじゃない！　霊獣（ラタトスク）に女の子なんだからって言うのは通用しないでしょうけど、ダメよ！」

口をきゅっと結んだククルの顔が、レンの笑みを誘っていた。

雲一つない快晴だった。

緑豊かな庭園とのコントラストが眩しく、そこに現れたリシアはより煌めく。

夏らしくノースリーブのシャツを着た彼女は、春の頃より大人びて見えた。

青々とした芝生の上に大きな木製の桶が置かれていた。ククルの毛皮を洗うためのぬるま湯が注がれている。

「レン、ここにいたのか」

屋敷の中からレザードがやってきた。彼も暑いから、今日はジャケットを着ていない。

「騎士の詰め所に手紙を届けてきてほしいのだが……ククルを湯に入れるところだったのか」

断るのも悪いと思ったレンが言葉に詰まっていると、

「こっちは大丈夫よ。ユノにも手伝ってもらうから、レンは手紙を届けてきて」

「わかりました。では、ちょっと席を外します」

「すまないな。急ぎの用だったのだ」

レンはすぐに手紙を預かり、そのまま屋敷を出ていった。

残されたリシアにレザードはすまない、と微笑みかけて執務室へ帰る。入れ替わりにユノがやってきて、木桶の湯船に毛皮用の石鹸（せっけん）を溶かしていく。

シャボン玉が一つ、二つ、ふわふわ風に乗る。

屋敷の門の前からも、シャボン玉が浮かぶのが見えた。

いま、エドガーに連れられて一人の令嬢が足を運んだところである。

フィオナ・イグナート。学院で所用を済ませてエレンディルに来た彼女は、帝国士官学院の夏服に身を包んでいた。

門番に通された彼女が庭園を横切ろうとすると、

『クゥーっ！』

「あっ、もう！　暴れないで！」

何やら可愛らしい鳴き声と、リシアの声が届いた。

フィオナはエドガーに目配せをして、次に屋敷に彼女たちを連れて行こうとしていた騎士に断りを入れ、声がした方へ。

シャボン玉が舞う庭園で、リシアが四苦八苦する姿を見つけた。

「リシア様？」

フィオナが思わず呟けば、リシアと目が合う。

リシアは照れくさそうにはにかんだ。

「あ、あははー……その……おはようございます。フィオナ様」

「おはようございます。すみません、父から急ぎでクラウゼル男爵に手紙を届けてくるよう仰せつかりまして……」

苦笑を交わすばかりではなく、フィオナは歩いて木桶の近くへ。

暴れることをやめ、諦めたククルが木桶にへたっと座っているのを見て、

「可愛い……っ！」

満面の笑みを浮かべて言った。

すると、ククルは半身をぬるま湯に浸けたままフィオナを見上げ、『クゥ』と切なげな声で返答。

「お父様から聞いてました。この子が噂のククルちゃんですね？」

リシアがコクリと頷く。

「この子はお風呂が大っ嫌いなので、いま頑張って泥を落としてたところなんですよ」

「あ、あら……そうだったんですね」

フィオナが木桶の前で膝を折る。

エドガーはいつの間にかユノと話し込んでいて、

「お嬢様、私はエドガー様をご当主様の元へお連れしてきます」

「わかったわ。それじゃフィオナ様は……せっかくですから、ククルの傍でいかがでしょう」

「いいのですか!?　でも、私は手紙を――」

「このエドガーにお任せを。せっかくクラウゼル家の方がご厚意で仰ってくださったのですから」

ユノが気を利かせ、ここに男性が近づけないようにしていた。

庭園に残るのは二人の美玉。

これまでの奮闘で少し疲れていたリシア。

ククルの可愛らしさに、宝石のような笑みを浮かべたフィオナ。

「私もお手伝いしていいですか？」

気を遣ったというよりは、もうそうしたくてたまらない様子。

ククルの可愛らしさに骨抜きにされ、フィオナは我慢できなかった。

リシアに断る理由もないし、断るのは可哀そう。

「こうしてあげると喜ぶんですよ」

「わぁ……すごく気持ちよさそうです……！」

フィオナに毛皮をさすられて、

『クゥ……』

気持ちよさそうな声を漏らしたククルに、フィオナが改めて骨抜きにされる。

「お風呂は嫌いなのに、こうされると気持ちいいんですか？　ほらほら、ククルちゃん」

『クゥ、クゥ～……』

「えいえい。ふふっ、いい子ですね」

イグナート家の令嬢が見せる年相応の姿。

恋敵と何をしているのだろうと思うが、楽しそうにしているフィオナを見たリシアは言いようのない気持ちになり、笑った。

「ククルちゃんって、お風呂は最初が嫌いなだけなんですね」

「こうなってくれると楽なんですけど、こうなるまでが長いんですよ」

「あらあら。毛皮が濡れちゃうのが嫌いなんでしょうか」

だが濡れ切って、泡でマッサージされはじめたらすぐに喜ぶ。

泡だらけの木桶の中で、幸せそうに流れに身を任せていた。

『クゥ！』

やがて、気持ちよすぎて興奮したのか、ククルが姿勢を変えて身震い。

水飛沫と泡が弾け、二人の頬に泡が垂れる。

「きゃっ!?」

同じ言葉が二人の少女の口から発せられた。

「もーっ！　ククル！」

「たははっ！　冷たいですよー！」

普段と違い、また今日が暑いからラフな格好に身を包んでいたリシアも、夏服のシャツに水が飛んできたフィオナも、着ている服が少し肌に張り付いた。

くすっと可憐に、燦々と降り注ぐ陽光を浴びて笑みを交わした彼女たちの耳に、

「すみません！　遅くなり――――あれ？　フィオナ様？」

屋敷に帰ったレンの声が届いた。

彼は水と泡に見舞われた少女たちを視界に収めてすぐ、

「……なるほど。ククルですね」

「レン？　どうしてそっぽを向くの？」

「あの……私たちがどうかしましたか？」

二人のスカートは僅かでも太ももに張り付きあまりよろしくない。さらに、濡れた服の下が透けかけているのを見なかったふりをした彼は、リシアが用意していた予備のタオルを取りに行く。大

きめのタオルだった。

大きなタオルを二人の肩から掛ければ、意外と下半身もそこそこ隠せる。

夏らしく健康的に楽しんでいたようだが、レンに二人の姿を直視するのは難しかった。

◇◇◇◇

屋敷にいくつかある客間に二人はいた。

先ほどの格好を思い返してか、服を乾かした後の二人は頬がまだ赤かった。

そこへレンは、慎重に様子を窺いながらやってくる。

「失礼します」

二人はどうにか平静を保ち、取り繕った笑みを浮かべてレンを迎える。

油断すると、さっきの恥ずかしさでソファのクッションに飛び込んでしまいたくなる。

「ククルは乾かしてあげたら満足そうに寝ちゃいました」

「そ、そう……ならよかった！」

「そうですねっ！　ククルちゃんも楽しんでくれてよかったです！」

不自然なくらい抑揚に富んだ声を指摘せず、レンは彼女たちの近くにある一人用のソファに座った。

彼は言葉を絶やさない。

「レザード様は手紙を読んですぐ、帝都に行かれました。これからユリシス様とお会いになるそうです」

「お父様がイグナート侯爵と？　フィオナ様、ご存じでしたか？」

「いいえ、私もそのことは聞いておりませんでした。お父様が帝都にいらっしゃることも知らなかったです」

少女二人が顔を見合ってから、二人の視線は同時にレンに向けられた。

するとレンは、あのことかな……と目星を付ける。

「例の、盗賊団の件じゃないでしょうか」

「そうかも。妙に私たちの元に情報が届かない例の件ね」

「ですがこの様子ですと、クラウゼル男爵はお父様から話を聞いていらっしゃるようですね」

「だと思います。最近、ユリシス様からレザード様への連絡が増えてますから、俺たちには知らせず何か相談してるようですね」

それを言うと、今日の手紙もだ。

レザードは今日の手紙を受けて帝都に向かったのだから。

「私もあの騒動は、警備の隙を探るだけとは思えないわ」

リシアもおおよその話をレンから聞いていた。

いまの声にゆっくり頷いたフィオナが、

「お父様たちは、得られた情報を足がかりにして、何かするつもりなのかもしれません」

「ですよねー……問題はその何かがよくわからないってことです」

「イグナート侯爵はレンにも教えてくださらないの？」

「前に手紙でお尋ねしたところ、はぐらかされました。多分なんですが、俺たちを巻き込まないように気遣ってくださってるんだと思います。フィオナ様にも秘密で動いてるようですしね」

「ええ……イグナート侯爵はお優しい方だものね」

だがあくまでも、剛腕の優しさが向けられる相手は限定的だ。

それはさておき、二人はユリシスが気を遣っていることを悟り、その優しさに感謝した。

フィオナが口を開く。

「ですが、クロノア様が十月に帰国なさいます。相手が動くならその前ではないでしょうか」

「確かに……あのお方は世界最高の魔法使いの一人ですものね。でも、レオメルには剣王もいますよ？」

「剣王は動きません。お父様もそう仰っておりました」

剣王はレオメルに仕えているのではなく、何か目的があってこの国にいるだけ。

たとえ皇帝であっても命令する権利は存在せず、命令することで彼女の機嫌を損ねることはできなかった。

世界最大の軍事国家、レオメルであっても。

それほどまでに、剣王は絶対的な存在だったから。

フィオナがつづける。

「剣王は超然としたお方だと聞いたことがあります。魔王教と呼ばれる存在が表に出ても、ご自身はあまり気にしておいでではないのかもしれません」

魔王教が何かをする。

結局、そこで何をするのかという話に帰結する。

（――――うん？）

盗まれた品々のことから、もしやという考えが脳裏を掠めた。

ある時期にエレンディルでは大きな仕事が予定されている。

「リシア様、夏に入れ替えるっていう、あの場所の魔石について教えてください」

もう、答えを言ったも同然だった。

盗まれた品々のことからも、ある結論にたどり着けたから。

リシアとフィオナがハッとした様子でレンを見ていた。

『ううん。大時計台が兵器とかってわけじゃなくて、強い魔物をこの辺りに寄せ付けない効果があるそうよ。七英雄の一人が魔道具職人だったって話は知ってるでしょ？　あの大時計台も、その人が作った魔道具なんですって』

以前、レンがリシアから聞いた言葉だ。

フィオナも大時計台の本当の存在意義を知っていた。

「大時計台に手を出すつもりってことね」

「春の騒動で警備状況を確かめていたのは、すべてその日のため……そういうことでしょうか」

レンは二人に「まだ確証はありませんよ」と釘を刺すも、他には思い浮かばない。

帝都ではユリシスとレザード、ラディウスも交えて相手がどのように動くのか、どう対処するのか話し合われているのかもしれない。

「私たちは気が付かなかったふりをするべきなのかしら……」

フィオナもレンも思っていた言葉を、リシアは口にした。


夜、リシアがレンのベッドの縁で足を揺らしながら、

「なーんか、蚊帳の外って感じね」

そっけない言葉を、レンにしか見せない可愛らしい笑みを浮かべて言ったリシア。

椅子に座っていたレンが言う。

「レザード様たちがしてることって、少し曖昧なんですよね」

「曖昧って、何が？」

「きっといまのところ、決まってることはないんです。決めようとしてる段階なだけで、この後どう動くのか検討段階なんだと思います」

「敵の動きについてね」

「はい。だって大時計台が関係してくるなら、俺とリシア様に内緒なんて無理ですし」

リシアは手持ち無沙汰だったからか、レンの枕を抱いて足をぶらぶらさせる。彼女が度々見せる仕草だった。

「全部町の外で終わらせるつもりだったのかもしれないわよ。だから私たちに秘密にできるって思ってたのかも」

「それなら、レザード様を呼ぶ意味がないんです」

「狙われてるのが大時計台かも、って話があるからじゃない？」

「だとしても、ですね。エレンディルの外で事を済ませようとしてるなら、あのユリシス様のことです。レザード様にも知らせない気がします」

「……確かにそうね」

まるでエレンディルも大きく関係している話のような気がしてならない。

ユリシス、あるいは彼とラディウスがレザードに話しておかなければ大きな混乱を招きかねないことがある、そうした予想だ。

帝城の自室で、ラディウスが息を吐いた。
想定外の事態に陥っている。レンとリシアが予想したように、エレンディルも無関係ではいられない計画があるのだが、そこには一つ懸念があった。
ひとえに、秘密を順守すること。敵にこちらの計画がバレることのないよう、こちらに優位な場へ相手を誘い込むことに意味がある。

必要となるのは、安全を担保できる絶対的な戦力だ。

剣王。レオメルにいる最高戦力。

ラディウスは彼女以上の戦力は存在しないと思いながらも、彼女が国の命令で手を貸すことがない事実をよく知っていた。

「どうしたものか」

迷ったラディウスが部屋を出る。

広い回廊を進んで、皇帝に口添えを頼めないかと話に行った。


進んだ先で――――彼女が城の廊下に立っていた。

ここにラディウスが来るとわかっていたかの如く、剣王が一人で。

大きな窓から差し込む星明かりがラディウスを照らし、剣王は影に。

「こんなところでそなたと会うとは」

驚いたがちょうどいい。

軽い挨拶を交え、ラディウスが本題を述べる。

「私とユリシスが考えていること、耳に入れているか？」

「ええ。魔王教に剣を突き付けようとしていること、すべて私の耳に届いております」

「では単刀直入に言う。私とユリシスが計画している作戦に、力を貸してくれ」

すると剣王は、

「私が力を貸す義理はありません」

一蹴。大国の第三皇子が、次期皇帝と名高き少年が言っても。

しかしラディウスは残念に思うだけではなく、彼女、剣王がここでラディウスを待っていたような状況が気になった。

ただ断るためだけにいたはずがない。

それを証明するのは他でもない、剣王の口から。

「ですが、彼を近くで見てみたいとは思っています」

「彼？　誰のことだ？」

ラディウスが問い、剣王の影が揺れた。

「レン・アシュトン。彼が作戦に参加するのなら、私は戦場を見守りましょう」

天才と謳われる第三皇子を驚愕させた。

どうして剣王がレンを知っているのか、どうして彼が参戦することを望んだのか。

剣王は一つも語ろうとしなかった。

「ぐっ……ば、馬鹿な⁉」

獅子聖庁の騎士が一人、レンの剛剣を前に圧倒された。

間もなく別の騎士がレンに立ち向かう。そう、立ち向かうだった。

いまではもう、立ち向かう立場にあるのはレンではない。立ち向かうのは、僅か半年前までレンに剛剣の何たるかを教授しつづけた者たちだ。

「はぁ……はぁ……最近のレン殿は以前に増してものすごいな」

「どうなってるんだ……？　あまりにも鬼気迫る様子だぞ」

「うむ……真の獅子になろうとしているのか、冬からずっと、レン殿は無尽蔵の体力を尽きさせるように剣を振っておられる」

なおも剣を振るレンが、

(――――もっとだ)

汗を流して、息を切らして。

身体が動く限り、彼は懸命に努めた。

レンが身体中に纏った濃密すぎる魔力は目に見えない。それでも、剛剣使いたちには解った。

あの少年が再び、進化しようとしている。

何らかの目的があって、強引に。

その瞬間を見せつけられているような気がして、彼らは息を呑んだ。

そこへ現れた、一人の老紳士。

「エドガーさん？」

唐突に現れたエドガーはレンの前でジャケットを脱ぎ捨て、訓練用に用意されていた二本の剣を両手に持った。

「少々時間に余裕ができましたので、お会いしたく参った次第です。それにしても、見事な剣でございました」

「ありがとうございます。特に最近は身が入る思いですから」

「ふむ、何か心境の変化がございましたか？」

「それは……もちろん」

隠してもしょうがない。

素直に話すことにして、

「春の騒動からまだ間もないです。いつ、何が起こってもいいように剣の腕を磨いてるんですよ」

言葉だけなら普通。

しかしその陰にはユリシスたちが何かしようとしていることと、それに勘付いていることを敢えて示唆した。

「……相変わらず、底の知れないお方です」

「？　何か仰いましたか？」

「いえ、お気になさらず」

燕尾服の紳士は気を取り直して、

「どうでしょう？　久しぶりに私と剣を交わしてみるのは」

唐突な言葉だった。

「ありがたいですが、急ですね」

「ははっ、先ほど申し上げたように、時間が空いたからでございますよ」

「……本当にそうですか？」

レンが汗を拭い、エドガーを見て。

あてずっぽうには到底思えない、力強い声だった。

「やっぱり何でもありません。剣聖の胸をお借りできるなら、それで満足しておきます」

「……ふむ」

やはりと言うべきか、レンは大人が何かしようとしていることを察している。

エドガーはレンの態度からそれらを汲むと、

「昨夏から磨かれたレン様の剣、楽しみにしておりますよ――――！」


先手を取ったのはエドガーだった。

あの夏の日のように、凄まじい速度と膂力を誇る踏み込みで、風のようにレンの面前へ。

両手にした剣を振り上げ、右、左と連撃を放った。

皆の耳を劈く衝撃音が響き渡る。

それらの連撃から目をそらすことなく受け止めたレンが、キッとエドガーを見た。エドガーの顔から余裕が窺える。

「剣に迷いが見えますよ、レン様！」

「そんなの、当然じゃないですか！」

鋭い剣閃が舞うように繰り返される。

それらすべてが、レンの手元から生じた剛剣の冴えだ。

「春にあんなことがあって、ユリシス様たちも何かしている！　気になることなんていくらでもあるんだから、多少迷いも出ます！」

そうなのだろうと思っていたエドガーが穏やかな笑みを浮かべるが、彼が手にした二本の剣が放つ圧はまったく穏やかじゃない。

レンは日頃感じていない強者の技に頬を歪めた。

「貴方様は今日まで、自分が守る側の立場にだけいらっしゃった！　だから此の程、ご自身が守られる側面もあることに、動揺しておいでなのでしょう！」

「かも――――しれません！」

今度はレンから、手にした剣を振り上げ抵抗する。

その抵抗は、昨夏と違いエドガーに肉薄せんとするほど。

エドガーは手のひらに汗を浮かべた。以前と比較できない強さに対し、自然と力が入った。

（ほんっとーにお人よしなんだな……！）

当然レンは自分のことを思って、

「けどそれ以上に俺は、自分が知らない場所で、自分が守るべき存在の傍で危険なことが起こるのを恐れてるんだと思います！」

言い放った。

その剣にはこれまで以上の力が込められていた。

はじめとまったく違う、まるで別人の力と剣の冴えは、レンの心がすっと晴れていくにつれて高まりつづけた。

エドガーの頬に、僅かながら焦りが生じる。

「主がお味方になられたいまも変わらず、ご不安があると仰るのですか！」

「そうじゃない！　エドガーさんは勘違いしてるんです！」

「勘違いですと……？」

レンは自分の身体の軽さに驚いていた。

剣聖という強者を相手にした戦いで、新たな才能を開花させようとしていた。

「きっと俺は、ユリシス様たちのことも心配なんですよ！　だから守られるだけではいられないって、そう思ってます！」

一際強い一振りがエドガーを襲った。

真正面から受け止めたエドガーはレンの剛剣の強さに驚きつつ、同じくらい、レンの発言に驚きを覚えていた。

「――――」

エドガーは呆気にとられていた。

主君、ユリシス・イグナートは剛腕と呼ばれる存在で、その権力や影響力も世界に知れ渡る一握りの強者だ。なのに、その主君が心配と聞き言葉を失った。

レンが間接的にフィオナとユリシスを守った過去があったとしてもだ。

「はーっはっはっはっはっ！」

エドガーはレンから離れた場所で立ち止まり、高く笑った。

腹を抱えた、本気の笑いだった。

「わ、笑われると思ってましたけど……！」

「申し訳ございません。ただ、何と言いますか……くくくっ！　まさかレン様は、主のことまでそう思ってくださっていたとは！」

「……そりゃ心配にもなりますって。相手が魔王教なら、ユリシス様も大丈夫かなーって気になりますよ」

「お見事です。崇高で優しく、なんと温かな言葉だろうと胸を打たれました」

するとエドガーが両手の剣を構え直した。レンも倣う。

「実のところ、本日はレン様にお願いがあって参りました」

「やっぱり、ただ余裕があったからじゃないんですね」

「申し訳ありません。レン様のお心を知りたかったのですよ」

笑みを浮かべながら、強大な魔物のような覇気を纏って――

燕尾服の彼が謳うように。

「ですがお願いごとの前に、この日の決着をつけるというのはいかがでしょうか」

「賛成です。せっかくいいところだったんですから、このまま終わらせるのはもったいないです」

もっとも、

「いいところだったと思えてるのは、俺だけだと思いますけど」

「とんでもない。私も若い日を思い返す、心躍る剣戟でございましたよ」

エドガーの剣が変わった。

纏いだけではなくて、魔法を扱う者の剛剣技へと。

「レン様が私の特別な攻撃を受け止められた暁には、レン様の勝ち。わかりやすくいきましょう」

「その攻撃はいままでと違うんですね」

「ええ。レン様を強者と見定めた剣と技にございます。怪我をする可能性もございますので、無理にとは申しません」

レンの答えは決まっていた。

「胸をお借りします」

様子を窺う騎士たちは心躍った。

あのレンが、あのエドガーに対してどんな剣を見せてくれるのか期待した。何合つづくだろう、なんて考えた者もいたくらいだ。
だが、皆は各々の考えが誤りだったと知る。
どんな剣を見せる――――期待が低すぎる。
何合つづくだろう――――それこそ侮りだ。

自らの感情に気が付き、心のつかえがとれたレンは本性をあらわにした。

身体の奥底……もしも魂と呼ばれる概念が存在するのなら、そこに息吹く彼の力の根源。

不敗の獅子がいれば、きっとそう。

「先手をお譲りしましょう。それをはじめの合図と致します」

「では――――俺から参ります」

その剛勇こそ、レンの真骨頂だ。

本懐を理解してこそ、進化に至る道が新たに開ける。

レンは、ここでその力を開花させようとしていた。

(出し惜しみは必要ない。駆け抜けろ)

自分に言い聞かせ、レンが遂に踏み込んだ。

「ツ――――これ、は」

レンの剣を受け止めたエドガーの身体が、じりじりと後退した。

その剣速はシーフウルフェンの身のこなしよりも疾い。その膂力はアスヴァルには劣るとも、その前に戦った二人の魔王教徒を凌駕していた。

「まだ、いきます」

エドガーを襲う強烈な連撃。

一太刀一太刀が信じられないほど力強く、身体の芯から力を奪う剛剣だった。

剣筋は鋭くて、剣が過ぎた後の残像がまるで本物の剣のようにすら見えた。

以前と見違えるなんて生易しいものではなかった。別人とも言えない。別の概念とも言うべき変化だった。

「はぁあぁッ！」

「……これほど早く化けるとは！」

剣を下から振り上げ、真横から一薙ぎ。

数多の剣筋を目の当たりにしてきたエドガーを以てしても、

「貴方様の力を獅子と評価したこと、間違いではなかったようだッ！」

すべてが、レンのオリジナル。

ただの横薙ぎですら、レンが扱えばそれも一つの技のよう。

が、それでもエドガーは強者だった。まだ力を隠していたし、ここでレンを倒せと主に命令されたら、すぐに意識を刈りとれる自信もあった。

尋常ではない速さで進化をつづけるレンに対して、年季が違いすぎた。

しかしそれと裏腹に、エドガーの背筋に走ったある感情。負けるはずなんてないのに、それを感じさせる得体の知れない怯え。

一方で、嬉しさすらあった。

「ふふっ――――あの夏、貴方様をここへ案内した日を昨日のように思い出せますよッ！」

エドガーが攻撃に転じてみせた。

訓練用の剣――――そのはずだったのに、彼が両手に持った剣はレンが手にした剣を斬った。文字通り、刃を半分ほど両断した。

「ははっ、馬鹿げてますよ！　エドガーさん！」

「馬鹿げてる？　はっ！　本当に馬鹿げてるのはどちらでしょうな！」

驚くレンを見たエドガーが、両手に持った剣をレンに投擲。

レンはそれらを持ち手と僅かな刃のみとなった剣で弾き、やや後退。

そこへ、エドガーの方から強烈な冷気が届いた。

彼が宙に生み出した氷の刃はレンの服を貫き、彼を地面に縫い付けるため。氷の刃を手にした後に、エドガーはそれをレンに突き付け讃えるつもりであった。

「お見せしましょう！　魔法を扱える者の剛剣を！」

彼が放つ氷の刃は、一つ一つが纏いを会得した者の剣と同等なのだと。

故に防ぐことは至難を極める。

そう、つまりレンが抵抗できるはずがない。

エドガーの勝ちで終わる……そのはずだった。

「――剣聖（あなた）に見せる剣です。俺も遠慮はしません」

はずだっただけ、それだけのこと。

この日まで、幾度と強敵を打ち倒してきた少年の強さを。
この日まで、幾度と死闘を繰り広げてきた少年の強さを。

鍛錬で酷使された肺はいつも、熱砂の荒野に放置されたが如くカラカラに渇いた。それに、全身の筋肉が焼けこげそうな熱を持つまで無慈悲に追い込むことによる、常人離れした進化の速さ。
それらはいずれ、獅子聖庁の最高傑作とも称されるだろう逸材の証明だ。
故に、侮るなかれ。
彼は幾度の死闘を経てなおも成長をつづける、レン・アシュトンなのだから。

獅子聖庁の騎士たちは先ほどの凄みに、ただ呆気にとられ、絶句していた。

それは立ち合いが終わったいまも変わっていない。

「貴方様をここへ招待した主のことを、私は誇りに思います」

エドガーが繰り返すように、

「自分がレン様の師でいられることを、私は誇りに思います」

そう述べて、レンに背を向けた。

投げ捨てていたジャケットの埃を払い、それを小脇に抱えて歩き出す。

「さっき話してた、俺に頼みたいことって何ですか？」

「それでしたら――」

エドガーが吹き抜けの上を見上げた。

「私が話すよ、レン・アシュトン」

ユリシスが吹き抜けの上にいたのだ。

レンは彼の姿を見るや否や、慌てて駆け出した。

「ユリシス様！」

近くで顔を合わせたところでユリシスが微笑を浮かべた。

「何度も助けてもらってる君に、また力を借りたいんだ。少しだけでいい。よければ話だけでも聞いてもらえないかい？」

「今更何を言ってるんですが、ユリシス様」

嘆息したレンがやや不満げに告げる。

「俺がユリシス様のお願いを聞かないはずないじゃないですか」

「……本当に頼もしいよ、君はね」

二人が歩く音が響き渡る。

訓練場を離れ、獅子聖庁内部の黒い石の床を歩くたびに革靴の音が反響していた。

「そういや、私のことも心配してくれてるんだってね」

「あ、聞こえてたんですね」

「ちょうどね。いやー嬉しくなってしまったよ。年甲斐もなく、胸が熱くなる思いだった」

二人は以前よりわかり合えた気がした。

「私が何を頼もうとしてるのか、予想はあるかい？」

「例の件の戦力になるためでしょうか？」

「だいたい合ってるよ。だが実際のところ、戦力は足りている。可能な限り君たちには迷惑をかけず、我らで魔王教を相手に事を構えるために入念な支度を重ねてきたからね」

だが、と。

「その上で君に相談がある。君の助力があれば、よりよい状況になる話があるからだ」

獅子聖庁の外へ出た。

外にはユリシスが用いる漆黒の馬車が停まっている。

少し遅れてやってきたエドガーが御者の席に座った。

「詳しくは宿で話そうか」

馬車がとある宿へ向かう。

馬車の中、ユリシスはレンに心配と言われたことを思い返し、嬉しそうに微笑んでいた。


宿の名はアーネアと言った。

アーネヴェルデ商会が保有する宿で、帝都でも一、二を争う高級宿だ。

その一室にラディウスとレザードの二人がいた。

「久しいな、レン」

「ああ、久しぶり」

本当にラディウスと友誼を深めていたのかと、二人が話す姿を直接目の当たりにしたことのなかったレザードが驚いていた。

「頼みっていうのは、ラディウスから？」

「私とユリシスからだ」

二人が同時に頷いたところで、ラディウスの口からレンに告げられる。

「情報を整理したい。レンは我らが何をしようとしてるのか予想しているか？」

「一応、リシア様とフィオナ様と話してて、もしかしたらってのは考えてたよ」

大時計台が関わっていることと、夏に交換予定だった魔石のことも。

そして作戦には、エレンディルも関係しているだろう予想も添えて話した。

「来月、大時計台の最上階にある魔石が入れ替えられる。入れ替えるとき、大時計台は動作を完全に停止するって聞いたよ」

　帝都やエレンディルを守る力も停止してしまう。

「そうだ。奴らは七英雄が一人、ミリム・アルティアの技術で作り上げられたあの大時計台を攻略することで、帝都への足掛かりにするつもりのようだ」

　帝都やエレンディルをはじめとする、町中で用いられている魔道具の情報を探っていた魔王教の狙いだ。

　盗賊団が以前、焦りから姿を見せざるを得なかったのも当然と思う規模の企てだ。

　ここでユリシスが口を開く。

「帝都やエレンディルを守る力を破壊する、それが奴らの狙いだろうね。守りの力を改造して魔物をおびき寄せられればもっといいだろうけど、ミリム・アルティアの技術を上回るとは到底思えない」

　ミリム・アルティアは今世にも残る重要な技術をいくつも開発している。

　たとえばギルドカードのシステムがそれに該当する。すべての支部で情報を共有するためで、それは簡単な文字の連続に限り共有を可能とした。

　絶対であるとは言わないが、相手がミリム・アルティアが作った魔道具を改造する知識がある可能性は限りなく低い。できる技術があるのなら、盗賊騒動の際にももっとうまくやったはずだ。

　ラディウスが言い、ユリシスがつづく。

「そもそも、魔王教がレオメルを狙う理由は不明なままだがな」

「聖なる力を排除することが目標なのではありませんか？　レオメルには魔王と縁の深い七英雄の力も各地に残っていますし、帝都大神殿も重要な聖域です。奴らがこれらの力を削ぎ、魔王の復活に繋げたいと考えていればわからないでもありません」

「なるほど。あながち間違いではないかもしれん」

七英雄の伝説の話を知るレンにとっても、似たような考えしか抱けなかった。

魔王教の宿願は魔王の復活。これは変わらないが、レオメルを狙う理由は七英雄の伝説でも詳細に語られる機会はなかった。

彼ら魔王教にとって、これまでの行動は何らかの目的があるはずなのだが……

（七英雄の伝説でユリシス様を仲間に引き入れたのも、レオメルを貶めるためだったし）

つまり、レオメルをどうにかすれば魔王の復活が近づく何かがある。

いまはここまでしかわからなかった。

「話を戻そう」

こほん、とラディウスが咳払いを交えて、

「此度は私の権限によって、秘密裏に魔石の入れ替えを後回しにした。予定されていた日には、偽の魔石と交換する」

「じゃあ、後日改めて入れ替えるんだ」

「そうなる。だが、投入できる人員は限られるぞ。どこから情報が漏れ出すかわからんからな。故に今回は私とユリシスでどうにかするつもりだった。偽の魔石を入れ替えることを知る者も限られる」

それを聞いたレンが耳を傾ける。

「私とユリシスの大前提として、本来であれば魔王教徒をエレンディルに入れず処理することを最良としている。当日もそうできればそうするつもりだが、奴らはまるで霧のように入り込む。愚かでも、魔王に与(くみ)する者としての厄介さは変わらん」

なので狙われる。

奴らは大時計台の魔石を交換する時期に現れて、レオメルを攻める足掛かりにするために。

「だから、我らは奴らを待ち受ける」

「大時計台に来るのがわかりきってるから、割り切ってそのために動くってことか」

「ああ。こちらに優位な戦場にさせてもらう」

可能な限り、町の外で処理しきれるよう努めるという。

しかし確実に全員処理できるとも限らず、また相手がどれほどの人数で来るのかもわからないため、確証が持てない。

相手が万が一にも大群で現れた場合は、

「いたるところに斥候を放ち、常に情報を得られるよう準備している。場合によっては私の権限を以て軍を動かす。エレンディルは帝都の傍とあって、十分な速度で対応できよう。民には一切の危害を加えさせん」

「ここまで入念に支度しながら、最初から軍を巻き込まない理由は？」

そのことを尋ねると、ラディウスは力強い声で言う。

「はじめから軍を用意しておけば、奴らの攻撃を完全に防げる。当然だ。レオメルの軍隊は世界最強、奴らが表立って手を出してこないことからもわかることだ」

彼の表情には覇気すら漂っていた。

「しかし、奴らがそれを見て攻め入るか？　我らを相手に真正面からやり合うつもりなら、最初からやってるだろう。我らが軍を用意していたところで、奴らは計画に変更を加えるだけだ。そうなるくらいなら、我らが予想できる範囲で動いてもらった方がいい」

それに、

「私とユリシスはこれまでのように、ただ対処するだけで終わるつもりはない。奴らを確実に生け捕り、情報を得る。そのためにも魔王教徒にも勘付かれぬよう、秘密裏に動かねばならん」

確固たる自信たるや凄まじい。

ラディウスが言いたいことはレンにもわかるが、それは諸刃の剣でもある。

(そうか。普通なら諸刃の剣でも、この二人なら関係ないんだ)

剛腕ユリシス・イグナート、それに次期皇帝との呼び声高い第三皇子が手を組んだこと。

レンが知る世界線で殺し合った二人が仲間になったことは、それほどまでに大きい。

すべては、魔王教の好きにさせないため。奴らが仕掛けてくるとわかりきっているのなら、それすら利用してやると二人は言った。

「クラウゼル男爵にはすでに説明してあるよ。私と殿下は、我々の間で動員可能な戦力を可能な限り動員する。万が一に備えてね」

ユリシスの声にレンが返事をする。

「お二人が動員できる限りと聞くと、すごそうですね」

「とはいえ少数精鋭だよ。だが、万が一には殿下が言ったように即座に軍を動かす用意もある。だからこれは、私と殿下の覚悟の表れと思ってくれたまえ」

「え――――ちょっと待って。ラディウスも現地に行くってこと？」

「当たり前だろうが」

「いや、端から端まで非常識じゃん」

「普段であればそうだが、今回は理由がある。それとレン、お前も大概非常識なことをしてるだろう。人のことは言えんぞ」

「俺も反論はできないけど……ならどうして、わざわざ危ないところに？」

「平原でのことと同じだ。レンには伝えていなかったことがある」

ラディウスはそう言い、隠していたことを口にする。

それは、七英雄の伝説でも明かされることのなかった、第三皇子ラディウス・ヴィン・レオメルが持つスキルのことだった。

「私は『解析（かいせき）』という特別な力を持っている」

その強みは、触れたモノの情報を調べられるということにあった。

情報と一言で表しても曖昧だが、たとえば剣を調べれば使われている金属がわかる。といっても頭の中に「鉄」や「鋼」という風に言葉が浮かぶのではない。

言葉で言い表すことは難しいが、ラディウスの知識を基に答えが導き出され、それが脳裏に浮かぶような感覚であると彼は言った。

該当する知識がない場合には、あくまでも新たな情報として頭に残るようだ。

「これで魔王教の刻印を確かめる。何でもいい。私は得られる限り、奴らの情報が欲しいのだ」

「だったら、待っていればいい。ラディウスは誰かが昏睡させた魔王教徒が連れてこられるのを、安全なところで待つべきだ」

「それで、私が望んだ結果を誰が保証してくれる？　レンが捕まえた盗賊団の捨て駒は覚えているか？　言ってなかったが、奴もあの暴走の後、レンが去って間もなく息絶えた。私が調べる前に刻印も消えてしまったのだぞ」

レンの攻撃が命を奪うに値したわけではなく、盗賊団員は魔王の力に命を奪われた。

また連れ帰るまでに異変が生じるかもしれないと思えばこそ、ラディウスには何としてもこの機を逃すつもりはない。

「私が魔王教の刻印への理解を深められればこそ、今後奴らの足取りを追いやすくなろう」

「……だから、自分も安全なところにとどまる気はないって？」

「ああ。誰に何と言われようと、私は奴ら魔王教を前に足踏みする気はないぞ。私は獅子王の末裔なのだ。民に危害を加えんとする者を傍に迎え、何もせずにはいられない」

ラディウスが欲しているのは保証だ。

以前のように情報を得られなくなることを何よりも危惧している、故に自分が現地に出向いてこそという言い分で、それは誰もがわかっていた。

……あくまでも、それ自体は。

「レザード様は作戦の詳細を聞き、ご納得なさっているんですよね？」

「安心していい。私も事細かに確認させていただき、これならと確信できる内容だった」

「……わかりました。そのことについて俺はもう何も言いません」

でしたら、とレンが頷く。

「俺は屋敷をお守りするということでよいでしょうか？」

最初も口にしたが、此度の作戦を邪魔立てする気はない。

レンはただ知りたかっただけだ。自分がどう動くことで邪魔にならないかを。どう動くことで守るための最善に繋がるかを。

「ああ……そうなのだが……」

ラディウスのはっきりしない返事だった。

「ユリシス、レンには何と話してある？」

「彼が来てくれた暁には、よりよい状況になるとだけお伝え致しました」

「ふむ……では、つづきは私が説明して構わんか？」

「ええ。むしろ殿下が話した方がよいでしょう」

頷いたラディウス。

ここにレンが来ることになった、もう一つの理由があった。

ここからの話はレザードもまだ聞いておらず、「ん？」と首をひねっている。

「レンも知っての通り、我らの作戦に失敗は許されん」

「失敗すれば、帝都とエレンディルの防衛機能が奪われるからね」

「いいや、それではない。むしろそちらに関しては何ら問題ないと思ってくれて構わん」

「……どういうことさ？」

「詳しくはことが済み次第、すべて話す。レンにも、レザードにもな」

ラディウスは一つだけ、意味深に告げる。

「ミリム・アルティアは伝説の魔道具職人だが、大時計台にだけ依存するのは昔の話だ。それだけ覚えていてくれたら構わん。我らレオメルが、何もしていなかったわけではない」

何か秘密があるようで、その先はまだ語られなかった。

しかし作戦の重要な点には変わらない。ここまで話したのであれば、やがてレンとレザードの二人にも告げるつもりなのだろう。

またユリシスはその事情を知っているらしく、訳知り顔で座っている。

(それもあって、可能になった秘密裏の行動か)

レンとレザードの二人が頷いて返すと、話のつづきへと戻る。

今回の作戦は可能な限り秘密裏に行われるが、話さずにはいられない存在がいた。レオメルを統べし絶対権力者、皇帝だ。

皇帝に説明する役を担ったのはラディウスだった。

「私とユリシスの思惑はすべて陛下にお伝えしてある。それについては実行の許可をくださった。これなら問題ない、と作戦内容も確認してくださった」

次期皇帝とも言われている者が危険な場所に出向くのに、違和感というか疑問が残る。

だがこうした経緯があったのかと、レンは合点がいく思いだった。

それでも、ラディウスには皇帝付きの騎士も派遣されている。

間違いがないよう、まさに隙のない布陣が敷かれたことがわかる話だ。

「その際、他の派閥への説明はどうするかとも相談した。それらは後ほど、事が済んだ後にどうにかすると陛下がお約束してくださった。レンが関係してくるのは、その後だ。私とユリシスは万全を期するために多くを考えていた」

一呼吸置いたラディウス。

彼と目と目を交わしながら、つづく話を聞くレン。


「そのために、彼女の助力を得られないかと思ったのだ」


彼女という言葉が誰を指すのかひどく曖昧だ。

だけどレンはすぐにわかった。該当する人物は一人しか思い浮かばない。

「彼女は過去、陛下に命令されても誰かに助力することはなかった。だが今回、彼女自身があることを条件に助力すると言ったのだ」

「それが俺って言うわけじゃないよね？」

「そのまさかだ。彼女は――剣王はレンが私の傍で戦うのなら、陰ながら助力すると約束してくれた」

「わからない。どうして俺が協力したら、なんて言ってきたんだ」

「私とて……それこそユリシスとてわからん」

ラディウスの声音と表情からは、本当に困惑しているのがわかる。

「彼女が我らの傍で戦うわけではないが、万が一に備え、近くにいてくれるそうだ」

皆が剣王の真意を理解できていなかったが、一つだけ確固たる事実があった。

「彼女が助力してくれれば、作戦がより盤石になる」

剣王の思惑はどうあれ、想定外の助力を前にレンも引き下がれない。

「レザード様、俺はラディウスの傍で戦おうと思います」

レザードもまた答えに迷った。もちろん再びレンに力を借りるのかと思うところはあったのだが、

此の程の話は、男爵の彼にとって大きすぎる話だ。

彼が答えに詰まったところで、

「褒美に、俺の学費を出していただくのはどうでしょうか？」

レンが自ら褒美を欲してみせたのは、これがはじめてだった。

明らかにレザードを気遣っての言葉だと皆が知っている。だけど、そんなレンの気遣いと決心の

強さに対しては、レザードも頑なではいられない。

レンはもう、田舎にいた小さな少年ではないのだ。

「思うように褒美を出そう。だからレン、レオメルのために力を借りても構わないか？」

それにはレンも、

「お任せください」

待っていたと言わんばかりの即答であった。

二人がそのやり取りを交わした後に、ラディウスが、

「しかしレザード、何かの拍子に、そなたらが我が皇族派の一員と思われるやもしれん。クラウゼル家はリオハルド家と懇意と聞くし、偏ってはいないと情報も流すが……」

「でしたら、今後とも我がクラウゼル家にご寵愛（ちょうあい）をいただきたく」

風評被害とは言わないが、予想される論調についてレザードが申し出た。

「ほう、何が目的なのだ？」

「私が欲するのは政治的力です。綺麗ごとばかりではまた理不尽に巻き込まれましょう。なので、私は中立派でありながら確固たる地位を築かなければならないのです」

「……なればこそ、我が皇族派の一員となる気はないか？」

「……」

「ふむ、それはまた別の話のようだな」

「……恐れながら、この場でお答えすることはご容赦ください。いまはまだ、自分の身の回りのこ

とで精いっぱいなのでございます」

　安易に派閥の鞍替えをできなかったのは、やはりこれまでの経験からだった。

　最近、順調に勢力拡大に努められていることもあって、ここで決断を急ぐことはしなかった。

　特にこの場の勢いに流されて決めるべきことでもなかった。

　第三皇子を前にして毅然と言い放ったレザードに、当のラディウスが不敵に笑う。

「元来、貴族という存在は派閥に囚われるべきではない。それを体現するような男であるな」

「不敬と仰せになられても致し方ございません。ですが私がレオメルへ、それに第三皇子殿下へ尽くすことは、未来永劫（えいごう）不変でございます」

「不敬などと思っておらぬ。そなたほどの忠臣を知れたことが喜ばしくてたまらん」

　ラディウスはまず一つ、約束することに決めた。

「事が済み次第陛下に申し奉り、クラウゼル家に然るべき褒美を取らせよう。そなたの中立は浄（きよ）く誇り高きものだ。真（しん）にレオメルを思うが故の立場であること、よくよく理解した」

　するとラディウスは対面のレザードに手を伸ばした。

「これからも、レオメルのために尽くしてくれ」

「――――はっ」

　本来、皇族と握手をするなんてことは普通じゃないはず。

　なのにここで、二人は固く握手を交わした。

　それからラディウスは、レンに身体を向けて目と目を交わす。

「本来はエドガーが私の傍に控えることになっていた。しかしエドガーには、クラウゼル家の守りについてもらった方がいいな。その方がレンも安心できよう」

「ん、ありがとう。それじゃ俺は――」

「私を傍で守るのはレン、そなたということだ」

ラディウスはレンに微塵も力不足を感じておらず、それどころか頼もしさを覚えていた。

出会って何年も経ったわけじゃないのに、二人は多くをわかり合っていた。

「私の背を預ける。しかし騎士として私の傍に控えてくれとは申さん」

「だったら、俺はどんな立場として？　用心棒？」

素直な疑問を呈したレンに、ラディウスが勝気に笑って、

「戦友としてならどうだ」

レンは第三皇子を前に戦友なんて、と思った。

でもそんなの今更だ、とも思った。

二人の手が、いま重ねられた。

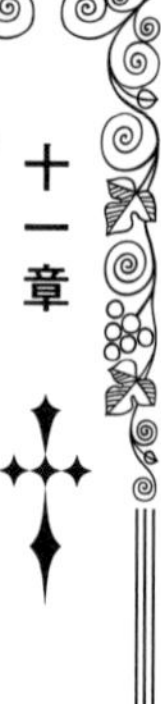

十一章　エレンディルの夏、大時計台の戦い

すぐ七月になった。成すべきことが多かったから、あっという間だった。

帝国士官学院の二次試験が終わったその日、夕方になってからリシアと屋敷へ帰ったレンの顔は、時が進むにつれて緊張感を帯びつつあった。

「こういうとき、貴族でなければ一緒に行けたのかしら」

広間のソファに座ってそう呟いたリシアに対し、レンが「どうしたんですか？」と問いかける。

リシアは「力不足を実感しただけよ」と言い、テーブルに置かれたカップを口に運んだ。

「あ、そういえば」

「なーに？」

「試験の際、お嬢様のご友人とは会えませんでしたね」

久しぶりの呼び方にリシアの反応が一瞬遅れる。

傍に座ったレンの顔を見ながらまばたきを繰り返し、笑った。

「きっと、お嬢様のご友人は申し込みをするのが早かったのよ。だから私たちと違う教室で受験してたんじゃないかしら」

レンはその返事を聞いて理解した。

「……なんとなく、以前のようにお呼びしてみたくなっただけです」

「ふふっ、ちょっとだけ新鮮な気分だった。それに、レンも緊張するんだって思ったら嬉しくなっちゃった」

「き、緊張ですか？」

「ええ。緊張してるんでしょ？」

リシアは明確な単語は口にしなかった。自分の言葉がレンの負担になることを嫌って、心の中にとどめておいた。

それから数十分が過ぎた頃だ。

クラウゼル家の屋敷へ二人の客が訪れた。ユノが案内したのはフィオナ・イグナート。彼女の後ろにはエドガーも控えていた。

今回、フィオナがこの屋敷に足を運んだのは彼女を守るため。戦いの舞台となる大時計台がエレンディルにあっても、彼女がここに来た方がいい理由が一つだけ。

レンが参戦することにより、助力をする者の存在がある。

「申し訳ありません。俺は少しだけ席を外します」

レンはいつもより若干硬い声で言い、二人の傍を後にした。その際、彼はエドガーと目配せを交わして彼を伴い広間を出た。

残されたフィオナとリシアの二人は、向かい合ってソファに座った。

「フィオナ様の夏服、前も思ったのですがすごくお似合いですね」

「う、ううん！　リシア様の方がお似合いになると思います！」

決して気遣いでも機嫌取りでもない、本心からの言葉を口にした。

リシアが学院の制服に身を包んだ際、フィオナと同じで異性を虜にすることは間違いない。

二人はそんな取り留めのない話を交えてから、切なげな表情を交わす。

彼女たちが年代より遥かに強いことは事実だが、戦力は足りている。この場の二人にできることはなく、守られるだけの存在だった。

だが何もしないわけではなく、二人はここでできることをする。

ユリシスやレザードの仕事を手伝い、いざとなったら自分たちも動けるように準備をつづけていた。

しかし、近くでレンを支えられないことには力不足を痛感する。


二人が言葉を交わして数分後、レンが広間へ戻ってきた。

レンは先ほどとまったく違う、まさにこれから戦いに行く支度を終えた姿だった。

彼の周りを飛ぶククルが、漂う緊張感を感じ取りいつもより心配した様子でレンを見ている。

「大丈夫だよ」

『……クゥ？』

本当？　と言っているような鳴き声。

ククルはレンに頭を撫でられ、くすぐったそうに身をよじる。

レンが少女たちの近くへ向かうと自分もついていき、今度は少女たちの周りをふわふわと浮かんでいた。

「じゃあ、そろそろ行ってきます」

「いってらっしゃい。怪我なんかして帰ってきたら、承知しないんだから」

「どうかお気を付けて。……無茶をしたら、私も怒っちゃいますからね」

決して安易に送り出そうとしたわけではない。

彼女たちの心にはいくつもの迷いがあり、レンに伝えるべき言葉選びも難しかった。

だがそれでも、信じられる。彼女たちにとってレンは命の恩人だ。レンの強さと言葉を、彼女たちは誰よりも信じていた。

レンはそんな彼女たちに見送られ、一人この屋敷を発つ。

リシアとフィオナは急いで窓に駆け寄って、そこからレンが見えなくなるまで見送った。

ユリシスはエレンディルにいない。

彼はいま、帝都にいていざとなったときに大きな動きを見せられるよう、別行動をとっていた。

片やレンは屋敷を出て、町外れの廃屋へ向かっていた。

この廃屋の奥には、秘密の地下室への道が隠されている。

古びたフローリングに手を当てると、霧のように一部のフローリングが消えて隠されていた地下への階段が現れた。

レンは階段を下り、下にある古びた木の扉を開けた。

「レン殿？」

獅子聖庁で度々剣を交わした身体の大きな男がそこにいた。

他にもレンが幾度と獅子聖庁で剣を交わした剛剣使いが顔を揃えている。皆、獅子聖庁での姿ではなく、冒険者と見紛う姿に身を包んでいた。

「ど、どうしてレン殿がここに？」

「ああ……いったい何故」

剛剣使いたちは疑問を声にしたが、地下室の最奥にある椅子に座ったラディウスが彼らに答えを告げれば静寂が訪れる。

「私が呼んだ。レンは今宵、私の背を預かる戦友となる」

皆が呆気に取られ、でもすぐに納得もできた。

レンの強さを身を以て体感していた彼らにとって、レンの実力を疑う必要はない。

「レン殿がいるのなら頼もしい」

「千の騎士を得たも同然だ。何と喜ばしいことか」

騎士たちは口々にレンの到来を歓迎し、ラディウスの元に向かっているレンとすれ違うたびにそれらの声を投げかけた。

レンもその声に応じながら歩き、やがてラディウスの傍にたどり着くと、

「ラディウス」

獅子聖庁の騎士たちはレンがラディウスを呼び捨てにしたことに目を見開き、しかし呼び捨てにされたラディウスが「何だ」と軽く返したことで様子を窺う。

「ここにいる人たちが、今日の戦力？」

「そうだが、まさか不服と言うわけではあるまいな」

「驚いただけだよ。投入される戦力が剛剣使い揃いなら、相手の方が可哀そうに思えてくる」

レンが化け物じみた速度で成長しているだけで、獅子聖庁の騎士たちもまたひとかどの戦力であることに変わりはない。皆が物心ついた頃から努力をつづけてきた秀才、あるいは天才のみで構成されており、その平均的な実力は近衛騎士をも凌駕する。

また少し時間が過ぎ、ラディウスが腕時計を見てから席を立つ。

「紳士諸君、そろそろ時間だ」

ざっ、と皆が姿勢を正す音が地下室に響いた。

彼らの目が一様に力強いそれへと変化する。見慣れていたはずの彼らに対し、レンはその力強さと一糸乱れぬ統率に驚かされる。

これが、獅子聖庁の騎士たちが戦地に向かう顔なのか、と。

次に騎士たちが道を開けて抜剣し、胸の前に構えた。作られた道はレンとラディウスが歩くための道だった。

ラディウスはレンと歩きながら皆に問いかける。

「そなたらに問う。今宵、そなたらは何を成す」

『獅子王の裁きを』

「そなたらに問う。今宵、そなたらは何を成す」

『剛剣の裁きを』

「ならば蹂躙せよ。その拝領の剣により、国祖・獅子王の怒りを成せ」

七大英爵家でも持ち得ない、レオメルが誇る特別な戦力。

獅子聖庁の騎士たちは、時としてこのように皇族の命により特務に身を投じることがある。その際は、ラディウスが言うように力を示すだろう。


まったく乱れぬ問答の後、彼らは地下室から廃屋の外へ出る。

ここから、本格的に作戦が始動となるその直前に。

「レン」

皆が立ち止まったところでだった。

「そなたにも問おう。今宵、そなたは何を成す」

レンはその問いに対し、返答するまで数秒の時間を要した。

獅子聖庁の騎士たちを前に、それに獅子王の末裔を前にしてこのようなことを口にしていいものか迷った。

しかし、昂（たかぶ）る心に従った。

レンは空を見上げてラディウスと、騎士たちに告げる。

「一切の敵をねじ伏せる、そんな獅子になるよ」

聞く者によっては、それを不遜と吐き捨てる者もいよう。

だが、誰もそうしなかった。誰もがレンの姿とその声から漂う凄みに気圧されていた。

大時計台の周辺には噴水を中心に置いた広場や自然公園があって、それらの敷地と町を隔てる水路に一本の橋が架けられている。

町全体で人払いをできればこの上なく最良だったが、不可能に等しい。

それをしてしまえば魔王教に勘付かれてもおかしくなくて、当初の計画がまるっきり破綻しても不思議ではなかった。

大時計台の周辺は普段に比べて静かすぎた。

夕方を過ぎた頃から、その周辺はある名目によって封鎖されている。

『広場の石畳や橋に異常が確認されたため、周辺への立ち入りを禁ずる』

道に立てられた大きな看板に書かれた文字だ。

大時計台周辺には一般人が住まう建物はない。あるのは商業的施設をはじめ、公的施設ばかりだった。避難を命じられた店の店主らには、後で保証金が支払われる。

一般市民が残っていないかどうかは、ユリシスが手配していた者たちが確認している。

別の場所で民に被害が出ないようにするためにも、準備は万全だった。

魔王教徒はそれを見てどう思うのか。

罠？　これが大時計台の魔石を入れ替える前触れ？　ラディウスにも敵がどう思うか判断はつかなかったが、断定できることが一つだけ。

奴らはもう、作戦を中止できる段階にないだろうということ。


そんな大時計台へ通じる橋の近くに一組の男女がいた。

ヴェインとセーラ、その二人である。

彼らは今日の二次試験を終えてからすぐ、帝都を離れてエレンディルに足を運んでいた。今日までの頑張りを讃え合うため、また息抜きのためだった。

「残念。広場へは行けないみたい」

セーラがため息を漏らす。

橋へ近づくことすら叶わない。警備の兵士たちが道を途中から封鎖して、関係者以外、橋に近づけないよう目を光らせている。

「帰ろうか。また今度、別の日に行けばいいよ」

踵を返すように空中庭園へ向かおうとしたが、怒号にも似た声と何かが破裂するような音、それに何らかの魔法を行使したと思しき音が聞こえてきたことで、二人はハッとした様子で足を止めた。

「ヴェイン」

「ああ、聞こえたよ」

二人は警備兵の姿があるにもかかわらず、橋へ近づきその先へ進もうとした。

しかし、警備兵たちが二人を止める。

「何かあったのかもしれません。我らが確認いたしますので、ご安心を」

「貴女様（あなたさま）はリオハルド家のご息女とお見受けいたしました。我らにすべてお任せを」

「だったら、教えなさい」

セーラが毅然とした態度で、

「貴方たちが落ち着いてあたしに説明できたのは何故？　あれほどの騒ぎなのに、眉一つ動かしてないじゃない」

「不測の事態にも、我らは皆様を守るため訓練しております」

「あっそ。ならそれはもういいわ。だったら、もう一つだけ教えてもらおうかしら」

セーラの口ぶりには敵意があった。

警備兵らに邪魔立てされたことに対しての敵意ではない。彼女が明確な敵意を抱いてしまったのは、警備兵たちの素性が明らかではなかったからだ。

「変よね。警備兵が全員剛剣使いなんて聞いたことないわ」

警備兵たちは平静を装った。

眉一つ動かすことなく、耳を傾けつづけた。

「見事な胆力だわ。けど、リオハルド家の娘を甘く見ないことね。あたしは剛剣使いとだって数えきれないくらい剣を交わしてきた。貴方たちの振る舞いの端々から、同じ気配を感じるわ」

「……セーラ、どうして剛剣使いがここに？」

「さぁ、あたしもわからないわ。でも、あの子(リシア)のために無視する気はない」

セーラが警備兵たちに敵意を抱いた最たる理由だ。

セーラは過去、同派閥に属していたギヴェン子爵の件でリシアに負い目がある。また同じようなことがあれば、絶対に手を貸すと決めていた。

たとえそれが父に止められても、絶対に。

「剛剣使いが……いいえ、皇族派かしら？　貴方たちがここで揃って何をしてるのか、答えなさい」

「……」

「いいわ。答える気がないなら自分で確かめる。ヴェインはここで待っていて」

「馬鹿なことを言うなよ。セーラの大切な友達のためなら、俺だって黙っていられない」

二人が看板を通り過ぎようとした直前、警備兵たちの様子が一変。

「それ以上進むことは許容できません」

警備兵の————否、獅子聖庁の騎士の声が変わった。

「貴女様がクラウゼル家のご令嬢と懇意であることは、我らも存じ上げております。されど、此度は我らにお任せを」

「明日にでもリオハルド家に連絡が届くでしょう」

獅子聖庁の騎士たちもセーラの扱いに困っていた。

相手は七大英爵家がリオハルド家、その息女とあってあまり無理なことを言っても派閥同士の諍いとなろう。

ここでラディウスたちの邪魔をすることは、何よりも避けねばならない。


――――しかし、彼女たちがすれ違う直前だった。

獅子聖庁の騎士が口にした言葉がセーラの耳に届く寸前、大時計台広場の方から一際大きな破裂音と、いくつもの火柱が上がった。

物陰から現れた不審な者の姿があった。

「っ……ヴェイン！」

その者はセーラの背後を狙いすまして闇夜に紛れて駆けたのだが、

「賊を生け捕れ！　殺さなければ、手足程度なら断っても構わん！」

獅子聖庁の騎士たちの狙いが、瞬時にそちらへ向けられた。

「かはっ!?」

魔王教の者と思しきそれが、あっさり捕縛された。

急なことに驚き、でも剣を抜きすでに臨戦態勢にあったヴェインとセーラ。

二人は驚嘆と緊張を全身に帯びながら、

「この先で、何が起こっているの？」

尋ねるとほぼ同時に、新たな魔王教徒たちが十数人ほど現れる。

獅子聖庁の騎士たちは、ヴェインとセーラを守らんと立ちはだかる。

そこへ二人を守るようにリオハルド家の者が数人現れた。白銀の外套に身を包む騎士たちだ。レンが過去に思い返した、陰から守る者たちだろう。

これなら、魔王教徒が十数人現れたところで関係ない。

魔王教徒が幾人か、ヴェインたちを守る者たちに攻撃しようとしたところで……

「頼めるか」

「ああ、大丈夫」

皆の背後から声がしたと思えば、ヴェインとセーラを守る者たちと、迫りくる魔王教徒たちの間にレンが現れた。

ヴェインもセーラも、レンの姿を見て驚きの表情を浮かべた。

以前、街道外れの森で会ったことのある少年だったから。

「危ないわ！」

「逃げろ！　そこにいたら――――ッ」

慌てて制止するも彼らはおかしいと思った。この事態の最中、ひどく落ち着いた様子で獅子聖庁の騎士たちを観察していたことも、その騎士たちがレンを助けようと動かなかったことも。

だけど、すぐにわかった。

「容赦はしない」

あの日言葉を交わした少年が、圧倒的な実力者だったということに。

鉄の魔剣を前方へ勢いよく振り下ろしたレン。

それにより生じた衝撃波が扇状に広がって、迫る魔王教徒を怯ませた。

すぐに鉄の魔剣を構え直し鋭く疾く踏み込んだレンが、あっという間に数人を昏睡させる。ある者はみぞおちを、ある者は首筋を強打されていた。

敵が悉く、抵抗らしい抵抗もできずねじ伏せられていく。獅子聖庁で剣を振るときと違い、いまのレンはただ、文字通り蹂躙の限りを尽くしていた。

レンの強さを目の当たりにしたヴェインとセーラは、言葉を失っていた。

「本当に、とんでもない強さだな」

敵が一人残らず倒れてから、馬に乗って現れたラディウスがレンの隣で言った。

「俺のことはいいから、早く調べた方がいいよ」

「わかっているとも」

唐突に現れたラディウスを、ヴェインははじめて見た。

急に皇族が現れたことに気が動転してしまったセーラが目を見開いている。

「ここにいる者たちでは足りん。もっとだ」

倒れた魔王教徒の刻印に手をかざし、その手をぼんやりと蒼く光らせた後で、ラディウスが改めて馬に乗った。

傍にはレンが乗ってきた馬もおり、彼もまた馬に乗った。

「そこの者、セーラ・リオハルドだな」

「え、あ……はっ、はい！」

セーラは慌てて臣下の礼をとり、馬上のラディウスに頭を下げた。

もちろん彼女の隣にいるヴェインもだ。

「この先へ行くことは許さん。クラウゼル家を案じているのだろうが、それも不要だ。私の名においてすべての安全を約束しよう」

そう言われてしまえば、セーラに口出しはできない。

相手は皇族派どころか皇族そのもの。いくらリシアのことが心配で、彼女を案じていようとここより先はセーラが個人で口出しできる領域にはもうない。

ラディウスはセーラが納得したのを見て、レンと目配せを交わしこの場を去った。

「セーラ、彼はこの前の」

「ええ……馬鹿馬鹿しいくらい強くて、もう何が何だかわからないわ」

セーラとヴェインはリシアを案ずる気持ちを抑えながら帰路に就かされた。

リオハルド家の私兵によって、半ば強引に。

◇◇◇◇

戦火による影響は、意外にも大時計台広場の近くでないとわからない。

特別な魔道具を設置することで、その破壊力や音、それに炎の影響が周辺に広がらないよう管理されていたからだ。

魔王教がこれほどの戦火を以て、人目に付くことを恐れず攻め入ったことは驚嘆に値した。

「奴らめ、どこに忍び込んでいた」

「旅人や冒険者に紛れてか、はたまた積み込まれた荷に紛れてか――――いずれにせよ、我らが成すべきことは変わらん」

獅子聖庁の騎士は皆、決して動揺していなかった。

なぜなら皆が騎士の中の騎士であり、一握りの精鋭のみで構成された者たちだからだ。

「な、何だ……こいつらッ！」

「聞いてないぞッ！　どうなっているッ!?」

「警備は薄かったはずじゃ――――」

漆黒のローブに身を包んだ者たちが慌てふためく。想定外の強者が集まっていたことに、魔王教徒らの間に動揺が走っていた。

「有象無象が群れたところで、結果は変わらん」

獅子聖庁の騎士が息も切らさず、ただ事務的に処理していく。

魔王教徒たちが意識を刈り取られ、石畳に組み伏せられていった。

「殿下だ！　殿下がいらした！」

ラディウスはレンを連れ、馬に乗って大時計台広場を駆けていく。

二人が向かうのは大時計台、その入り口だ。

すでに入り口付近は破壊された形跡があり、中に忍び込まれていることがわかる。

「殿下の道を邪魔させてはならぬ！」

「獅子王の名のもとに！　蹴散らせェエエ！」

より一層の覇気を纏い、剛剣を用いる獅子聖庁の騎士たちが咆（ほ）えた。

一切の邪魔は存在していない。

レンとラディウスの先には、ただ一筋の道が大時計台の入り口へつづくのみ。

「レン、この後は若干面倒になる！」

馬に乗って駆けながらだった。

「大時計台の中には、昇降機なんてものは存在しない！」

「は、はぁ!?　それってまさか、この馬鹿みたいに高い大時計台の屋上まで、階段を駆け上がれってこと!?」

「そのまさかだ！　だが案ずることはない！　私は今日まで、城内で体力づくりに励んできた！」

「ッ〜〜それだけでどうにかなるかよ！」

しかし、もうやめられない。

ここにきて作戦をやめるなんてことはできず、二人は遂に大時計台に足を踏み入れた。

馬を下り中に入った大時計台は、遥か頭上に広がった梁(はり)が最上層へ向けて、幾層にも重なり荘厳な景色を生み出していた。

巨大な歯車や小さな歯車が合わさる区画や、複雑な文様が施された壁がいくつもあった。

外にいた騎士も何人か、予定通り二人の後につづいていた。

四方を囲む階段を上りながら、レンは後ろにいるラディウスを見た。

「大丈夫？」

「……明日からは、さらに体力を付けようと思ったところだ」

「……そうした方がいいよ。付け焼き刃の運動じゃ無理があるって」

額に大粒の汗を浮かべながら、文官寄りの強みを持つラディウスが懸命に階段を駆け上がる。

五分、十分と時間が過ぎていくもまだまだ先は遠い。

「ぬっ……」

足を踏み外したラディウスが、後ろに転げ落ちそうになったところで、

「――あれだけの覚悟を見せたんだ」

レンの手が、ラディウスの腕を摑んで止めた。

「足、引っ張るなよ」

見え隠れするのはレンの本気。

同じく本気でこの場に来て、今日まで作戦を考えつづけてきたラディウスには痛い言葉だ。レンの態度を尊大などと思うどころか、檄(げき)を送られたことに感謝した。

キッと目を細めたラディウスが「舐(な)めるな」と言って身体をいじめぬく。

「言ってろ。屋上でレンが下手を打ったら、同じ言葉を口にしてやる」

「はいはい……そうならないように祈ってるよ」

先は長い。


さらに進んだ先で。

「レン！　少し寄り道するぞ！」

近くにある扉はこの大時計台の文字盤周りを管理するためのもので、文字盤に外付けされた通路へ出られるとラディウスが言った。

「早く上に行かなくていいの!?」

「文字盤前の通路から行けば、先に行った者たちと別の道から魔王教を追える！　ついでに確かめておきたいことがある！」

「ああ！　そういうことなら！」

外へ通じる扉の近くでも戦いが繰り広げられていた。外でも誰かが戦っている。

魔王教徒たちも、自分たちがおびき寄せられたことにもう気が付いているはず。大時計台の中でも待ち受けている騎士たちを見て、しかしもう引けないから戦っているのだ。

ラディウスとユリシスの策に間違いはなかった。

彼らほどの人物が、敢えて敵を引き入れて戦っているだけのことはある。

「――――風が……！」

先頭を駆けるレンが戦う者たちの横を駆け抜け、外へ出ていく。

話に出ていた通路は、文字盤に刻まれた九時と三時の文字を繋ぐように作られた、床と太い手すりだけの頼りないシンプルな見た目の通路だ。それでいて強固で特別な金属製だから、揺れたりはしない。

通路の中央付近から、文字盤の中央に向け枝分かれした通路もあった。

真夏の風が勢いよくレンに吹き付ける。ただでさえ巨大な大時計台、その頂上付近にある文字盤から夜のエレンディルを望み見た。

宝石箱をひっくり返したようなという表現そのままに、夜の灯りいっぱいの夜景だった。

「レン！」

迫る魔王教徒を見て、ラディウスが叫んだ。

ここでも戦いが繰り広げられていた。剛剣使いが前に出ようとするが、それより先にレンが鉄の魔剣を振り、あっという間に敵を横たわらせた。

文字盤の前、狭い足場での戦いに身を投じるレンが、

「大丈夫。ここは俺の出番だよ」

騎士たちにラディウスを護衛させ、自分は成すべきことを成すために剣を振った。

少年のそれには見えない苛烈さと磨き上げられた剣の冴えに、ラディウスは平原でレンの剣を見たとき以上の驚きを覚える。

「――――はぁあああ！」

魔王教徒がいずれも、レンに意識を刈り取られていく。

彼の強さに目を奪われていたラディウスが囁（ささや）くような声で言う。

「……獅子になる、か」

夜のエレンディルに繰り出す前に、レンが口にした言葉。

おおよそ少年が見せる剣技とは思えない強さを見て、ラディウスが思い返した。

そうしながらもレンが切り開いた道を進み、途中で枝分かれした先へ向かったラディウスが文字盤の近くで何かを確認。

「やはり、ここでも町を守る仕組みを暴こうとしていたようだな」

敵の動きが予想通りだったことを確認し、頷く。

屋上への扉は巨大な歯車の床の、その先に鎮座していた。
この歯車の床は動くものではなくて、あくまでも意匠。周囲で動く歯車は、いまも一定のリズム

で音を奏でていた。

「この先にいるはずだ」

ラディウスが呼吸を整えながら言った。

魔王教の刻印から情報を得るためなら、外にいる者たちからでも十分。

それは正解だが、間違いでもあった。ラディウスにはある確信があって、自分自身、こうして苦労しながら屋上へ足を運ぶ必要があると考えていた。

だからこそ、この先にいるだろう此度の騒動の黒幕たる人物を……盗賊団を動かし、この大時計台を襲うことに決めた者を逃がすわけにいかない。

「俺が先に行く」

レンが屋上の庭園へ広がる扉を開けた。

ぶわっ、と夏の生暖かい風が二人に吹き付ける。

漆黒の天球を覆う満天の星をこの庭園から見上げれば、まさに天を眺める特等席といったところ。

その特等席に、招かれざる客が十数人いた。

突然現れたレンたちを見て、ひとりの男が声を上げる。

「おやァ？」

庭園の最奥には黒曜石で作られたような石碑が鎮座する。周囲を色とりどりの花々に彩られた、どこか神秘的な場所だった。

いま、石碑の前に立っていた者が声を上げたのだ。

他の者と同じく漆黒のローブに身を包んでいたその男は、手に豪奢な杖を一本持っている。

僧兵が如く剃髪された頭皮には、複雑な文様の刺青が施されていた。背はレンの倍とはいわずとも特筆すべき高さを誇り、なのに猫のように背を丸めて歩く姿が異様ですらある。

「おやおやおやァ？　まさかと思いましたが、第三皇子ではありませんかァ」

呼吸を整え終えたラディウスが、疲弊しきった足に鞭打って歩いた。

彼の前を獅子聖庁の騎士たちが歩き、その隣をレンが歩く。

「……レニダス司教」

ラディウスが口にした名を、レンは以前もラディウスから聞いたことがある。

またその名は紛れもなく、以前、フィオナが友人たちと話していた際に話題に出た司教の名だった。

「おォ！　まだ私を覚えておいででしたか！」

「忘れるはずがないとも。帝都大神殿で司教を務めていたそなたを、どうして私が忘れようか」

話を聞くうちに、レンも状況を理解しつつあった。

気になるのは、そんな人物が何故、魔王教徒になっているのか。

その気持ちを代弁するようにラディウスが言う。

「主神エルフェンに仕えていたそなたは、聖地にも名が知れた聖者だった。なのになぜ、その身を魔王教などという下賤なものへと落とした」

「――――下賤？　我々が？」

「ああ。魔王に与する自らの立場、理解していないわけではあるまい」

呆気に取られたレニダスが、丸めていた背をまっすぐ伸ばした。

やはりこの男はとんでもなく背が高い。恐らく、純粋な人に限らず他種族の血も引いているからなのだろう。

「私は気が付いたのですよォッ！　本当に愚かなのはエルフェンだとねェッ！」

「……何が愚かだというのだ」

「言うに及ばず！　魔王を愚かと一蹴したラディウス殿下には、その尊さを説くべきとも思えませんねェッ！」

レニダスは魔王教徒らにラディウスとレンを威嚇させ、ニタニタと笑いながらゆっくり歩いてくる。

「殿下ァ……不思議なことに、大時計台の魔石が古いままなのですよォ……なぜです？」

「もうわかっているだろう。我らが貴様の企てを悟り、待ち構えていたからだ」

「……でしたら、何故なのですゥ？　名高きミリム・アルティアが作り上げた守りの力、それも見あたらないのはどうしてでしょう……？」

守りの力がない？

リシアから聞いていた話と違う内容に、レンが眉をひそめた。

「言うには及ばぬ。魔王に与する愚かな男には、その理由を説くべきとは思えん」

レニダスの言葉を借りてラディウスが言えば、レニダスはピタッと立ち止まった。レニダスを囲むようにしていた魔王教徒たちも、同じように立ち止まっていた。

「いいでしょう。殿下を我らが教主様の元へお連れして、そこで聞けばよいだけのこと。これはこれで都合がいい」

魔王教の教主だって？　とラディウスが語気を強める近くで、

（アイツか）

レンがあることを思い出していると……。

レニダスが腕を上げて指示を出したのをきっかけに、彼の部下と思しき魔王教徒たちがじりじりと彼我の距離を詰める。それを見て、共にやってきた獅子聖庁の騎士たちが前に出た。

対するレニダスもそう。魔王教徒らに守られながら、不敵に笑っていた。

「殿下、ここにいる者らは下にいる者よりできるようです」

一人の騎士が言った。

「そのようだ。だがそれでも、生け捕りを優先してくれ」

難しいことを簡単に言い放つラディウスには、ただ言い放つだけの無責任な思いはない。

彼はこの作戦に参加した皆と共にあった。

「皆、もし死ぬことがあれば私と共にだ。それに不服がなくば、獅子王より受け継ぎし剛剣を見せよ！」

その檄は剛剣使いにとっての誉れだ。獅子聖庁に勤める騎士たちにとって、皇族が命を共にするという言葉に昂らぬ者は皆無であろう。

騎士たちは咆えた。剣を抜き、覇王の騎士のように突進した。

剣と剣がぶつかり合う音。空を割く風魔法の音。

魔法による炎が舞えば、辺りの景色を歪ませる。精緻に整えられていたはずの屋上庭園が、瞬く間に戦場へ変わった。

ラディウスはその様子を見ながら、レンに声を掛けた。

「レン」

淡々として、静かな声だった。

風に乗ることもない、二人にしか聞こえない声。

「私はそなたに謝らなくてはならないことがある」

「俺に？」

「ああ。私の力は覚えているだろう？　それと、次に私と握手を交わしたことをだ」

そう言われ、レンはラディウスが言いたいことを悟った。

「相手が魔法的防御の力を秘めた防具をしていれば、私の力もひどく鈍る。先日のレンはそれをしていなかったから、少しだけそなたの力を垣間見た」

ラディウスがレンの力を覗き見てしまったのは偶然だった。最初から覗き見ようとして握手を交わしたのではない。あのとき彼は、素直に握手を交わしたいと思っていた。

「ってことは、完全には見られてないのか」

「ああ。そなたの力を見通すことが怖かったのだ。握手をしてすぐ、私が知る何とも違う……人の世の次元にない力を垣間見た気がした」

魔剣召喚についてだと思われるが、ラディウスはそれらを理解できなかった。

理解できたのは唯一、レンの力の凄まじさのみ。

ラディウスが言ったように、その力が人の世のそれにない力である。そう思わされたということ。

「私はレンの力を理解しきれなかったおかげで、別のことを理解できた」

騎士と魔王教徒が戦う中で。

二人は最奥のレニダスが大時計台の装置に手を伸ばしたのを見た。

「以前、クラウゼル領から天を穿つ光芒が生じたことがあった。ギヴェン子爵が起こした騒動と同じ頃の話だ」

「…………」

「あの光は帝都はおろか、天空大陸にも届いた。エルフェン大海を超え、西方大陸においても観測されたと聞いている」

ラディウスがレンを見た。

レンもまた、ラディウスを見た。

「話は変わるが、ユリシスもまたそうだ。いまなお娘の力をひた隠している。力をあけすけにすれば弱点を晒すも同然だからわからないでもないが、それにしてもユリシスの振る舞いは気になっていた」

「……ああ」

半歩、二人の距離が狭まった。

戦う騎士たちを傍目に、ラディウスはこの話は譲れないと言いたげに。

それも騎士たちの強さを信用してこそで、彼らが魔王教徒らを圧倒しているのを見たからだ。

「バルドル山脈は未曽有の被害に見舞われた。それがすべて魔王教による仕業とは思えん。あのようなことができるなら、奴らは最初から帝都を狙っていただろう。であればこそ、あれは別の者が引き起こした災害に外ならぬ」

戦いの音を聞きながら、なおもつづけられる。

第三皇子が至った、その答えまで。


「たとえばバルドル山脈に眠るとされていた、赤龍アスヴァルなどだ」


もはやレンも言葉にして答えないだけ。

「仮にアスヴァルが復活したのなら、すべての整合性が取れる。ユリシスが隠さざるを得ない力を奴の娘が持っていたとすれば、すべてが繋がる」

「いいや、取れてない」

「ほう、何故だ？」

「仮にアスヴァルが復活したとして、誰がアスヴァルを倒したんだ。アスヴァルは伝説の龍。七英雄が力を合わせてようやく戦えた相手なのに」

「そんなの決まっている」

ラディウスは片手に握り拳を作り、レンの胸元に押し当てた。

「レン、お前だ」

確信めいた声音だった。

「そなたがユリシスの娘と共にあのバルドル山脈を脱し、いまこうして生きていることがその証だ。ギヴェン子爵の件然り、そなたがすべての鍵となっている」

レンは答えなかった。

安易に答えていい問題ではなかったから、彼はラディウスから目をそらし、庭園の最奥にいるレニダスを見た。

「答えたくなければ、もう聞かん」

が、そこでラディウスが引いた。

「しかしレン、そなたがこれまでの大敵に対し、命懸けでその死地を乗り越えてきた。これは否定できないはずだ」

「だとすれば、どうするのさ」

「どうするというわけではない。だが今宵、レンはこれまでと違う戦いを見せるはずだと思っただけのこと」

レンが再びラディウスを見た。

今度はラディウスがレニダスに視線を送っていたからレンと視線が交錯しない。その代わり、ラディウスの横顔は涼しげだった。

「これまでのような死闘はいらん。そなたが成すべきはそなた自身が申した通りだ。今度はそなたが、敵を蹂躙する戦いとなる」

レンは確かに言った。

『────一切の敵をねじ伏せる、そんな獅子になるよ』

これは、いままでとは違う戦いになることの証明だ。

すべてレンが蹂躙してきたとは言わない。彼は命懸けで勝利を収めてきたから、最後に勝ったのはレンだっただけ。

だけど、今回の戦いにそれは不要だ。

レンに求められており、レンが成すべきはその力を示すこと。

「エドガーは言っていたぞ。レンは剛剣技こそ自分に劣るが、命のやり取りをすればその結果は想像できぬとな」

「光栄だよ。あのエドガーさんにそう言ってもらえるなんて」

一呼吸置いて、

「もう謙遜もいらぬ。だから、レン」

ラディウスは二人の騎士を自分の傍に呼び戻し、レンに告げる。

「獅子になると言い放ったその真の力で、我らを刮目させてくれ」

求められるは、レニダスの生け捕り。

ラディウスに告げられてすぐ、レンが一歩、また一歩と前に進んだ。

「私を導いてくれるか？　戦友（レン）」

「ああ。俺が戦友（ラディウス）を導いてみせる」

二人だけの会話が終わってすぐの、ふとした瞬間に。

先で戦う騎士も魔王教徒も、近づく圧に気を取られその手を止めた。

圧の根源たるレンが一歩ずつ近づくにつれ、戦況が瞬く間に変化していく。騎士たちは何かを悟り、レンを邪魔しないためにもラディウスの元へ身を引いた。

魔王教徒らは互いに距離を詰め、剣や杖を構えた。

「――――殺せ」

「――――殺せ」

魔王教徒たちの声。

風、炎、氷、多くの属性魔法がレンに牙を剝く。

それらすべてがレンに肉薄しようとしたその光景を、ラディウスはまばたき一つせず見守った。

騎士たちもそう。ラディウスより深く理解するレンの実力を疑うことはない。

（赤龍の力とは、程遠い）

迫る魔法を前にレンが確信。

物理では断てない魔法を前にしても、一切が恐れを抱かせるには力不足だ。

レンは鉄の魔剣を悠々と持ち上げ、空を見上げ――――


「今日は、星がよく見える」


そんな言葉を口にして、横薙ぎ一閃。

暴風、あるいは嵐。

横薙ぎにより生じた風は圧の波と化して、押し寄せる魔法の束にその威を示す。次に生じたのは、魔法が破壊されたことによって生じた閃光だ。

一瞬だけ目を閉じたラディウスと騎士たち……彼らが次に目を開けると、視線の先にはレンが鉄の魔剣を手に立っていた。

ラディウスは身震いするような思いだった。

先ほどの戦技はまさしくそう、

「星殺ぎ（ほしそ）を扱う少年など、聞いたことがないぞ――――レン」

昨夏、エドガーがレンに披露した剛剣における戦技。

それを用いること即ち、剛剣使いの中でも剣豪級に値する。言い換えれば、他流派における剣聖級だ。

ラディウスはレンの急速すぎる成長に驚きを隠しきれていなかったが、実際にはどうだろう。レンは尋常ではない速度で剛剣使いとして成長しているが、それ以前の努力や経験を考えれば、このくらいの成長速度は当然ですらあった。

常人には経験できない死闘をレンは幾度と繰り返し、常人では耐えられない鍛錬を幼い頃から積み重ねた。

培われた資質とその技が、剛剣技の中で大きく花開いたということ。

それまでの努力と命懸けの戦いあってこそ、レンはその成長速度を誇った。

「お前たち程度の魔法なら、俺には届かない」

殺げる。例外なく。

恐れをなした魔王教徒らが魔法を連発してみせるも、一切がレンに届かない。

レンが風のように駆けた。

「ホ？」

情けない声を上げたレニダスへ向かう、鉄の魔剣の切っ先。

他の小物を先に相手をする必要は一切なく、敵の頭領から落としにかかった。

しかしレニダスは用意周到で、鉄の魔剣が黒い魔力の壁に遮られた。

「殺しなさいィ！　この男を殺すのですッ！」

レニダスが喚(わめ)き、魔王教徒を呼び寄せる。

瞬く間に押し寄せた魔王教徒たちがレンの背後から猛威を振るわんとするも、

「退(ど)いてろ」

眼中にない小物ばかり。

振り向きざまに鉄の魔剣を振るったレンが、敵の剣や杖を容易く断ち切った。反動で怯んだ奴らに剣圧を浴びせ、その身体ごと弾き飛ばして意識を奪う。

再びのレニダスへ。

が、今度はレンの身体が何かに弾き飛ばされた。

レニダスが放った黒い風が、レンを数メイルほど遠ざけたのだ。

「なぜ、これほどの剛剣使いが!?」

驚くレニダスを前に、レンは冷静だった。

(いまの、黒魔法か)

根底にあるのは魔王の力などではなくて、聖魔法に相反した属性であるという事実のみ。

あれは人の心に作用したり、相手を魔法的力で弱体化させることもできる。

攻撃適性もある。黒い力は身体を蝕み、肌を灼く炎を放つことすら可能とした。

意識を奪われていない魔王教徒らは、レニダスを守りながら共にじりじりと後退していく。

彼らに近寄りながら、

(そんなに急かすなよ)

レンは左手を覆った炎王ノ籠手に意識を向けた。

炎王ノ籠手が熱い。火傷しそうなくらい昂っていた。

「レニダス様……！　奴が相手では……ッ！」

魔王教徒たちはレンを恐れていた。

しかし、レニダスは違った。奴はまさに狂信者へ堕ちており、レンの強さに驚くも諦めるなんて考えは一切ない。

「偉大なる魔王のために戦う。その意思が皆様にありますか？」

答えは「はい」だ。

レンを恐れていようと、教徒たちもまた狂信者だ。

魔王教の刻印に宿った魔王の力の一端を、自らの命を顧みず発揮することに恐れはない。

奴らが怯んでいたのは、成すべきことをできない可能性に対してのみだ。

「偉大なる魔大陸の王へッ！」

「魔を統べし、ただ一人の王へッ！」

魔王教徒たちが刻印に手を当てる。

ドクン、と魔王教徒たちの身体のどこかが拍動した。

刻印は肩に、顔に、それに手の甲に。またある者は胸元を飾っていた。

幾多の魔法が行使され、その中でも特に力強いそれが天候にも影響をもたらした。

満天の星は周囲に現れた雲に遮られ、ぽつ、ぽつ、ぽつと雨が降りはじめる。

超自然的な力が、すべて一人の少年に向かう。

だが、その少年は赤龍殺しの英雄だ。かの英雄は、魔王教徒の思い通りにさせるつもりはなかった。

彼は迫りくる魔法を殺ぎ、レニダスを狙う。

レンは漆黒の障壁をいとも容易く破り、手にした鉄の魔剣でレニダスの右肩を貫いた。

「こほァ――――!?」

魔王教に堕ちた元司教が巨体を揺らし、膝をつく。

魔王に与する者の証を命懸けで発動しかけていた魔王教徒たちが、一瞬だけ目を奪われた。

その一瞬が彼らの運命を変える。レンが大樹の魔剣を召喚して振れば、魔力を孕んだツタがいたるところから現れ、

「ぐ、ぉ……」

「自然魔法……だと……」

ぎゅっと首までも拘束され、悉く意識を奪われる魔王教徒たち。

「く、くくく」

血を流し、痛みに耐えるレニダスが不気味に嗤った。

「ああ失敗ですねェッ！　侮り、舐めていたのは我らのようですッ！　ですが……まだ終わってはおりませんよォ！」

レニダスは杖で庭園の地面を叩いた。彼の足元に生じた複雑な魔法陣。それがあっという間に庭園中に広がっていく。

魔法陣の傍にいたレンが、放たれた圧で後退させられる。

「聖紋術式か!?」

様子を見守っていたラディウスの驚いた声。

「くふふふッ！　私はエルフェンに仕えていた身ですよォッ！　このくらいの聖紋術式なら、行使できて当然ではありませんかァッ！」

後退させられたレンが、ラディウスや騎士を守るように立ちはだかりながら思い出す。

(聖紋術式は、主神に仕える神官の力)

元は聖地が生み出した特殊な杖や剣を媒体に、神官の魔力を以て行使する力だ。聖地が中心にある大神殿、銀聖宮にて作り出された聖水によって磨かれた武器による、聖なる力の権化だ。

その強さは神聖魔法に似て、強大。

神官自身の魔力と、用意された武器の相乗効果によっていくらでも威力を高められた。

だが、

「関係ないよ。そんなの」

レンは髪を雨で濡らしながら、レニダスから目を離さずに言った。

「愚かな！　聖紋術式の力を知らないようですねェッ！」

「知ってるよ。きっと、お前と同じかそれ以上にな」

眩い閃光が魔法陣のいたるところから生じた。

レニダス以外の……レンを含む皆の足が重くなった。

「ラディウス、信じてくれる？」

唐突に、雨を浴びながら振り向いたレンを見て、ラディウスは迷わず、

「好きにしろ。だが、考えがあるなら次は先に教えてくれ。若干、心臓に悪いからな」

「あー……ごめん。次からはそうするよ」

レンは年相応の少年らしい爽やかな笑みを浮かべ、頷いた。

偉大なる赤龍の力、炎の魔剣。使用者であるレンに大きな消耗と反動をもたらすその魔剣が、遂に姿を現した。

レニダスという元神官が敵であると知ったときから、レンはずっと考えていたことがある。


……七英雄の伝説でもそうだった。

……神官が切り札に使うなら、聖紋術式だろうと思ってた。


司教クラスだった者が使えば相当なものになるだろう、とも。

きっと、この大時計台に攻め入ってすぐ、万が一に備えて聖紋術式をいつでも展開できるように準備していたのだろう。レンは戦いがはじまってすぐにそれを予想していた。

敵が用意した術式はすべて、この戦いの間に消し去らなければならない。

「俺は聖紋術式を使ってくれるのを、待っていたんだ」

発動させてしまえば、もうその術式を無効化するだけでいい。

そうしてこそ、完全なる勝利であると確信して――――

「俺は、自分の力を示すだけだ」

燃やし尽くせ。

そう言わんばかりの灼熱（しゃくねつ）の力を、炎王ノ籠手を飾る深紅の宝玉が鈍い光で知らせていた。

弱きアシュトン、レンをそう呼んだ龍の炎がどれほどの脅威か、彼は誰よりも知っている。

「愚かな主神の光に焼き尽くされなさい！　もっとも、レオメル人には本望でしょうがねェエエエエ！」

レニダスが再び、杖で地面を叩く。

彼の足元を中心に広がった魔法陣から、聖紋術式による光芒が生じようとしていた。

聖なる力で焼き尽くす。普通に戦うだけでは勝てないと悟ったが故に、自分も死ぬつもりで放つ攻撃だった。

しかし、敵わない。

レンが二本の魔剣を消し、炎の魔剣を召喚。

レニダスもラディウスも、獅子聖庁の騎士たちにとっても、炎の魔剣を逆手に構えたレンの所作のすべてが、コマ送りのようにゆっくり見えた。

ほんの一瞬、レニダスが杖で魔法陣を突いたすぐ後だ。

レンが言い放つ。

「見せてみろ」


逆手に構えられた炎の魔剣が、レンの足元に広がっていた魔法陣を突いた。

聖紋術式の光が影のように感じる、そんな黄金の炎。

「その炎はいったいィ……!?」

レンの足元から、その炎が魔法陣に沿って広がった。

魔法陣を灼く黄金の炎が辺りを包み込む。

それは生物を焼き尽くすことなく、魔法陣だけを焼き尽くした。魔法陣を駆け巡る黄金の炎がまるで龍のようだった。


黄金の炎が波となり――

魔法陣が、すべて焼き尽くされたとき。

聖紋術式の光芒が天を穿つはずだった庭園からは、代わりに黄金の炎が天高く舞い上がっていったのだ。

「馬……鹿な……あり得ない……ッ!」

一瞬だけ、大時計台の周囲に限って雨がやんだ。

雨が蒸発してひどく蒸し暑くなったのは一瞬だけで、黄金の炎が去る際に残した強風で雨が戻る。

「あり得なくない。現実だ」

濡れた髪がレンの額に張り付いていた。

レンがその髪を指でかき上げ、整った顔立ちに並ぶ双眸に覇気を浮かべる。

聖紋術式を無力化されたレニダスは、レンから目を離すことができなかった。魔力を消費しすぎたことに加え、出血もあって力なく地べたに腰をついていた。

「こ……の……」

レニダスは忌々しげにレンを睨み付けたと思えば、今度は笑いながら魔法を放つ。

「ヒヒッ！　まだ終わりませんよ！」

「いや！　もう終わらせる！」

しかし、レンが魔剣を振って再び星殺ぎにて。

風のように距離を詰めたレンが、吼(ほ)える。


「────これで最後だ！　レニダス！」


レンは手にした魔剣の持ち手、その底をレニダスの腹部に強打する。

訪れた衝撃に身体を揺らしたレニダスが、気を失う直前に、

「……クフフ」

と、倒れていきながら、

「貴方もいつか真実を知り……絶望する………でしょ……ウ……」

魔王教に堕ちた神官が横たわる。レンが悉く意識を奪った魔王教徒たちも昏睡したままだ。

ラディウスとユリシスが説いた理想の結末がすべて、ほぼレン一人の手によって遂げられた。

驚くラディウスらに振り向いたレンは、

「これで終わり……かな」

安堵した様子で言った。

「……本当にとんでもない男だな、レン」

「しかし殿下、頼もしい限りでございましょう」

皆の声を聞きながら、レンはやっと終わったんだと息を吐いた。

(それにしても)

剣王はどこにいたのだろう。

最後まで力を貸すことはなかったが、どこから様子を窺っていたのか気になった。

そう、レンが考えだして間もなく。

『――――』

遥かに天空からだった。

魔物の嘶きが辺り一帯に響き渡り、雨雲の奥から巨軀をさらけ出す。

四対の翼を羽ばたかせていた。苔(こけ)むした黄土色の鱗に全身を覆われている。数えきれない触手を全身から生やしたクラゲにも似た身体つき。大時計台をそのまま喰(く)らえそうなほどの巨軀を誇っていた。数多の瞳を並べた醜悪な魔物はその口元に、獰猛な牙を並べている。

「穢空のタイラント!?」

レンが口にしたのは現れた魔物の名で、それは七英雄の伝説IIにおいて終盤に現れた。

レニダスが言っていた魔王教の教主が使役する魔大陸の魔物で、格はBランク。

「くっ……」

空の魔物とは戦いづらい。間違いなくアスヴァルより弱いとわかりきっていてもだ。

聖紋術式ではなく、あの魔物が切り札だった。帝都周辺に防衛の力が働いていると考えて、空に控えさせていたのかもしれない。

聖紋術式の開放によって、何らかの指示が下されて姿を見せたのだろう。

いずれにせよレンは戦うつもりだったし、勝つつもりでいた。

けれど彼に、

「レン！　大丈夫だ！　奴は障壁を破れん！」

「いやいやいや！　ラディウスはさっき、大時計台に存在しないって――――！」

「それについては後で詳しく話す！　いずれにせよ、魔物は守りを越えられんのだ！」

ラディウスの言葉を証明するかのように、穢空のタイラントはある一定以上の距離から近付いてこなかった。

大時計台の最上階から遥か上空で、見えない壁に体当たりを繰り返している。

レンには何が何だかわからなかったのだが、いずれにせよあの魔物をどうにかしなければ。

だが、レンがそれ以上考える必要はなかった。

なぜなら、いまこの地には彼女がいるから。

「────」

レンは自分の周囲に漂う空気の流れが止まったように感じた。

「……なんだ、いまの」

彼が経験したことのない圧と、何かが起ころうとしている気配だけを全身で感じ取りながら、レンはここから離れたところにある空中庭園を見た。

遠すぎて何も見えなかったけれど、そこにいる誰かと目が合ったような気がした。


それからすぐ────天空で触手を振るう穢空のタイラント。

その巨軀が、割れた。

『アァァアアアアアアアアアアア』

天空に響き渡る慟哭だった。

漆黒の天球そのものを割らんとしているような空間のひずみが空に見えてすぐ、あたり一帯の音がやむ。

ひずみから生じた眩い白光にすべて吸い込まれていくかのように。

さっきまで存在していたはずの魔物の身体は真っ二つに断たれ、風と音と共に、何一つ残すことなく白光に消えてしまう。

『――――レン・アシュトン。彼が作戦に参加するのなら、私は戦場を見守りましょう』

もはやレンも、乾いた笑みしか浮かべられなかった。

考えることなんていくつもあったが、何よりも強く感じたことが一つだけある。


あれが、世界最強の剛剣使いの力。

あるいは世界にたった五人の、流派を問わず存在する最強の証明なのか、と。

名のある剣士の多くが、自分だけの戦技を編み出している。

先ほど穢空のタイラントを処した戦技は、彼女が用いる戦技の中で最も破壊力に富んだ、決め手とも言うべき戦技であった。ラディウスが後で説明すると言った守りの力を破壊せず、悪しき魔物だけを打ち倒した特殊な戦技だ。

戦技の名を『リ・ヴェルナ』と言った。

彼女の生まれ故郷、天空大陸の古い言葉で天の怒りを意味する。

エレンディルが誇る巨大建築物の一つ、空中庭園の一角。

一般市民が足を踏み入れることができない遥か高階層には、皇族専用の魔導船が停泊できる滑走路がある。

先ほど、遠すぎて見えないはずのレンと目が合った彼女はそこにいた。

一人で夜風を浴びながら、彼女は言う。

「彼が……レン・アシュトン」

鈴を転がしたような声の佳人だった。

彼女の銀髪は絹より滑らか。神秘的な美貌のその人は先のように呟き、夜空を見上げた。

隣の石畳には、背の高い彼女とほぼ同じ長さを誇る白銀の剣が突き立てられていた。ヴェルリッヒにこれ以上の剣は作れないと言わしめた、天下の名剣である。

彼女はその剣を魔道具の布で覆い鞘代わりにすると、手に持って歩き出した。


「――――アシュトンは、実在したのですね」


剣王序列第五位、白龍姫ルトレーシェ。

彼女が何故、アシュトンに興味を示したのか。

すべては彼女のみぞ知る。

場所は大時計台屋上にある庭園へと戻り、あれから十数分後のことだった。

レンに限らず、皆が剣王の強さに啞然としていたものの、この作戦の目的を思い出してすぐに正気を取り戻した。

いまは捕縛された者たちを運ぶ作業に取り掛かりつつ、レンは辺りを窺っていた。

騎士たちも調査に使う魔道具を用いて、入念にあたりを探索し、最後の仕事を行っている。

それにしても、剣王の強さだ。

レンはあの光景を何回でも思い出せる自信があった。

以前彼はレザードと剣王を目指すのはどうかと話したことがあったが、

(すごくおこがましいことを言ってたんだなー)

そりゃ、世界最強の一人なのだから当然と言えば当然の強さだった。

レンだってその力を侮っていたわけではないが、それまでの考えを改めるのに十分すぎる光景だったことは言うまでもない。

息を吐いたレンにラディウスが「レン」と声を掛けた。

「騎士たちには、レンの力のことを口止めしておいたぞ」

「ありがと。でもいいの？」

「レンは隠したがっているように見えたからな。とはいえ、戦えば戦うだけその力は露見してしまう。いずれ口止めできなくなると思うが」

「わかってるよ。別に俺も、死ぬまで隠しきれるとは思ってないしさ」

生まれてすぐは、この特別な力をあけすけにすることへの警戒心から。次にレンは力を明らかにすることは弱点を知らせるも同然と学び、魔剣召喚の正体は秘密にしてきた。

いまもラディウスにその真意を伝えたわけではないが、彼はレンを気遣った。

ラディウスは「いつか、レンから私に教えてくれ」と、それ以上のことを聞こうとしない優しさすら見せた。

「して、先ほどから何を考えてぼーっとしていたのだ？」

「剣王のことだよ。あんな強さを見せつけられたら、俺も力不足を痛感しちゃうし」

ラディウスは一瞬面食らっていた。

「私にしてみれば、レンですら理解が追い付かぬ強者なのだがな」

ラディウスがレンを手招く。

二人は庭園の最奥にある大時計台の装置を司るものの前へ歩を進めた。

ラディウスは真剣な表情で人払いする。

「レンには話しておかなくてはな」

「例の、この大時計台に守りの力はないっていう話のことかな」

「そうだ。察しが早くて助かる」

「けど守りの力がないわけじゃないんでしょ？　さっきは実際、あの魔物が空に現れたときにその力を示してたみたいだし」

ラディウスが頷き、大時計台を司る装置に手を伸ばす。

その先には漆黒の石造りの箱があり、複雑な文様が刻まれていた。

指先で触れるとそれらの紋様が光った。箱の上下が内側から持ち上げられ、内部に備え付けられた小さなテーブルが姿を見せる。

テーブルの中央には小さな台座があり、台座の周りに複雑な文様が刻まれていた。

「ミリム・アルティアが作り出した大時計台の制御装置だ。もう一つ、関連した装置が文字盤にもあってな」

「あっ、だから途中で文字盤に寄って——でもあれ？　台座に魔石が置かれてないけど」

「なくて当然だ。この大時計台にあった力はもうここに存在しないのだからな」

「……経年劣化で壊れたとか？」

「く、くくっ……レン、頼むから、真面目な顔で馬鹿なことを言わないでくれ」

「ええー……俺は本気だったのに……」

レンが不満そうに言えば、ラディウスはまだ少し笑いながら、

「先ほどのレンの姿と落差がありすぎて、私もついな」

隠されていた事実を語る。

「もう五十年以上前のことだ。我ら皇族とアルティア家が協力して事にあたり、この大時計台に

あった力を移動させて別の場所で管理している。文字盤にあった仕組(システム)みもな」

「ってことは、ここを襲っても意味がなかったんだ」

「ああ。魔王教もこればかりは調べられまい」

ラディウスは「これは特別な者にしか操作できない」と言い、装置を元に戻した。

すると彼は騎士たちにここでの仕事を任せ、レンを連れこの庭園を離れるべく長い階段へ向かう。

「考えてみれば、レオメルが設備を昔のまま維持するわけなかったなー……」

古いとはいえ魔石の入れ替えで一度停止する防衛装置なら、改良して然るべき。機密のためラディウスもいままで言えなかったが、彼の笑みがレンに頷いているようにも見えた。

大時計台の中に広がる階段に差し掛かり、レンがラディウスの前を進む。

レンはいざとなったら、ラディウスの盾となれるように振る舞っていたが、

「っとと」

疲れ切ったレンの足が、ふらっと階段を踏み外した。

彼ならすぐに態勢を整え直せるところを、背後から腕を掴まれ支えられた。

「足、引っ張るなよ？」

楽しそうに笑ったラディウスに言われ、レンはばつの悪そうな顔をした。

「別に、自分でもどうにかできたよ。……まぁ、お礼は言っておくけど」

「こちらも冗談だ。あれだけの仕事をしたレンに、先のようなことを言えるはずがなかろう」

二人はそうして、共に疲れ切った表情を緩ませた。

しかし疲れているだけではない。レンもラディウスも、達成感が疲れに勝っていた。

レンが屋敷に帰れたのは深夜になってから。

途中、ラディウスは帰ってもいいと何度もレンに告げたが、レンはこの日の作戦に携わった身として区切りがいいところまで付き合った。

騒動の余波は町中に広がっていたが、それはユリシスたちの仕事だ。

大時計台がそびえ立つのはエレンディルのはずれだ。周辺の道を封鎖すれば、魔王教徒が町中を移動して攻め入ることは考えられなかった。

事実、彼らはエレンディルの外側から直接、大時計台付近の自然公園や水路を使い侵入していた。

民に被害をもたらすことなく解決に導くという目的は、すべて果たされた。

全体を通して作戦が成功したのは、やはりユリシスとラディウスの実力故だろうか。

（――――疲れた）

振り向けば、大時計台の針が深夜三時を示している。

クラウゼル家の屋敷に帰ったレンは、鉄製の門の前に立つ騎士と顔を見合わせた。

騎士は疲れ切った様子のレンを見て、また、ここまで届いた騒ぎの余波を思い返し、伝えた。

「皆様、まだ起きていらっしゃいますよ」

レンは屋敷の敷地内に、クラウゼル家のものではない馬車があるのを見た。

あれはフィオナが乗ってきた馬車だ。彼女もまだこの屋敷にいるらしい。

「こんな時間なのにですか？」

「もちろんです。今日はどうしてか町中でとてつもない騒ぎがございましたので、その影響で、ご当主様も多くの仕事をなさっておいでだったようです」

「帝都の貴族とか、来客ですか？」

「貴族の使いは多く足を運んでおりました。恐らく、今宵のことへの伺いかと」

だが、屋敷に殴り込むような者はいなかったようだ。恐らくそれも、ユリシスが何らかの策を講じていたからだろう。

そうしたことは自分の仕事じゃない。ユリシスが担当しているなら何も言うことはない。

疲れた頭を働かせていると、門番を務める騎士が微笑んだ。

「まず、レザード様にお会いしないと」

「それでしたら今日はよいそうです。ご当主様は少し前に屋敷を発ち、帝都へ向かわれました」

では自分も帝都に行くべきかと考えかけたレンに騎士が、

「今宵はお休みください。レン殿が成すべきことは、それだけでありましょう」

レンは目の前の騎士の言葉にきょとんとして、同じように笑った。

疲れ切った、普段よりだいぶ弱々しい笑みだった。

慣れた足取りで庭園を歩き、屋敷へ向かったレンを、クラウゼル家の給仕ではなくエドガーが迎えた。

「エドガーさん？」

「お待ちしておりました。さぁ、まずは湯を浴びてお身体を休めてください」

眠りにつけるのは一時間後……いや、なんだかんだと二時間後くらいだろうか。

眠るのはほぼ朝になると思うと苦笑いが浮かんでしまう。

「クラウゼル男爵からは、大浴場を使って休むようにと仰せつかっております」

大浴場はその言葉通り広く、レンの疲れた身体を癒やすのにこれ以上はない。

レンが豪勢に一人で湯を浴びてから廊下に戻ると、

「給仕の方々が、広間にお食事を用意してくださっております」

エドガーがレンに声をかけた。

『クゥクゥ！』

ククルもレンを待っていた。

レンはエドガーの傍に浮かぶククルの頭を、出発する前と同じように優しく撫でた。

すると、やはりくすぐったそうに鳴いたククルが、レンに怪我がないことを喜び、彼の周りを楽しそうに飛ぶ。

「頭のいい子です。レン様が無事だと言えば、すぐに明るい声で鳴いておりました」

「ですね……風呂嫌いなこと以外、すごくいい子なんです」

と言えば、ククルが両手を自らの口に当ててくすくすと笑っていた。

そんなククルはユノが通りかかったことで、彼女についていってしまう。

「レン様は疲れていますから」とユノに言われて素直に。

広間に向かうレンは、一歩進むごとに今日の疲れを顕著に感じた。進むたび、また一段と足が重くなっていく。

彼の横を歩くエドガーが言う。

「今宵も英雄であった、そう思ってよろしいですか？」

「どうでしょう。ただ、俺にできることは全部してきました。最後は剣王の力に圧倒されましたけどね」

「ははっ、そればかりはどうしようもないことかと」

広間に足を踏み入れれば、テーブルに置かれた料理が湯気を立てていた。

「フィオナ様はまだエレンディルにいらっしゃるんですね」

「もちろんです。この部屋におりますよ」

レンは大時計台からの帰路で、フィオナは帝都に帰っただろうと思っていた。

けれど、どう考えてもそれはあり得ない。あの少女がレンの帰宅を待たず、作戦が終わってすぐ帝都に帰るなんてどう考えてもあり得なかった。

では、彼女がどこにいるのかというと広間のソファだ。

扉に背を向けたソファで、回り込まないと二人の様子が見えなかった。

隣り合って腰を下ろした美玉二人(リシアとフィオナ)は肩を密着させ、一枚のひざかけを一緒に使っていた。

互いの頭をこてんと倒し、寄り添うように静かな寝息を立てている。

「お二人はどうしてここで？」

「お屋敷でできることを、休むことなくされておいででした。各所との連絡に加え、書類仕事などにご尽力されておいででしたよ。それに最近のフィオナ様は試験勉強で、聖女様も受験勉強であまり寝られていなかったと聞いております」

戦いが終わったことと、レンの無事を聞いたところで緊張の糸が切れてしまった。

まだ少女の二人に今晩の出来事は大きすぎた。

レンは疲れ切って寝てしまった二人の顔を見て、

「後でゆっくり、話そうと思います」

いまは彼女たちの眠りを妨げないよう、用意されている食事を食べることにした。

片手で摘まんで食べられるものが多かったから、腹を空(す)かしたレンはすぐに平らげた。

「戦いの前に、リオハルド家のご令嬢とお会いしました」

「私も報告を受けております。主はその報告を受け、裏でリオハルド家に働きかけているようですので、ご心配には及びません」

「……裏方に徹したユリシス様ほど怖い存在はいませんね。ほんとに」

レンがユリシスの政治力などを再確認していると、

「今宵は、レン様が名実共に剣豪であることも示せた夜になったようですね」

「示せたかもしれませんが、代わりに、剣王の桁違いの強さもわからされましたよ」

「剣王の力を垣間見たことも、レン様の貴重な財産となりましょう。次の春には獅子聖庁の長官も帝都に帰ります。レン様にとって、剣を学ぶよき機会となることでしょう」

獅子聖庁の長官と聞き、考えごとに耽った。

次の春になったら、また賑やかなことになりそうだと、レンは座ったままうんと背筋を伸ばす。

エドガーは「主に連絡して参ります」と言って席を外した。


残ったレンはおもむろに立ち上がると、ソファへ近づいた。

寝息を立てる二人の対面にある、もう一つのソファだ。

寝てしまっている二人に近づくことは勧められない振る舞いかもしれないが、やはり疲労困憊の
レンは木製の椅子に座っていることに耐えきれず、柔らかなソファに腰を下ろしたくなった。

ふわっ、と柔らかくも沈みすぎない絶妙な感触に、瞼がどっと重くなった。

少しだけ、エドガーが帰ってくるまでだけ。

重い瞼が重力に従って下がる様子に抗うことはできず、レンの呼吸が徐々に深くなっていく。

レンが意識を手放すまで、数分と掛からなかった。

彼が眠ってしまってから数分後のことだった。

すー……すー……という規則正しい寝息を立てる彼の対面のソファで、はじめにリシアの目がぱちっと開いた。数秒遅れてフィオナも目を覚まし、二人は顔を見合わせてハッとした。

レンを待つつもりだったのに、自分たちだけ眠ってしまっていた。

そのことに気が付いた二人は心の内で自らを責め立て、強く後悔していたのだが……

「……レ、レン？」

「レン、君……？」

彼女たちはほぼ同時に呟いて立ち上がった。

疲れ切ったレンの両隣に座った彼女たちはレンに優しく、そして穏やかな笑みを向けて、互いにレンを労(いたわ)った。

共にいられなかった悔しさは口にしない。

いまはただ、レンの働きにだけ触れるべきだった。

「……リシア様。レン様をお部屋に連れて行ってあげた方がいいでしょうか？」

「ええ……でも私たちが抱き上げたら起こしちゃうかもしれませんし……」

二人は迷ってしまった。

寝起きとあって、ここでエドガーや騎士を呼ぶという単純なことを忘れ、自分たちでどうにかしなければ、などと目の前のことにしか意識が向かなかった。彼女たちがレンのことに意識を集中しすぎたことも原因だろう。

迷った二人は、二人が手を貸してレンを彼の自室に運べないかと思った。

しかし、そこへユノがやってきた。

「お二人は何をなさっておいでなのですか？」

迷う二人を見たユノが問う。

当たり前の疑問を述べられて、二人は頬を赤らめた。レンに伸ばしかけていた手は、そこでぴたっと止まる。

「あらまぁ」

ユノは二人の考えに勘付いた後で仕方なさそうに笑った。

周りの様子に気が付いたのか、レンはそこで目を覚ます。僅かな睡眠は物足りなかったが、両隣に座ったリシアとフィオナの姿にも気が付いて、

「すみません。状況が理解できません」

素直にその感情を吐露した。

レンが目を覚ましたのを見て、ユノが気を利かせて席を外した。

「わ、私はその……レンは疲れてるだろうから、ベッドで寝た方がいいと思って！」

「私もです！　レン君をどうにかして運べないかと考えてたんですが……っ！」

慌てふためく二人を見て、レンが和む。

状況もわかったから驚きはない。だがこうして二人に挟まれているのは立場的にどうかと思い戸惑った。

リシアが、そしてフィオナがレンに尋ねる。

「今日のこと、聞いても平気……？」

「大時計台でのこと、聞いても大丈夫でしょうか……？」

二人は声を重ねるように言った。

「でも、無理にとかじゃないんです！　レン君も疲れてらっしゃると思いますから！」

「ええ。だから明日以降でもいいんだけど……」

そう言われても、レンはすでに話したい気持ちになっていた。

僅かな睡眠でも意外と頭がすっきりしたし、離れたところで頑張ってくれた二人へ、何も話すことなく寝る気にはなれなかった。

「いろいろあったんですが」

とりあえず、ここから。

「町中を馬に乗って疾走できたことは、割と貴重な経験だと思いました」

レンは調子を崩すことなく微笑みを浮かべた。

可憐さを湛える少女たちの身体から力が抜けていく。

「もう……レンったら」

「たはは、でもレン君らしいです」

二人はレンの話を聞きながら、彼の横顔を眺め頬を緩めた。

◇◇◇◇

「こんなところで話しても平気なの？」

少しの日々が過ぎ、レンは前と同じ店でラディウスと夕食を共にしていた。

「こんなところとは人聞きが悪い。この店は私が気に入った料理を出してくれる店だぞ」

「店の格がどうのとかって話じゃなくて、この前の話をするからって意味に決まってるじゃん」

誰かに聞かれることを危惧してなのだが、その心配は不要だ。

「案ずるな。周りの席に座る者たちは獅子聖庁の剛剣使いだ。偶然、予約が重なったらしい」

「偶然ってのは絶対嘘じゃん……まぁ、手を尽くしてあることはわかったから、もういいや」

二人の元へ料理が運ばれてきた。

ステーキを頬張り、果実水を飲みながら、

「レニダスをはじめ、魔王教徒らを尋問した――――が、奴らは日に日に衰弱しつつある。我らが食事を与えようとポーションを与えようと、改善が見られん」

「……意図的に死のうとしてるってこと？」

「そのようでもない。どうやら魔王教の刻印が力を奪っているようだ」

ラディウス曰く、何が何でも奴らが自害できないよう気を遣っている。

見張りも魔道具も、それにポーションをはじめとした治療用の準備もそう。だが、それでも衰弱しつつあった。穴の開いたコップに水を注ぐが如く、与えた活力がすぐに抜けてしまうという。

「しかし収穫はある」

ラディウスが果実水を一気に呷ってから、

「半年前、奴らは聖地の連中と事を構えたらしい。とある聖遺物を奪うため、その聖遺物が保管された神殿を魔王教徒らで襲って奪い取ったようだ」

「レニダスの刻印から調べられたことじゃないよね?」

「さすがに尋問で聞けたことだ。レニダスの刻印には聖水の影響が残されていた。事を構えた際、奴の刻印に封じられた力が傷ついたのだろう。聖地で事を構えた事実は間違いない」

エルフェン教の総本山である聖地は、レオメルの指揮下にない。

秘密主義な点も多いからか、襲撃事件の大部分は秘匿されていた。それでもいずれは隠しきれず表に出てきていたはずだが……。

話を聞くレンがラディウスに倣って果実水を呷る。

ラディウスが言った聖遺物だが、

「『エルフェンの涙』と呼ばれるもののようだ」

言い伝えによると、なにものも浄化する特別な力を秘めた液体だという。それを魔王教が狙う理由がわからない。

彼らにとってその液体は、とてつもない劇薬以外のなにものでもないだろうに。

「教主と仰ぐ存在と共に神殿を襲い、互いに多くの犠牲者を出しながら奪い取ったようだ」

「目的がわからないな」

「私もだ。浄化の力を秘めただけのものを、奴らが何に使うのか見当もつかん」

ラディウスは帝都大神殿をはじめ、レオメル中の神殿に向けて警戒のため動いているという。

当然、ユリシスの協力もあって順調。

食事が終わり、口直しの氷菓子を食べてから、ラディウスが真面目な声で話す。

「レン。然るべきときが来たら、また私と共に戦ってくれるか？」

「その戦いが俺の守りたい存在のためになるのなら、俺は喜んで命を懸けると思う」

「十分だ。それ以上の答えはないな」

ところで、とラディウスが繰り返す。

「先の戦いにおける褒美として、クラウゼル家に一つ贈り物がある。この手紙に書いてあるから、レザードにはその日に登城するよう伝えてくれ。遅刻は許されんぞ」

「えっと……よくわからないけど、レザード様が城に行けばいいってこと？」

「うむ。あとはそうだな、私からレンへ個人的に礼をしたいのだが、何か欲しいものはないか？」

急に問いかけられても、レンは困ってしまう。

だが、レンはラディウスの立場を思い出して考えたことがある。

「もしラディウスが王太子になったら、禁書庫で本を探してきてくれたらそれでいいよ」

「禁書庫？　そればかりは私も簡単には頷けんが、何という本が欲しいのだ？」

レンもどんな本があるか、そもそも情報が残されているかわかっていない。それでも、アシュトン家に関する情報なら何でも欲しいと思っていた。

これをラディウスに告げてよいか迷うも、結局レンは言葉を選んで口にする。

「俺が生まれたアシュトン家について、家系図でも何でもいいから残されてたら見せてほしいんだ。他にも、アシュトン家に関係する情報なら何でもいいよ」

「ふむ……そのくらいなら構わんと思うが、逆に禁書庫にある気はせんな……」

合点がいかないラディウスは、それでも邪険にしなかった。

他でもないレンが言ったのだから、可能な限りその希望に添おうと思った。

「レンに力を借りた礼のためにも、何としても王太子にならなくてはな」

彼は笑って言った。

「まぁ、そのときにいまの言葉を覚えていてくれたらで」

「心得た。実際、貴族の古い家系図は何らかの事情で禁書庫に入ることもある。レンが見たい資料だってあるかもしれんからな」

この席も終わりが近づき、ラディウスが立ち上がった。

「次は共に城下町でも巡ろう。戦いのことは考えず、友としてな」

「いやいやいや、第三皇子が何を言ってるのさ」

「無茶と思うか？　だが、どうにか変装すれば問題ない。それに、大時計台での戦いに比べれば些末事だろうに」

「そりゃ……まぁ」

「そのときはそうだな……レンに美味い果実水を出す店でも紹介してもらうか。レンは帝都の店に詳しいようだしな」

「果実水？　酒じゃなくて？」

「私はもう酒を飲んでも咎められることはないが、特段、興味はない」

ラディウスはレンに背を向け、歩きながらつづける。

七英雄の伝説で見たラディウスと違う、彼の素の人となりと共に。

「果実水、いいじゃないか。果実水にも高級品はあるがおおよそが酒より安い。酒も適度に嗜めば身体にいいと聞くが、果実水はさらにそうだ。どちらも利点があることは知っているが、私は果実水の方が好ましく思う」

「天才って呼ばれてる第三皇子は、果実水が好きなんだ」

その背に告げれば足が止まった。

ラディウスは顔だけレンに向けると、

「ああ、私は甘いものが好きなのだ。――――このことは民には秘密だぞ？」


くしゃっと年相応の笑みを浮かべてから、この店を後にした。

周辺の席からも客が立ち上がる音が聞こえた。偶然居合わせたという剛剣使いたちも去るようだ。

レンはそれらの音に耳を傾けながら、グラスに残された果実水を飲み干した。

馬車に乗り込んだラディウスを迎えたのは、側近のミレイだった。

「充実したお時間だったみたいですニャ」

「ああ。友と語らう時間があれほどいいとは思わなかった」

車輪が石畳を進む音。外から僅かに聞こえてくる民の営みの音。

ラディウスは窓の外に向けていた顔を馬車の中に戻して、傍に座ったミレイに声を掛ける。

大時計台で見た、レンの振る舞いを語るために。

「レンは凄まじい男だ。あの底知れぬ強さは何が根底にあるのだろうな」

語り聞かせる彼の顔には笑みが浮かんでいた。

まだ、先ほどの夕食の席での余韻が残っているように見えた。

「剣王みたいな感じですかニャ？」

「いいや、彼女も凄まじいが……また違うのだ。表現するのは難しいな……ちょうどいい喩えがあればいいのだが。レンの根底にある、得体の知れない強さについて語りたい」

少しの間迷ったラディウスが、「そうだな」と重い口を開いた。

「レンの強さは、あの話に出てくる少女によく似ている」

「あの話ですニャ？」

「私に仕えるミレイも聞いたことはあるだろう。我ら皇族の子らが皇帝陛下より語られる、古い古い昔話だ」

「あー！　あの昔話ですニャ！」

ラディウスが満面の笑みを浮かべて頷いた。

「蝕み姫。レンの強さはまるで彼女のようだ」

思い出せたラディウスはそれを語る。

自分自身がまだ幼かった頃、父である皇帝から語り聞かされた昔話を。

エピローグ

エレンディルでの生活は試験勉強以外にもすることが多く、瞬く間に過ぎ去った。

その途中、クラウゼル家にとって大きな出来事があった。

城に呼ばれたレザードはそれまでの功績が讃えられて、子爵位が与えられた。夏の騒動への協力に限らず、悩みの種だったエレンディルを統治する腕が認められたのだ。

帝城における謁見の間で行われたその儀にて、皇帝自らそれを宣言した。

皇帝が珍しく他者に「期待している」と口にしたこともあり、夏の儀は貴族の間でもちょっとした話の種になった。

また、リシアの誕生日もレンのそれと同じで慎ましく、家族だけで。

秋には三次試験が、冬になる前には四次試験が終わり、そして年が明ければ最終試験が終わった。

リシアと勉学に励み、フィオナがときに協力し、ある日のレンはラディウスと約束通り帝都へ繰り出すこともあった。リシアがクラウゼル家の仕事をするため一か月ほど屋敷を空けたり、リシアとフィオナの関係に変化が現れたり、本当にいろいろなことがあった。

そんな、日々を経た春のある日のことだった。

「お父様っ！」

リシアがはじめて披露した帝国士官学院、その特待クラスのバッジを着けた制服姿。それを見たレザードは感慨深そうに微笑み、今日という日を祝った。

同じく制服に身を包んだレンにも「おめでとう」と笑った。

「二人共よく似合っているぞ」

「ありがとうございます。その……ちょっと肩が窮屈な感じがしますね」

「真新しい制服なんてそんなものだ。いずれ制服も柔らかくなり、身体に合うようになろう」

入学式が執り行われるこの日、雲一つない蒼天（そうてん）が天球いっぱいに広がっていた。

白銀と深紅、それに黄金だった。
帝国士官学院が誇る大講堂は広い。一階の席から天井を見上げると、遥かに高い天井に並ぶ黄金のシャンデリアを望めた。白銀の内壁は荘厳で、深紅の絨毯がよく映える。扇状の造りに沿った客席が二階、三階……五階までつづいており、来賓に加え、在校生も一人残らずこの入学式に参加している。
最奥の壇上に立つ絶世の美玉――――クロノア・ハイランド。
長きにわたる責務を終えてレオメルに帰っていた彼女は今日、新入生を迎えるべくそこにいた。

男子生徒の代表としてレン・アシュトンが、女子生徒の代表としてリシア・クラウゼルが。

入学式も終盤に差し掛かったところで、彼らは隣り合った席を立ち、壇上で待つクロノアの元へ歩を進めていた。

「レン、緊張してる？」

「実は少しだけ」

「よかった。私も一緒よ」

二人は囁きの声と共に微笑みを交わす。

分厚い深紅の絨毯の上を進み、最奥に鎮座した壇の前に立つ。

（ここに、リシア様と一緒に立つことになるなんて）

壇上に注がれるシャンデリアの灯りは眩いくらいだ。

目も眩みそうになる中、レンは瞼の裏にある記憶を回想した。

『見てわかるだろ？　俺はいま、彼女を殺したんだ』

聖女リシアを殺し、その亡骸を抱いたまま言い放ったレン・アシュトンを。もの言わぬ亡骸と化した聖女リシアから滴る血潮が壇上を濡らす様子を。

複雑な感情に苛まれながら、でも足は止めなかった。

コン、コン、と革靴の底が壇上の床を叩く音を響かせて、ゆっくりと歩いた。

そして、二人を待つクロノアも七英雄の伝説にてレン・アシュトンが命を奪った人物で、世界最高の魔法使い。

金糸の髪を揺らし、レンとリシアの来訪に喜んだ彼女は、つばが広い魔女の帽子を被って、マントを嫌味なく着こなしていた。

眼前に立った二人に、彼女は宝石と見紛うような笑みを向けた。

「はじめまして、聖女さん。それと久しぶり、英雄くん」

リシアはクロノアにそう話しかけられて緊張した。しかしリシアは、すぐにレンを英雄くんと呼んだ事実にきょとんとした。また、クロノアは確かに久しぶりと言っていた。

わけもわからずレンの横顔を覗き込んだリシアは、レンもきょとんとしているのを見た。

(久しぶり……？)

いつどこで会っていたのかと、レンはこの状況で冷静に考えた。

クロノアは嘘をついていないはず。過去、彼女とどこで会っていたのかと頭を働かせた。

ゲームでの話になるが、クロノアもリシアと同じでレンにとって特別な存在だ。そんな人物と会っていたなら忘れるはずもないのだが……。

壇上に足を運んだ総代の二人が、クロノアを前に何も言わない。それには、見守る者たちも違和感を覚えることはなかった。

新入生や在校生、賓客は彼らが何か話しているのだろうと、誤解していたから。

「どこかでお会いしておりましたか？」

「うん。もう二年くらい前になるかな。ボクと君はお話をしたこともあるんだよ」

それだけで十分だった。

あれは、鋼食いのガーゴイルを討伐した日のこと。

それと、リシアと共に領内の村々を巡ったときだ。

（やっぱり、この人だったのか）

予想は的中していた。

レンはあのとき、クロノアから帝都に来ないか？　と誘われた。

「紆余曲折(うよきょくせつ)ありましたが、学院長――――」

「クロノアでいいよ。様もイヤかな」

クロノアはわざとらしく言葉を挟んだ。

片やレンは、クラウゼルの冒険者ギルドでクロノアと交わした言葉に触れる。

「――――クロノアさんの思い通り、帝都に来ることになりました」

「うんっ！　思い出してくれて嬉しいな」

「レ、レン!?　ど、どこでお会いしていたの……？」

壇上で慌てるなんてできない。

リシアはその背に平静を装いながら、しかし向かい側に立つクロノアと、隣に立つレンにはその驚きを表情に浮かべて知らせていた。

レンはクロノアに目配せを送り、話していいか問いかけた。

クロノアは小さく頷く。

「クラウゼルで一緒に村を巡ったとき、急に帰ることになったことがありましたよね」

「町で会った人がどうしてか森の中にいて、レンと再会したときのこと？」

「そうです。どうやら、その人がクロノアさんだったようです」

「あはは……入学試験のために使う場所を探してたんだ。クラウゼルで二回もレン君に会えたことは偶然だったんだよ」

驚くリシアと、思いのほか驚いていないレン。

レンにとっては合点がいくことだらけで、逆にすっきりしたくらいだった。

「イグナート侯爵からレン君のことを聞いてたからね。本当はクラウゼル家にも挨拶に行きたかったんだけど……」

この学院の入試が特別だったこともあり、叶わなかった。クロノアはバルドル山脈での件を謝罪しようとしたが、ここでしては時間を要すると思い場を改めることにしていた。

「後でゆっくり話そうね。いまは学院長として、ちょっとだけ頑張らせてもらおうかな」

クロノアは言った。

総代となる二人に対して、そして背後に広がる席に座る多くの新入生たちへ。

この日、皆が帝国士官学院に入学したことを心より祝い、これから先、皆がこの学院で実りある日々を過ごせることを祈った。

彼女は両腕を翼のように広げ――――

「さぁ、みんな」

彼女が右手の指先をぱちんと鳴らすと、大講堂の中に一陣の風が吹いた。

天井が、壁が、そして床が。調度品や椅子を除くすべてが透けて、限りなく広がる蒼穹へ変わる。

雲が泳ぐように空を過ぎ去っていく様子と、純白の鳥たちが行き交う景色。

頂点から注がれる眩い陽光と共に、神秘的な景色がクロノアの言葉と共に訪れた。

「ようこそ帝国士官学院へ！　ようこそ世界最高の学び舎へ！」

神々の世界が存在したら、こんな場所なのだろうか。

席に座る者は例外なく驚きの声を上げ、それはいつしか歓声に変わった。

拍手と喜びの声が入り混じった歓喜の空間を、壇上にいたレンとリシアの二人も見渡した。

「二人共、今日は本当におめでとう！」

と、そこでクロノアが歓喜の渦に乗じて声を掛けた。

振り向いたレンとリシアへ、クロノアがそれはもう可憐な笑みを浮かべていた。

「今度は学院長室でお話ししようね！」

そんなに軽く誘っていい場所なのかとレンとリシアは迷ったが、相手はクロノア、そこいらの上位貴族以上の発言力を持つ存在だ。

断るなんてとんでもなく、レンもクラウゼルでのことをちゃんと聞きたい。

二人がやや遠慮がちに「はい」と言えば、クロノアは嬉しそうにはにかんだ。

◇◇◇◇

入学式が終わってからは、学内のいたるところが賑わう。

たとえば大講堂に、たとえば庭園に、たとえば正門付近に多くの人が足を運んで語らう光景が毎年見られる。

貴族同士であれば親交を深め、今後のための話もした。

また、平民同士も友人を作るため新入生同士で語らったり、将来有望な者は上級生やその家族などに声を掛けられて、早くも従者や文官として取り立てられるべく話すこともあった。特に顕著なのは特待クラスバッジを着けた者たちで、特筆すべきエリートたちの周りはよく目立つ。

それを知っていたためリシアは正門付近にいた。もうそろそろ帰ることで、人混みを作り出すことをどうにか避けていた。

「リシアっ！」

そこへ声を掛けてきた、セーラ・リオハルド。

彼女はヴェインを連れてリシアの元を訪ね、これから同じクラスで勉学に励めることを喜んだ。

ヴェインは二人を見守って、爽やかな笑みを浮かべていた。

「最後の最後まで試験会場が別だったけど……次からは同じ教室ね！」

「ええ。これからよろしく。――――えっと、ヴェイン君だったかしら？」

「は、はい！　はじめまして！　ヴェインです！　家名はないんですが、いまはリオハルド家のお世話になってまして……！」

ヴェインはリシアの可憐さを前に緊張し、少し強張っていた。

それが不満なのかセーラは唇を尖らせていたが、ヴェインの反応も無理はない。制服姿のリシアは誰が見ても眩しくて、隣に立つだけで緊張してしまう。

セーラも見目麗しい少女ではあるが、リシアの場合は聖女の威光とでも言うのだろうか。

「貴方もこれからよろしくね」

リシアはそう言うと、腕時計を見た。

この前の夏、レンに誕生日の贈り物として貰った腕時計だ。ピンクゴールドの全体像が可愛らしい時計で、純白の文字盤が清楚な彼女によく似合う。

「もう少し話していたかったんだけど、もう行かなくちゃ」

今日はユリシスが祝いの席を設けてくれると前々から決まっていた。秘密裏にラディウスも足を運ぶ、それなりに仰々しい席となる。

だからリシアは、傍で他の新入生に声を掛けられていたレンに言う。

「レン、そろそろ行きましょ。お父様が待ってるわ」

レンが振り向いて、ヴェインとセーラの二人にその顔を見せた。

二人はまばたきを何度も何度も繰り返してから、あの夏の夜のことを思い出して、

「え――――？」

「あれ――――？」

遂に驚嘆に至った二人へと、レンが軽い態度で「久しぶりです」と言う。

諸々の話を聞いていたリシアは仕方なさそうにくすっと笑み、「行きましょ」と再び口にした。

セーラとヴェインにも別れの挨拶をして、レンを伴って歩き出す。

レンたちが背を向け歩き出したところで、

「あ、あああなた、もしかしてっ！」

「き、君はまさか――――ッ!?」

レンとリシアの背に届く、あの二人が驚いた声。

「嘘!?　リシアが言ってた自分より強い男の子って――――そ、そうだわ！　彼、リシアと一緒に総代を務めてた……！」

「あ、ああそうだ！　ってことはやっぱり、彼が噂の……！」

いまも聞こえる声に、リシアが上機嫌に弾んだ声でレンに尋ねる。

「私から行きましょって言っておいてなんだけど、やっぱり、あの二人には話しておく？」

「いえ、どうせ同じ教室で授業を受けることになるんですから、いくらでも話す機会はあると思います。なので今日は、優先すべきことを優先しましょう」

「ふふっ――――ええ。そうしましょうか」

とんっ、とんっ、と軽快に歩くリシアの横で。

（ほんと、いろいろ変わったな）

本来、総代は別の生徒たちが務めるはずだった。それもレンの存在が変えてしまったし、クロノアとの出会い、彼女との再会までのすべてが新たな展開だ。

レンは過去に思っていた帝国士官学院への恐れをもう抱いていない。いまはかねてより心に宿っていた成長することへの欲求と、待ち受けるであろう試練に対する覚悟が存在感を増していた。

「レンったら、楽しそう」

「楽しいですよ。かなりワクワクしてます」

なぜなら、はじまるから。

レンが学院に入るまでの物語はここまでだ。

いわば、彼にとっての序章だろうか。

七英雄の伝説Iにおける序盤のイベントがやっと終わり、入学したところからはじまるのが本編だから、これまでのことは間違いなく序章だろう。

これがゲームの中ではなくとも、あくまでも気持ちとして。

「レン君！　入学おめでとうございます！」

フィオナが嬉しそうに異性に声を掛けた姿に、在校生たちが驚いていた。

「総代の挨拶、見てましたよ」

「改まって言われると、ちょっと照れくさいですね。俺の足元、ふらふらしてなかったですか？」

「もう、してたわけないじゃないですか」

フィオナの存在もそう。命を落とすはずだった彼女が生きている。

これまでと同じようにきっとこれからも、新たな物語が待ち受けているだろう。

（……それにしても、長い序章だったな）

幾度も戦い、死闘を繰り広げた。

普通に生きていれば経験しないようなことだって、何回も経験した。


だから、こんな本編のはじまりはどうだろう？

他の人より波乱に満ちて、その分の幸せに満ちたはじまりというのは。


心地よい春風が、レンの髪を靡かせた。

周囲の賑わいに溶け入るように、レンは小さな声で口にする。

きっとそれは、彼自身の気持ちを再確認するための言葉。いままでの生き様を肯定し、これからの人生に光り満ち溢れるように。

自分がしてきたすべてのことへと、レンは数多の思いを言葉に乗せる。


「さぁ――――本編のはじまりだ」


物語の黒幕に転生して、彼が迎える数奇な運命。

その本当のはじまりはきっと、この日だったのだろう。

『蝕み姫』

遥か昔のことだ。

厳重に管理された石造りの塔に、一人の少女が幽閉されていた。

彼女の可憐さと美貌に満ち溢れた顔立ちは、どんな異性でも虜にすることができただろう。ある者は彼女を見て、世界に存在するすべての花や宝石より煌めいていると称したほどだ。

しかし彼女はその身体に、なにものも蝕む稀有で凄まじい力を宿していた。

それは近づくだけで生命力を蝕み、皮膚を爛(ただ)れさせ脳までも侵食する力により、相手の正気を奪う恐ろしい力だった。

故に他者と話す経験すら乏しかったのだが――


そんな少女に声を掛ける者がいた。

『こんばんは』

夜な夜な警備の目を盗んでやってきては、僅かに外が見える小さな窓から声を掛ける、一人の男だった。

彼が石造りの塔に足を運ぶようになって、二か月が経った。

その間、少女は男の声に耳を傾けることはあっても、返事をすることはなかった。

彼女が返事をしたのは、さらに一か月が経ってからのことだ。

『あなたはどうして気が触れないの？』

唐突に問いかけられた男が、慌てることなく、

『俺が強いからです。貴女程度の力では、俺を蝕むなどできません』

あっけらかんとした口調で言い、少女が次の言葉を口にするのを待った。

『嘘ね。どうせ何かの力で少しだけ防いでるに違いないわ。お父様に命じられて、私の機嫌を取りに来ているのでしょう？』

『いえ、そのようなことは』

『ならその小窓から手を伸ばしてごらんなさい。恐れることなく私に触れることができたら、あなたの言葉を信じてあげる』

『それくらいで信じていただけるのなら、喜んで』

男は小窓から手を差し入れた。

少女は驚き、しかし自分から言ったのに彼の手に手を重ねることはせず、慌てて小窓から距離を取った。

男を試していたはずが、逆に試されているような気持ちにさせられた。

『馬鹿なの？　それとも愚かなの？』

『同じような言葉を並べる意味がわかりませんが、そのどちらでもないですよ』

『……では蛮勇ね。もういいから、手遅れになる前に手を戻しなさい』

しかし、男は手を戻そうとしなかった。

むしろ小窓から中を覗くことをしない代わりに、腕を振って少女に触れられないかと懸命に試みていた。

少女はそれを見て、『やっぱり、馬鹿なのね』と言った。

『心外です。触れてみなさいと言ったのは貴女だ。馬鹿と言うのなら、それは貴女自身のことになってしまう』

『私を馬鹿と言ったのはあなたがはじめてよ』

『光栄です』

『……別に褒めてないわ。もういいから、その手を戻しなさい』

『いえ、俺に触れていただくまで戻す気はありません』

少女は深くため息を吐いた。

さらにそのため息すら男の手に届かぬよう、小窓から離れる。

少女の声が遠ざかったことに気が付いた男の手が、しょぼんと垂れ下がった。

『私に触れても何もいいことはないわ』

『あります』

男の迷いのない声に、少女が一瞬面食らった。

しかし、すぐに気を取り直す。

『そ……本当にいいことがあるのなら、言ってごらんなさい』

『少なくとも、俺は他の者と違うと理解いただけましょう』

『その必要はないわ。これが最後よ。大声で騎士を呼ばれたくなければ、その手を抜いて立ち去りなさい』

男の腕は微塵も動かず、どうしたものかと迷っていた。

そこで男は、名案だと言わんばかりに、

『どうすれば手を取っていただけるのですか？』

と、なおも図々しく言ったのだ。

少女は再び深いため息を漏らし、『あーもう！』と荒れた声を口にする。

男の諦めの悪さに対し、無理難題を押し付けて茶を濁すことにした。

『私の力を抑えるために、あるものを持ってきたら手を取ってあげる。顔を合わせて、その手に口づけをしてあげても構わないわ』

諦めの悪い男が相手とあってどこか乱暴で、偉そうな口調になってしまった。

それは少女本来の口調ではない。少し普段と調子が違う自分に、少女は自分自身、密かに驚いていた。

乱暴な言い方に心は痛むが、男を諦めさせるために必死だった。

『何を持てばいいかお教えください。必ず用意して参りましょう』

『……本気で言ってるの？』

男が「本気です」と言ったのを聞き、少女が息を吐いた。

『そ。なら教えてあげる』

少女は以前、高名な魔道具師から聞いた言葉を口にする。

確か、ミリム・アルティアという女性が次のように口にしていた。

『龍王の角の欠片に、天空大陸を統べし不死鳥の血。海底に眠る巨人の涙を持ってきて』

それを聞いた男がようやく小窓から手を引いた。

少女は男がやっと諦めたのかと思って安堵しながらも、諦められたことに少し落胆するという、複雑な感情に苛まれた。

だが、少女のそれは勘違いだ。

『教えていただき、ありがとうございます』

男は小窓から顔を覗かせることはせず、月明かりの下、嬉しそうに笑う。

『すべて一年以内にお持ちしますから』

『え、あ――――ちょ、ちょっと！　待ちなさい！』

『約束ですよ。どうかしばしお待ちを。いまの約束を反故にすることだけはなさらぬように』

『だから待ちなさい！　あの――――っ！』

男の気配は消えていた。

いつの間にか忽然と、霧のように消えていた。

少女はその事実に困惑し、ぺたん、と弱々しく床に腰をついた。

『……嘘つき。できっこないわ』

少女はそう呟いたが、男が嘘つきでないことを祈った。

生まれてはじめてあんなにも近くでずっと話をしてくれた者の存在に、彼女はあることを願ってしまった。

頼んだ品を持ってきてくれなくてもいい。

だからまた、あの人が私のところに来てくれますように——と。

あとがき

お久しぶりです。結城涼(ゆうきりょう)です。

この度は三巻をお手に取っていただき、ありがとうございました!

また二巻発売の際は一巻と同時重版となったこと、いつも応援してくださる皆様へこの場を借りてお礼申し上げます!


今回の三巻は、カクヨム版には登場しないキャラクターが登場したり、新たな展開があったりと賑(にぎ)やかな内容つづきになりました。ご覧いただいた通り、なかむら先生に描いていただいた見開き口絵のように大きな書き下ろしもいくつかあり、新鮮な気持ちで作業をさせていただけて楽しかったです!

こうした経緯で最後まで書かせていただいた結果、三巻は二巻より分厚くなりました。

いただいた見本誌を並べてみると、一巻から二巻になって厚みが増し、今回の三巻でまた厚みが増したということで、自分でも驚いております。

次巻もいろいろなお話を書きたいと思っておりまして――


『物語の黒幕に転生して4』

皆様の応援のおかげで、つづく四巻の発売が決定しております！

その四巻ですが、もちろん、学院に通うレンが普通の学生生活を送るはずがありません。

リシアとフィオナとの触れ合いや、育っていく気持ちと新たな人間関係。

レンのこれまでにない大きな活躍に加え、書籍版だけの物語も盛りだくさん。新たな冒険も待ち受けています！


〝これも俺たちらしいのかもしれませんね〟

〝そうかも。表舞台を離れて戦おうとしてるのは、確かに私たちらしいわ〟


四巻もボリューム満点の一冊でお届けできるよう、現在準備中です！

詳細はいずれ、電撃公式さんか結城のＴｗｉｔｔｅｒなどで告知して参りますので、是非、ご期待くださいませ！

また、七月にはコミックス二巻も発売となりました。こちらの一巻も重版となりまして、シリーズを通して応援してくださる皆様へ合わせてお礼申し上げます！


といったところで、慌ただしくて恐れ入りますが今回も謝辞を。

三巻でも引き続き、なかむら先生からは素敵なイラストの数々を頂戴しております。

どのイラストも拝見するたびに心躍り、完成が楽しみな日々を過ごさせていただきました！　なかむら先生、いつもありがとうございます！

また、お二人の担当さんには今回も多大なるご助力をいただき、感謝申し上げます。

各デザイナー様や営業様、製本に携わってくださった皆様をはじめ、読者の皆様へこの本を届けてくださった皆様へも、この場を借りてお礼申し上げます。


そして重ねてとなりますが、このシリーズを応援してくださっている皆様へ。

こうして私が執筆できるのは、皆様の応援のおかげです。

これからも楽しんでいただけるよう頑張って参りますので、『物語の黒幕に転生して』をどうかよろしくお願いいたします。


それでは、今回はそろそろ失礼いたします。

つづく四巻、また新たなレンの物語にてお会いできますと幸いです。

電撃の新文芸

物語の黒幕に転生して3
～進化する魔剣とゲーム知識ですべてをねじ伏せる～

著者／結城涼

イラスト／なかむら

2023年8月17日　初版発行

発行者／山下直久
発行／株式会社ＫＡＤＯＫＡＷＡ
〒102-8177　東京都千代田区富士見2-13-3
0570-002-301（ナビダイヤル）
印刷／図書印刷株式会社
製本／図書印刷株式会社

【初出】
本書は、カクヨムに掲載された『物語の黒幕に転生して～進化する魔剣とゲーム知識ですべてをねじ伏せる～』を加筆、訂正したものです。

ISBN978-4-04-914931-9　C0093　Printed in Japan

●お問い合わせ
https://www.kadokawa.co.jp/（「お問い合わせ」へお進みください）
※内容によっては、お答えできない場合があります。
※サポートは日本国内のみとさせていただきます。
※Japanese text only

ファンレターあて先

〒102-8177
東京都千代田区富士見2-13-3
電撃の新文芸編集部

「結城涼先生」係
「なかむら先生」係